KB237273

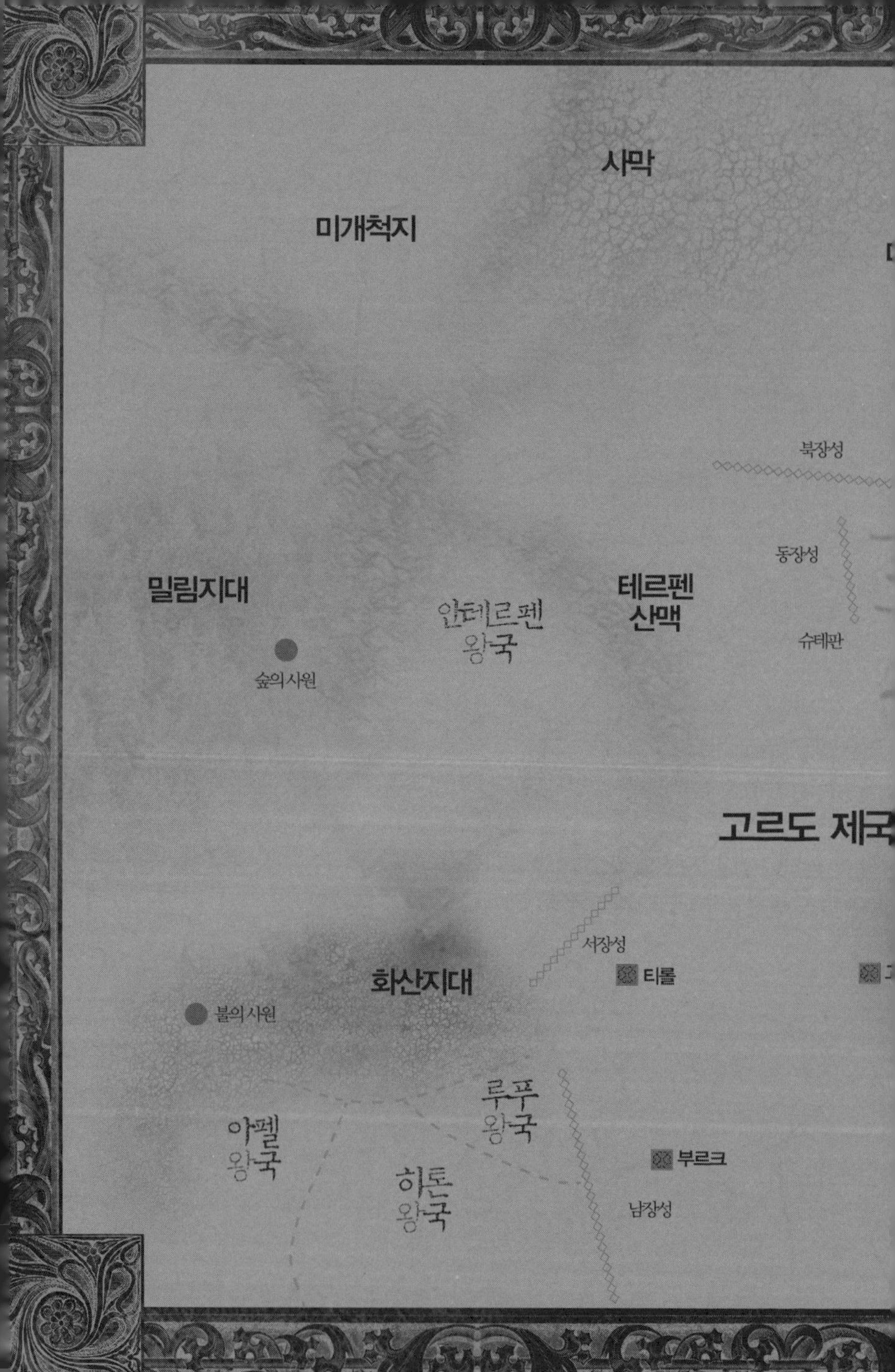

사막
미개척지
북장성
동장성
밀림지대
테르펜
산맥
슈테판
안테르펜
왕국
숲의사원
고르도 제국
서장성
화산지대
티롤
불의사원
루푸
왕국
부르크
아펠
왕국
히톤
왕국
남장성

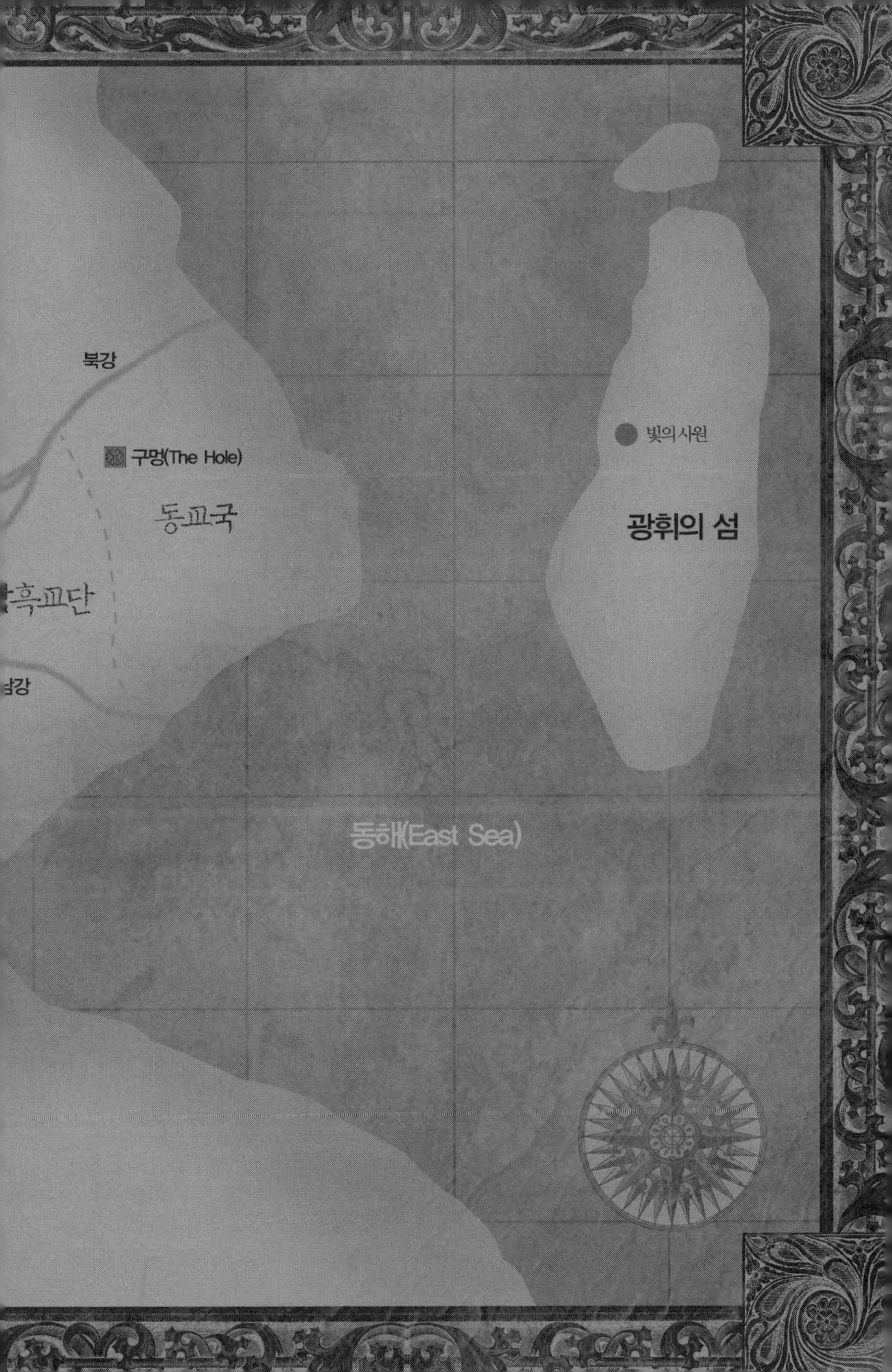

북강
구멍(The Hole)
동꾜국
흑꾜단
남강
빛의사원
광휘의 섬
동해(East Sea)

S*hapiro*

샤피로

2

규논 판타지 장편소설
FANTASY STORY & ADVENTURE

dream books
드림북스

샤피로 2
전생의 흔적

초판 1쇄 인쇄 / 2010년 5월 20일
초판 1쇄 발행 / 2010년 5월 31일

지은이 / 쥬논

발행인 / 오영배
편집장 / 김경인, 지영훈
편집 / 윤대호, 김재영, 김유경
펴낸 곳 / (주)삼양출판사 · 드림북스

주소 / 서울특별시 강북구 미아8동 322-10호
대표 전화 / 02-980-2112 팩스 / 02-983-0660
편집부 전화 / 02-980-2116 팩스 / 02-983-8201
블로그 / blog.naver.com/dreambookss

등록번호 / 제9-00046호
등록일자 / 1999년 3월 11일

ISBN 978-89-542-3829-8   04810
ISBN 978-89-542-3827-4   (세트)

Shapiro

샤피로

쥬논 판타지 장편소설

FANTASY STORY & ADVENTURE

2

전생의 흔적

dream books
드림북스

샤피로
Shapiro

Contents

제1화
내성 침투

Chapter 1

나는 죽었다.

분명 죽었다.

한데 죽은 지 1시간 만에 되살아났다.

22살이던 그해 가을, 나는 원인을 밝힐 수 없는 병 때문에 하반신이 마비되었다. 온몸의 근육과 뼈가 파열되고, 으깨졌으며, 지독한 통증이 심장을 찌부러뜨렸다. 투명한 손이 내 가슴 살을 헤집고 파고들어 심장을 쥐어짜는 듯했다.

그 지독한 고통이란!

나는 구급차에 실려 병원으로 실려 갔다. 구급차 안에서 내 심장박동은 갈수록 느려지다가 급기야 0으로 수렴했다.

간호사가 급하게 응급조치를 취했다.

파직!

강한 전기 충격이 내 가슴을 두드린다.

파직!

또 두드린다.

내 상체는 허공으로 붕 떴다가 털썩 떨어졌다. 그래도 내 심장은 뛰지 않았다. 전기충격을 거듭 주어도 뛰지 않았다. 나는 의학적으로 완전히 죽었다.

이 모든 일들이 불과 20분 만에 일어났다.

의사들은 난생처음 보는 현상에 놀라 아무런 조치도 취하지 못했다. 그들이 한 일이라고는 나의 사망을 공식적으로 확인해 준 것이 전부였다.

숨이 멎는 순간 나는 응급실 천장을 노려보며 생각했다.

'하하! 세상에 참 엿 같은 일도 다 있지. 꿈에서 죽는다고 현실에서도 죽다니! 누가 이 말을 믿겠어?'

아무도 믿지 않을 것이다. 꿈에서 겪은 고통이 고스란히 현실로 이어지고, 꿈에서 온몸이 갈가리 찢기면 현실에서도 그렇게 되고, 꿈에서 하체가 뜯겨나가면 현실에서는 하반신이 마비되는, 이런 황당한 일을 그 누가 믿어줄 것인가!

나는 이런 개 같은 일이 왜 내게 일어났는지 원망스러웠다. 숨이 멎는 그 순간까지도 억울해서 눈을 감지 못했다.

그리고 정확히 1시간 뒤, 나는 병원 영안실로 옮겨지는 도중에 눈을 떴다.

벌떡!

내가 얼굴을 덮은 천을 젖히며 일어나 앉자 내 시체(?)를 옮기던 아저씨들이 기겁을 하며 나자빠졌다.

"우힉!"

"우헤헥!"

차후에 들리는 말에 의하면 그 아저씨들은 심장에 큰 충격을 받아 시름시름 앓았다고 한다. 그리곤 영안실 일도 그만두었다나 뭐라나.

어쨌거나 나는 되살아났다. 심장박동이 0으로 멈춘 뒤 1시간 만에 기적적으로 일어나 병원 업무과를 찾아갔다. 그것도 내 발로 걸어서.

병원에서는 무언가 착오가 있었다며 내게 사과했다. 나는 업무과 사무원이 내민 서류에 8번이나 사인을 하고는 퇴원 수속을 마쳤다.

그나마 사망신고를 아직 하지 않았다니 다행이었다. 하마터면 귀찮게 구청을 찾아다닐 뻔했다.

병원에서 나온 뒤 나는 아버지께 전화를 걸었다.

S전자의 일로 프랑스에 장기 파견 중이던 아버지는 갑자기 들려온 내 사망 소식에 깜짝 놀라 귀국 비행기표를 구하던 참이었는데, 내 전화를 받고는 버럭 화부터 내었다.

'쳇! 뭐야?'

나는 아버지의 반응이 서운했다.

하지만 차분히 마음을 가라앉히고는 '이것이 아버지의 사랑 표현 방법이겠지.'라고 되뇌며 스스로를 위로했다.

따지고 보면 내 아버지만 무뚝뚝한 것이 아니었다. 내 친구의 아버지들도 모두 비슷했다. 대한민국의 아버지들은 감정을 솔직하게 드러내는 법을 배우지 못해서, 안도감이나 반가움을 종종 화로 표현할 때가 있었다. 아마도 어렸을 때부터 엄격한 유교 교육을 받고 자랐기 때문일 것이다.

어쨌거나 나는 아버지와의 통화를 서먹하게 끝마쳤다. 이어서 영국에 계신 어머니께 전화를 드렸다.

어머니는 NPL(영국의 물리 연구소)로 연구연가(대학 교수들에게 7년에 한 번씩 주어지는 안식년)를 나가 계신 상태였다. 지구 반대편에서 출발한 어머니의 목소리가 인공위성을 거쳐 내 핸드폰으로 떨어졌다.

"건호야, 한밤중에 무슨 일이니? 급한 일 아니면 내일 통화하면 안 될까? 내일 오전에 이곳 과학자들과 중요한 미팅이 있어서 밤새 준비를 해야 하거든."

순간적으로 말문이 막혔다. 아마도 어머니는 내 사망소식을 듣지 못했나 보다.

"아무 일도 아니에요. 그냥 심심해서 전화 드렸어요."

나는 대충 둘러대고는 서둘러 전화를 끊었다. 연구로 바쁜 어머니께 폐를 끼치고 싶지 않았다.

나는 청바지 뒷주머니에 손을 푹 찔러 넣고는 고개를 들었
다. 오늘따라 날이 청명했다. 하늘은 시리도록 푸르러서 손가
락으로 콕 찌르면 파란 물이 뚝뚝 떨어질 것 같았다. 둥실 떠
있는 새털구름은 솜사탕을 연상시켰다.

"비나 펑펑 올 일이지. 저렇게 맑을 게 무어람."

불현듯 신경질이 났다. 자식이 죽다 살아났는데 부모의 반
응이 신통치 않아 속이 뒤틀렸다.

"쳇!"

나는 길가에 굴러다니는 돌멩이를 뻥 걷어찼다. 돌멩이가
호선을 그리며 멀리 날아갔다.

연속으로 뻥뻥뻥! 호나우두처럼 날렵하게 뻥!

아무리 돌을 걷어차도 답답한 속은 풀리지 않았다. 그해 가
을 내내 나의 가슴은 꽉 막혀 있었다.

어느 날 문득 마법에 흥미가 생겼다.

"타란툴라의 원혼? 그리고 흑고양이의 심장이란 말이지?
거 참, 이름 한 번 독특하군!"

직경 60미터 영역을 단숨에 날려 버리는 마법! 그리고 타인
의 몸을 빌어서 부활하는 마법이라니!

나는 이 황당한 마법들이 도무지 믿기지가 않았다.

그렇다고 믿지 않을 수도 없었다. 타란툴라의 원혼을 사용
했을 때의 감각이 너무나 생생해서 금방이라도 구현할 수 있

을 듯했다.

학교 운동장을 가로지르던 중, 나는 손가락에 힘을 주어 갈고리 모양을 만들었다. 그리곤 꿈속의 샤피로를 흉내 내어 시체의 머리통을 움켜쥐는 시늉을 하고는, 입술을 동그랗게 오므렸다.

"팡!"

물론 실제 폭발은 없었다. 대신 내 입이 팡 소리를 내었다. 폭음을 흉내 내는 것과 동시에 나는 두 팔을 하늘 높이 치켜들어 폭발을 연상시키는 동작을 취했다. 내 머릿속에는 거대한 폭발에 휘말려 운동장의 절반이 날아가는 광경이 그려졌다.

할리우드 재난 영화에서나 볼 수 있는 어마어마한 광경!

운동장 끝의 언덕은 단숨에 평지로 변하고, 가로수들은 크게 휘었다가 결국 한 줌의 재로 스러진다. 등골이 짜릿하다.

나는 무협소설의 주인공이라도 된 것처럼 경중경중 뛰었다.

"으하하하! 이것이 바로 타란툴라의 원혼이다. 맛이 어떠냐?"

낯간지러운 대사를 몇 마디 내뱉은 뒤, 이번에는 대형 낫을 떠올렸다.

손으로 가상의 낫을 잡는 시늉을 하고는 뫼비우스의 띠 모양으로 붕붕 휘둘렀다. 낫으로 나무를 썽둥썽둥 베는 장면이 떠올랐다. 내 머릿속에서 운동장 둘레의 아름드리나무가 픽픽 쓰러졌다. 낙엽이 눈송이처럼 휘날렸다.

길 전체를 뒤덮는 낙엽의 폭풍!

그리고 붕붕 휘날리는 무기!

영화 속에서나 나올 법한 멋진 장면들이 파노라마처럼 연출되었다. 뇌 속에서는 아드레날린이 뭉텅 분비되었고, 발가락 끝까지, 그리고 머리꼭대기 끝까지 짜릿한 전기가 통했다. 꽉 막혔던 속이 한순간에 뻥 뚫린 기분이었다.

"야호!"

나는 고함을 지르면서 미친 사람처럼 손을 휘저었다.

그렇게 한참을 뛰어다니다가 그만 동아리의 동기들과 맞닥뜨렸다. 동기들은 학석사 연계과정 수업을 들으러 운동장을 가로지르던 중이었는데, 우연히 내 사이코 짓을 목격했다.

"엇, 너희들!"

"건호야!"

나와 동기들 모두 잠시 동안 돌이 되었다.

어색한 분위기를 전환할 겸, 여자 동기 1명이 내 안부를 물었다.

"건호야, 너 얼마 전에 병원에 실려 갔었다며? 몸은 좀 괜찮아?"

"으응? 아! 그거. 별거 아니래. 이젠 괜찮아."

"그래? 다행이다."

여자 동기는 나를 향해 생긋 웃었다.

나는 그 웃음이 무척 어색하다고 느꼈다. 다른 동기들은 고개를 숙이고 킥킥 웃었다. 아마도 조금 전 내 행동을 본 것이 분명했다.

나는 시뻘건 얼굴로 고개를 돌렸다. 그런 낯 뜨거운 장면을 들키다니, 손발이 오그라드는 기분이었다.

'젠장! 시간을 5분 전으로 되돌리고 싶어.'

나는 귓바퀴까지 빨개진 채 도망을 쳤다.

Chapter 2

가을 이후로 나는 부쩍 마음의 안정을 찾았다.

샤피로가 암흑교단의 사제였던 시절, 나는 하루하루 죽음을 끼고 살았다. 샤피로는 매일같이 출전했고, 적과 싸웠고, 무수히 많은 상처를 입고 귀환했다. 1년 365일 피를 보지 않은 날이 없었다.

당시 나는 잠을 깨도 피비린내가 가시질 않았다.

피비린내보다 더 큰 문제는 공포였다. 나는 언제 죽을지 모른다는 공포에 짓눌려 살았다. 샤피로가 다치면 나도 다쳤다. 샤피로의 팔이 부러지면 내 팔도 아작 났다. 샤피로의 다리가 깨지면 내 다리도 으스러졌다. 나는 상처투성이인 채로 하루하루 신음했다. 밤이 되는 것이 두려워 미칠 것만 같았다.

더 끔찍한 것은, 이러한 고통을 누구에게도 말할 수 없다는 점이었다.

처음에는 상담도 받아보았다. 그러다 그만 정신병원에 끌려 갈 뻔했다.

그 후로 나는 내 비밀을 아무에게도 말하지 않았다. 그저 홀로 몸을 웅크린 채 공포에 맞서 싸울 뿐이었다.

아니, 이것은 싸움이 아니었다. 나에게는 공포에 맞서 싸울 만한 여력이 없었고, 어떻게 싸워야 할지도 막막했다. 나는 그저 하루하루 죽지 못해서 견뎠다.

그렇게 피폐했던 내 삶에 해가 떴다.

꿈속에서 샤피로가 죽자 나도 죽었다.

꿈속에서 샤피로가 흑고양이의 심장이라는 금단마법으로 되살아나자 나도 다시 일어나 병원을 걸어 나왔다.

그 후로 내 삶은 평탄하게 흘러갔다.

성기사가 된 이후로 샤피로는 피를 보지 않았다. 마침 전쟁이 끝나서 싸울 일도 없었다. 한마디로 말해서 악몽이 사라진 것이다.

'하나님 감사합니다. 부처님 감사합니다.'

나는 매일매일 감사한 마음으로 살았다.

마음이 편해진 이후로 학업도 잘 풀렸다. 나는 공포에 시달리면서도 항상 카이스트에서 상위권을 유지해 왔는데, 걱정이 사라지자 성적도 수직으로 상승했다.

"좋았어. 내친김에 유학이나 가자."

나는 유학을 결심하고는 서둘러 토플과 GRE(미국 대학원에 지원할 때 보는 시험)를 준비했다.

다행히 영어 점수는 만족할 만큼 나왔다. 가방끈이 긴 부모님들이 나를 일찍부터 영어 환경에 노출시킨 덕분이었다.

게다가 꿈속에서의 훈련도 도움이 되었다.

참으로 희한한 것이, 꿈속에서 샤피로가 사용하는 언어는 영어와 어순이 똑같았다. 덕분에 나의 뇌는 영어 문장을 쉽게 받아들였다. 아마도 그 영향 때문에 약간의 노력만으로도 영어 점수가 잘 나온 모양이었다.

시간이 흘러 여름이 되었다.

나는 드디어 학부를 졸업했다. 계절 학기를 충실히 활용한 덕분에 남들보다 6개월 먼저 학업을 마칠 수 있었다.

졸업 후에도 나는 학교에 계속 머물렀다.

학교기숙사에서는 쫓겨났다. 졸업을 하면 방을 비워줘야 하는 것이 기숙사의 규칙이었다. 나는 카이스트 쪽문 앞 원룸에 방을 마련한 다음, 도서관과 방을 오가며 살았다.

동아리에는 잘 나가지 않았다. 모임이나 회식도 가급적 피했다. 밤에 잠은 편히 잤다. 샤피로가 별 사고 치지 않고 지냈기에 나도 편했다.

때마침 좋은 소식이 들렸다. 내가 지원했던 미국의 대학들로부터 응답이 온 것이다.

"택배요!"

스탠포드 대학에서 보내준 노란 봉투가 먼저 도착했다. 나는 두근거리는 심정으로 봉투의 무게를 가늠했다.

일단 봉투가 묵직했다. 마음에 들었다.

'얇은 봉투엔 불합격을 알리는 편지 한 장이 들어 있고, 두툼한 봉투에는 입학 관련 서류가 잔뜩 들어 있다고 했지? 어디 한번 결과를 볼까?'

나는 선배의 조언을 떠올리며 조심스럽게 개봉했다.

역시 합격이었다.

"만세! 만세! 만세!"

나는 기뻐서 펄쩍펄쩍 뛰었다.

며칠 뒤에는 미시간 대학(University of Michigan)으로부터 편지가 날아왔다. 하얀 봉투였다. 스탠포드의 것보다 2배는 더 두툼했다.

스탠포드와 미시간 동시 합격!

"야아! 둘 중 어디를 가지?"

나는 약간의 고민 끝에 스탠포드를 선택했다.

학비는 미시간이 약간 저렴했다. 하지만 내가 지원한 융합 학과의 교육 여건은 스탠포드가 더 좋았다.

게다가 스탠포드는 장학금 제도도 많았고, 추후에 조교수당까지 받으면 비싼 학비도 얼추 해결될 것 같았다.

'정 안 되면 아버지께 손을 벌리지, 뭐.'

내가 스탠포드에 간다고 하면 아버지는 기꺼이 학비를 대주실 거다. 아버지는 어머니와 이혼한 뒤에도 내 학자금이며 생활비 등을 꼬박꼬박 보내오셨으니까 말이다.

"치잇!"

부모님의 이혼을 떠올리자 기분이 잡쳤다. 어릴 때 받은 마음의 상처가 치유된 줄 알았는데 아직 아니었다. 여전히 쓰렸다.

진눈개비가 희끗희끗 내리던 깊은 가을 날, 악몽이 되살아났다.

내 손으로 어린 소녀를 죽였다. 굵은 창으로 소녀의 두개골 절반을 날려 버렸고, 그 후엔 시체를 불태웠다.

꿈에서 깨어난 뒤에도 그 끔찍한 감각이 생생했다.

"으으윽……."

나는 마약환자처럼 방구석에 쪼그리고 앉아 두 손을 부들부들 떨었다.

물론 현실에서 벌어진 일은 아니었다. 그리고 내가 저지른 일도 아니었다. 꿈속에서 샤피로가 벌인 짓이다.

하지만 어쩌랴! 샤피로가 나고, 내가 곧 샤피로인 것을!

나는 씻을 수 없는 죄책감에 시달렸다.

그날 이후로 나는 밥을 먹지 못했다. 먹은 것은 전부 토했다. 무언가를 먹을 때마다 시체가 떠올랐다.

그 후로도 샤피로는 몇 차례 더 사람의 목숨을 앗아갔다. 치열한 싸움도 벌였다. 이름이 타베스라고 했던가? 쇠몽둥이를 붕붕 휘두르던 거인과 싸우고 난 뒤, 나는 온몸이 으스러지는 듯한 고통에 이를 악물었다.

이젠 지긋지긋했다. 이렇게 고통을 겪으면서 살 바에는 차라리 송곳으로 내 머리를 후벼 파고 싶은 심정이었다.

격해진 감정이 내 온몸을 달구었다.

"으아아아—!"

나는 크게 울부짖으며 달려 나가 벽에 머리를 들이받았다.

콰앙!

둔중한 굉음! 방 천장이 빙글 돈다.

나는 후회했다.

'젠장! 괜히 성질부리다가 잠자는 시간만 빨라졌구나!'

후회해도 이미 늦었다.

반은 기절, 반은 졸음.

눈꺼풀이 스르륵 감겼고, 내 몸뚱어리는 빙글빙글 돌아 새로운 세상으로 넘어갔다. 나는 다시 샤피로가 되었다.

염병!

Chapter 3

"자네 왜 그러나? 두통이 있나?"

머리를 문지르는 샤피로를 향해 롬바가 물었다.

샤피로는 쓴웃음을 지었다.

"별거 아닙니다. 그냥…… 오늘 새벽에 벽에 머리를 들이받는 꿈을 꾸었는데, 희한하게도 잠이 깬 뒤에도 계속 머리가 아프네요."

"뭐라고? 푸하하하하!"

롬바는 배꼽을 잡고 웃었다.

최근 롬바에게는 새로운 악취미가 하나 생겼는데, 그것은 바로 샤피로의 어수룩한 구석을 발견해내는 것이었다.

예를 들어서, 모든 면에서 완벽해 보이는 샤피로가 알고 봤더니 지독한 길치더라. 한 번은 밤에 여관 밖으로 나갔다가 되돌아오지 못하고 미아가 되더라. 이러한 약점들을 발견할 때면 롬바는 어린아이처럼 박수를 치며 좋아했다.

이번도 예외는 아니었다.

"푸하하하! 자네 잠버릇이 아주 고약한가 보구먼. 꿈속에서만 들이받은 것이 아니라 실제로도 잠결에 침대 헤드를 들이받았겠지. 그러니까 머리가 아픈 것 아니야. 푸하하하하!"

"롬바 님!"

샤피로는 어이없다는 듯 롬바를 바라보다가 고개를 절레절레 흔들었다. 1,2번 겪는 일이 아니라서 이제는 화도 나지 않았다. 그저 그러려니 할 뿐이었다.

샤피로가 체념을 하자 롬바는 더욱 크게 웃었다.

“푸하하하! 하하하!”

“쉿!”

옆에서 스트라베가 인상을 썼다.

스트라베의 눈빛은 ‘너 혼자 마차를 전세 낸 것이 아니잖아. 좀 조용히 가자.’ 라고 말하고 있었다.

롬바는 그것을 ‘아가리 닥쳐. 이 새끼야.’ 로 받아들였다. 발끈한 롬바는 당장 쌍심지를 돋웠다.

“아니, 지가 대장이야 뭐야? 왜 사람 웃지도 못하게 해?”

“뭐라고?”

스트라베도 덩달아 얼굴을 구겼다.

스트라베는 롬바의 말을 알아듣지 못했다. 롬바가 동교국의 언어로 지껄였기에 애초부터 해석이 불가능했다. 하지만 본능적으로 느낌이 왔다. 성격 급한 스트라베는 다짜고짜 삿대질을 해댔다.

“야 이 동교국의 촌놈 털보야, 너 지금 뭐라고 했어? 그거 욕이지? 너 지금 나한테 욕한 거 맞지? 이 털보 자식, 먼저 한 번 된통 깨지고도 아직 정신을 못 차렸네. 너, 한 번 더 얻어 맞고 싶어? 비 오는 날에 먼지 나도록 맞고 싶냐고!”

스트라베는 제국 북부의 사투리로 호통을 쳤다.

놀랍게도 롬바는 그 말을 전부 알아들었다. 비록 제국어는 모르지만 스트라베의 표정만 봐도 뜻이 명확했다

“이런 쌍! SPR인지 새대가리인지, 이 비천한 용병 자식이

누구를 깔보는 거야. 너 지금 나더러 한 번 더 깨지고 싶으냐고 물었냐? 야 이 닭대가리야! 그때 내가 너보다 실력이 부족해서 당한 줄 알아? 저기 앉아 있는 저 계집이 비겁하게 마법을 걸었기 때문에 당한 것뿐이라고. 만약 정정당당하게 싸웠으면 너 따위는 한 손가락으로도 이길 수 있어. 이거 동교국의 롬바를 뭐로 보고 하는 수작이야.”

롬바는 아로나를 손가락으로 가리키며 성을 내었다. 얼마 전 아로나와 스트라베에게 당했던 치욕을 떠올리자 롬바의 얼굴엔 벌겋게 열꽃이 피었다.

“덤벼, 이 자식아.”

롬바의 말에 스트라베가 벌떡 일어났다.

“오냐, 동교국의 촌놈아. 다시는 기어오르지 못하도록 확실히 짓밟아주마.”

“웃기시네.”

롬바가 팔짱을 걷어붙이고 상대의 멱살을 잡았다.

스트라베도 롬바의 멱살을 마주 움켜잡았다.

두 덩치가 치고받고 싸우기 시작하자 마차가 좌우로 크게 요동쳤다. 마차를 몰던 마부가 깜짝 놀라 말고삐를 잡아당겼다. 히이이잉— 하는 말울음소리와 함께 마차가 멈춰 섰다.

그래도 롬바와 스트라베는 주먹질을 멈추지 않았다.

“롬바 님, 그만하십시오.”

보다 못해 샤피로가 끼어들었다.

"스트라베, 지금 뭐하는 짓이야. 우리에겐 중요한 임무가 있잖아."

아로나도 눈초리를 샐쭉하게 만들었다.

두 사람의 개입에 싸움이 겨우 멎었다.

그렇다고 앙금이 풀린 것은 아니었다. 롬바와 스트라베는 서로를 노려보며 성난 황소처럼 콧김을 내뿜었다. 그러다 먼저 롬바가 주먹을 들었고, 스트라베도 이에 질세라 팔을 휘둘렀다.

"롬바 님!"

"스트라베!"

샤피로가 롬바를 향해 버럭 소리를 질렀다.

아로나는 스트라베를 째려보았다.

"알았어. 알았다고."

"아로나, 미안."

뜨끔해진 롬바와 스트라베는 슬그머니 손을 내렸다.

"이랴!"

마차 안이 조용해지자 마부가 다시 말을 몰았다. 마차는 밤길을 달려 부르크 성으로 향했다.

이번 작전의 대장은 아로나였다. 그녀는 외성벽 앞 해자를 건넌 뒤 사람들을 모아 작전을 점검했다.

"자자, 주목! 지금부터 목표를 다시 한 번 점검하겠다. 우리의 목적은 부르크 내성에 침투해서 체켄파에게 심각한 타격을 주는 것이다. 그리하여 적의 사기를 떨어뜨리는 것이 우리의 임무야. 모두 알아들었지?"

"응."

스트라베가 힘차게 대답했다.

샤피로는 대답 대신 아로나의 말을 롬바에게 통역해 주었다.

롬바가 부루퉁 입술을 내밀었다.

"쳇! 웃기고 있어. 지가 뭔데 명령질이야?"

비록 언어는 통하지 않았지만 롬바의 퉁명스런 태도는 한눈에 보였다. 아로나가 지그시 눈을 찌푸렸다.

하지만 그뿐. 아로나는 굳이 롬바를 붙잡고 시간 낭비를 하지 않았다. 대신 빠르게 명령을 이었다.

"좋아. 그럼 각자 맡은 바 임무를 한 번 더 확인시켜 주겠다. 나는 내성 안에 있는 기사 회관(Knight Hall; 기사들이 머무는 회관)을 휘저어 놓겠다. 기사 회관에 머물고 있는 체켄파 기사들의 발을 묶는 것이 내 몫이야. 뭐, 그러다가 운이 좋으면 기사단장 폰투스에게 타격을 입힐 수도 있겠지. 이어서 스트라베!"

"응?"

스트라베가 고개를 들었다.

"너는 내성 무기고를 습격해서 박살내라. 가급적 큰 소동이 일어나도록 화려하게 들쑤시라고. 내 말이 무슨 뜻인지 알지?"

"알았어."

이제 아로나의 시선은 샤피로에게 향했다.

"샤피로, 네 목표는 요인 암살이다. 만약 체켄 도련님이나 요안나 마마를 해치울 수 있다면 더할 나위 없이 좋겠지만, 그게 그렇게 쉽진 않을 거야. 적들이 바보가 아닌 이상 방어벽을 단단히 둘러놓았을 테니까."

"뭐요? 체켄이나 요안나를 해치우라고?"

샤피로가 눈을 동그랗게 떴다.

아로나의 명령은 예상 밖이었다. 체켄은 미셸 공작부인의 친손자고, 요안나는 며느리다. 한데 공작부인이 정말 피붙이의 암살을 허락했단 말인가?

'미셸이 그 정도로 독한 성격은 아닌데……'

샤피로는 의심스러운 눈빛으로 아로나를 보았다.

아로나가 피식 웃었다.

"이봐, 샤피로. 지금 무슨 생각을 하는지 알겠는데, 그래도 군소리 없이 내 뜻을 따라줬으면 좋겠어. 어쨌거나 지금은 내가 대장이잖아."

"아무리 대장이라고 해도 그렇지, 그냥 무턱대고 따르란 말이오? 나중에 책임은 누가 지고?"

"글쎄? 나중에 책임을 져야 할 일이 있을까? 샤피로, 지금 우리는 전쟁 중이야. 전쟁 중에는 무슨 일이 벌어져도 이상하지 않잖아? 예를 들어서 요안나가 평소 앓고 있던 지병 때문에 갑자기 사망할 수도 있고, 또 체켄 도련님이 바나나 껍질을 밟고 미끄러져서 죽을 수도 있는 것 아니야? 아니면 무기고에 불이 났다는 보고를 받고 요안나가 충격을 받아 심장마비가 올 수도 있지. 한데 이렇게 급작스럽게 벌어지는 일들을 누가 책임을 질 수 있을까? 아무도 이 일에 대해서 책임을 질 수 없을걸. 어쩌면 미셸 마마께서도 일이 이렇게 되기를 바라실지도 모르고."

아로나가 빙 돌려 말했다.

샤피로는 눈을 가늘게 뜨고 아로나의 속셈을 가늠해 보았다.

아로나는 샤피로를 부추겨서 요안나나 체켄을 암살한 다음, 나중에 문제가 터지면 그 죄를 샤피로에게 몽땅 뒤집어씌우려는 듯했다. 그 시커먼 속이 훤히 들여다보였다.

'설령 그렇다고 해도 상관없지. 어차피 나는 일기를 찾는 즉시 이곳을 떠날 테니까.'

샤피로는 이것이 아로나가 판 함정이라고 해도 괜찮았다. 그의 목표는 오로지 일기를 찾는 것! 목표 달성을 위해서는 하루 빨리 체켄파를 거꾸러뜨리고 내성을 점령해야 하는데, 요인 암살은 목적지로 가기 위한 지름길이나 마찬가지였다.

'만약 체켄이나 요안나가 죽으면 내성 점령이 쉬워질 테지?'

이렇게 생각한 샤피로는 아로나의 계획에 장단을 맞춰주기로 결심했다.

"알았소. 하는 데까지 최선을 다해 보겠소."

"좋아."

아로나는 샤피로를 향해 알쏭달쏭한 미소를 던지고는, 손가락으로 롬바를 가리키며 통역을 부탁했다.

"저 털보 양반에게도 알려줘. 그의 목표는 식량창고라고 말이야."

"식량창고!"

"그래. 창고에 가서 가능한 화끈하게 소란을 떨라고 해. 가능하면 체켄파의 식량을 몽땅 불태워 버리면 더 좋고."

"알겠소."

샤피로가 아로나의 뜻을 롬바에게 전달했다.

롬바는 새끼손가락으로 귓구멍을 파면서 시큰둥하게 듣다가 아로나가 눈을 부릅뜨자 마지못해 고개를 끄덕였다.

물론 고분고분 들은 것은 아니었다. 롬바는 발을 건들건들 흔들면서 반항심을 드러내었다.

그 불량스러운 태도에 스트라베가 발끈했다.

"저게 어디서 감히!"

"스트라베, 그만! 더 이상 툭탁거리면 내가 용서 안 해!"

아로나가 손바닥을 들어 스트라베에게 경고했다.

스트라베는 억지로 화를 억눌러 참았다.

롬바가 두 손을 귀에 대고 혀를 쏙 내밀며 스트라베를 약 올렸다.

"메롱, 메롱."

"와우, 이 자식이 감히!"

화가 난 스트라베가 주먹으로 땅을 후려쳤다.

아로나의 경고 때문에 롬바에게 달려들 수는 없고, 그렇다고 속에서 치밀어 오르는 열불을 그냥 식히지도 못하고.

결국 스트라베는 애꿎은 땅바닥에 화풀이를 했다.

상대가 꼼짝 못하자 롬바는 더욱 신이 났다.

"메롱, 메롱, 메롱! 약 오르지? 이 바보 자식아."

"롬바 님!"

어린아이 같은 롬바의 모습에 샤피로가 얼굴을 찌푸렸다.

"어휴우!"

아로나는 땅이 꺼져라 한숨을 내쉬었다.

작전이 시작되기 전부터 팀 분위기는 최악이었다. 이런 허술한 단결력으로 무슨 일을 해낼 수 있을지, 아로나는 골치가 아팠다.

Chapter 4

"가자."

아로나의 입에서 작전 시작을 알리는 말이 떨어졌다.

스트라베는 성벽 위를 향해 휘파람을 불었다.

잠시 후 외성벽 위에서 빛이 깜빡였다. 성벽 수비군 가운데 미셸을 따르는 자들이 휘파람에 응답했다.

스트라베는 깜빡이는 불빛에 맞춰 돌을 두드렸다.

땅땅, 땅땅땅, 땅땅, 땅.

깜빡깜빡, 깜빡깜빡.

소리와 불빛으로 이루어진 신호가 몇 차례 오고 갔다. 마침내 성벽 위에서 굵은 밧줄이 내려왔다.

아로나가 턱으로 밧줄을 가리켰다.

"스트라베, 먼저 올라가."

"오케이!"

스트라베가 밧줄을 거머쥐고 성벽을 탔다. 무거운 덩치에도 불구하고 스트라베의 등반 솜씨는 뛰어났다.

다음은 샤피로의 차례.

그 뒤에는 아로나가 밧줄을 잡았다.

사고뭉치 롬바는 맨 마지막 순서였다.

4명 모두 성벽 위로 올라오자 수비병들은 밧줄을 회수해서 증거를 없앴다. 스트라베가 수비병들의 어깨를 두드렸다.

"고맙소. 미셸 마마께서 반드시 그대들의 충정을 기억하실 것이오."

"모두 조심하십시오. 요새 성 안의 경비가 장난이 아닙니다.”

수비병들의 말에 스트라베는 다시 한 번 고맙다는 인사를 했다. 그리곤 서둘러 외성 안으로 들어갔다.

외성벽을 통과한 뒤 샤피로 일행은 좁은 골목길을 따라 달렸다. 경비병들이 돌지 않는 외진 뒷골목이었다.

그렇게 한참을 이동하다가 이번엔 하수구로 들어갔다.

“참 가지가지 한다. 이거 구정물 냄새가 옷에 다 배겠네.”

롬바가 투덜거렸다.

아무도 그의 불평에 신경 쓰지 않았다. 샤피로도 더 이상 롬바에게 대꾸하지 않았다. 롬바는 머쓱한 얼굴로 입을 다물었다.

그 후 일행은 조용히 전진했다.

그물망 같은 하수구를 이용해서 도시를 관통한 뒤, 샤피로 일행은 마침내 내성 뒤편에 도착했다.

좁은 하수구 구멍에서 기어 나오자 80도 기울기의 가파른 언덕이 나타났다. 언덕 위에는 내성의 성벽이 우뚝 솟아 있었다.

아로나는 달빛에 반사된 성벽을 지그시 노려보다가 주머니를 뒤졌다. 그녀가 꺼낸 것은 자그마한 씨암탉이었다.

와득!

아로나는 서슴없이 암탉의 목을 꺾어 피를 뽑았다. 그런 다음 닭의 피를 매개체로 삼아 마법을 구현했다.

아로나가 피 묻은 손을 뻗자 언덕 일대에 거무튀튀한 안개가 내려앉았다. 환하던 성벽 밑이 갑자기 컴컴해졌다.

"지금이다. 서둘러."

아로나가 짧게 외쳤다.

이번에도 스트라베가 앞장섰다. 스트라베는 검은 망토로 몸을 감싼 다음, 시커먼 안개에 몸을 숨긴 채 급경사 언덕을 기어올랐다.

그러다 안개를 벗어나면 언덕에 착 달라붙어 몸을 숨기고, 안개가 다시 드리우면 재빨리 움직이고.

스트라베의 몸놀림은 정말 날렵했다. 성벽 위에는 궁수들이 눈을 부라리고 있었지만 아무도 스트라베를 발견하지 못했다.

다음은 샤피로의 순서였다.

"샤피로, 가라!"

아로나가 턱을 까딱였다.

"후읍!"

샤피로는 숨을 한 번 크게 들이쉰 다음, 화살처럼 튀어나가 언덕을 올랐다.

어둠의 보호라도 받는 듯 샤피로는 그늘진 곳만 찾아서 움직였다. 스트라베처럼 중간에 멈추지도 않았다. 유령이 날아오르는 듯 일정한 속도로 등반했다.

"햐아! 어떻게 저렇게 움직이지? 동교국에서는 성기사들에게 침투 전문 훈련을 시키나?"

아로나가 혀를 내둘렀다.

롬바도 홀린 듯이 샤피로를 바라보았다.

그러는 사이 샤피로는 언덕 위에 도착해서 스트라베의 곁에 자리를 잡았다.

"이제 내 차례인가?"

이번에는 아로나가 뛰쳐나갔다.

아로나는 샤피로처럼 민첩하지 못했다. 스트라베처럼 빠르지도 않았다. 대신 그녀는 '반사방지 마법'을 자신의 몸에 둘러놓았다. 덕분에 빛이 반사되지 않았고, 적에게 들킬 염려도 없었다.

일행 가운데 3명이 성벽 아래에 도착했다. 이제 남은 사람은 롬바뿐.

롬바가 달렸다. 그는 중간에 2차례나 위기의 순간을 맞았지만, 그래도 들키지 않고 무사히 언덕을 올라왔다.

다음은 내성벽을 넘을 차례.

아쉽게도 내성에는 미셸의 손길이 미치지 못했다. 샤피로 일행을 위해 밧줄을 드리워줄 사람이 없다는 뜻이었다.

그렇다면 순수하게 실력으로 해결할 수밖에.

이번에도 아로나가 나섰다. 아로나는 미리 받아놓았던 암탉의 피를 성벽 밑에 골고루 뿌렸다. 그리곤 피 위에 손바닥을 밀착한 채 입술을 달싹였다.

"아도로 몬, 아도로 몬, 모나 아도로 몬!"

아로나의 입에서 흘러나온 주문이 음산하게 퍼졌다. 공기가 꿀렁꿀렁 요동쳤다.

롬바가 아로나를 향해 의심의 눈초리를 보냈다.

"어라? 이거 수상한데? 혹시 사악한 흑마법을 펼치는 것 아니야?"

하지만 꼬치꼬치 따져서 일을 망치지는 않았다. 마법의 정체에 대해서는 나중에 캐묻기로 하고는 우선은 덮어두었다.

1분쯤 시간이 지났을까?

드디어 아로나의 마법이 완성되었다. 땅이 들썩인다 싶더니 넝쿨의 떡잎이 솟구쳤다.

"모나 아도로 몬! 모나 아도로 몬!"

아로나가 목청을 약간 높였다. 그러면서 손바닥을 서서히 들었다. 아로나가 소환한 넝쿨은 그녀의 손바닥에 떡잎을 착 붙인 채 쭈우욱 자랐다. 그리곤 아로나가 손을 뗀 뒤에도 계속 자라서 성벽을 타고 뻗었다.

"햐아!"

"오오오!"

다들 아로나의 솜씨에 놀라 눈을 크게 떴다. 특히 샤피로는 호기심 가득한 눈으로 아로나를 바라보았다.

잠시 후 넝쿨이 성벽 위에 도착했다.

아로나는 같은 방법으로 2번째, 3번째, 그리고 4번째 넝쿨을 키워냈다. 줄사다리 4개가 완성된 셈이었다.

"서둘러. 마법 유지시간이 그리 길지 않아."

아로나가 재촉했다.

일행은 넝쿨을 하나씩 잡고 성벽을 기어올랐다. 스트라베와 롬바는 체중이 꽤 나갔지만, 넝쿨은 그들의 몸무게를 견뎌낼 만큼 충분히 질겼다.

내성 성벽 위에는 횟불을 든 경비병들이 2인 1조로 돌아다니는 중이었다. 그들은 평소 지침에 따라 철저하게 주변을 경계했다.

하지만 샤피로 일행을 발견하지는 못했다.

성벽 위에 막 도착한 아로나가 경비병들을 향해 손을 뻗었다. 그녀의 반지로부터 초록빛이 번뜩였다. 정신계 마법이 구현되었다.

"끄응!"

"으으윽!"

어지럼을 견디지 못한 경비병들이 그 자리에 푹푹 쓰러졌다.

스트라베가 기다렸다는 듯이 달려 나가 경비병들의 목을 땄다. 아로나와 스트라베는 대화를 주고받지 않아도 손발이 척척 맞았다.

그 모습을 본 롬바가 뿌드득 이빨을 갈았다.

"저렇게 했구나! 저런 식으로 나를 기절시킨 다음 짓밟았던 거였어."

롬바의 뇌리에는 얼마 전 아로나, 스트라베 콤비에게 당했던 기억이 되살아났다. 갑자기 속에서 열불이 치솟았다.

"롬바 님!"

주먹을 들고 막 뛰쳐나가려는 롬바를 샤피로가 붙잡았다.

"끄응! 나중에 두고 보자."

롬바는 아로나와 스트라베를 향해 이빨을 갈았다.

그사이 스트라베는 내성벽 위를 말끔하게 정리했다.

아로나가 재빨리 뛰쳐나가면서 소리쳤다.

"내성 경비병들의 교대 주기는 고작 15분이야. 곧 적들이 눈치를 챌 테니까 가능한 빨리 침투해야 해."

아로나의 말에 정신이 번쩍 들었다. 샤피로와 롬바는 서로 얼굴을 마주본 다음, 부랴부랴 몸을 날렸다.

한달음에 14미터 폭의 성벽을 가로지른 다음, 샤피로 일행은 주춤 멈춰 섰다.

정상적인 통로는 이미 막힌 상태였다. 성 안으로 통하는 계단 아래엔 적병들이 쫙 깔려 있었다.

지금까지 그래왔듯이 일행은 아로나를 쳐다보았다.

이번에도 아로나가 해결책을 내놓았다. 그녀는 그늘진 곳으로 자리를 옮겨 넝쿨을 소환했다.

벽돌 틈새에서 4가닥의 질긴 넝쿨이 자라나더니 성벽 아래로 축 늘어졌다. 샤피로 일행은 넝쿨을 한 가닥씩 붙잡고 빼르게 하강했다.

주변에 어둠이 깔려 있었기에 발각 당할 염려는 없었다. 땅에 내려선 샤피로 일행은 눈짓을 교환한 뒤 4방향으로 산개했다.

롬바는 식량창고!

스트라베는 무기고!

아로나는 기사 회관!

마지막으로 샤피로는 아성(Keep)!

"임무를 끝마친 뒤에 내성벽 앞에서 다시 만나자. 조금 전에 침투한 곳으로 오면 돼."

등 뒤에서 아로나의 목소리가 들렸다.

"알았소."

샤피로는 짧게 고개를 끄덕였다.

솔직히 이번 임무 가운데 가장 어려운 곳이 아성이었다. 아로나가 샤피로에게 아성공략을 맡긴 것은 어쩌면 복수일지도 몰랐다. 감히 공작부인을 인질로 잡고 목을 물어뜯었던 것에 대한 복수, 혹은 응징!

그렇다고 이제 와서 발을 뺄 수는 없었다. 샤피로는 어둠 속에 우뚝 솟은 아성을 노려보다가 혀를 살짝 내밀었다.

혀로 입술을 핥아 축이자 긴장이 약간 풀렸다.

"한번 가볼까?"

짙은 어둠 속, 샤피로는 복면으로 얼굴을 가렸다. 검은 복면 속 샤피로의 눈이 매의 그것처럼 섬뜩하게 빛났다.

Chapter 5

샤피로가 걸었다. 한밤중에 정원에 달빛 구경이라도 나온 사람처럼 느긋한 걸음걸이였다.

굳이 서두를 이유는 없었다. 아성은 서두른다고 해서 뚫을 수 있는 곳이 아니었다. 수십 명의 기사와 수백 명의 정예 병사가 포진해 있는 저 단단한 철옹성을 뚫기 위해서는 인간의 능력을 뛰어넘는 그 무언가가 필요했다.

오늘 샤피로는 그 무언가를 발휘할 요량이었다.

샤피로는 눈을 반쯤 열었다. 그리곤 마음속 깊은 심연에 도사리고 있는 어둠의 권능을 이끌어내었다.

샤피로의 몸 주변에 어둠이 내려앉았다. 어깨에, 팔에, 머리에, 다리에, 심지어 등 뒤까지 빼곡히 내려앉아 샤피로를 휘감았다.

샤피로는 어둠 안에서 완성되었다. 어둠은 샤피로를 보호하기 위해서 태어난 것처럼 온힘을 다해 샤피로를 감쌌고, 샤피로는 그 안에서 완전해졌다.

빛이 흠칫 놀라 물러섰다. 희미한 별빛도, 휘영청 밝은 달빛도 샤피로에게는 닿지 못했다. 접근 불가능한 불가침의 존재를 만난 것처럼 모든 빛들은 회절과 굴절을 거듭하면서 샤피로를 피했다.

빛의 부재 덕분에 샤피로는 보이지 않았다. 두 눈을 똑바로 뜨고 보면 분명 그 자리에 있는데, 경비병들은 샤피로의 존재를 인식하지 못했다. 칼날처럼 예리한 감각을 자랑하는 기사들도 눈 뜬 장님이나 마찬가지였다.

존재감 제로!

샤피로는 소리 없이 움직였다.

소리를 내지 않는다고 해서 주춤주춤 겁쟁이처럼 걷는 것이 아니었다. 샤피로는 큼지막한 보폭으로 척척 발을 떼었다. 가슴을 쫙 펴고 한 치의 흔들림도 없이 당당하게 걸었다.

그렇게 대범하게 걷는데도 소리가 나지 않았다. 짙은 어둠이 소리까지 차단했다.

샤피로는 유령처럼 스르륵 적진을 돌파했다. 체켄파 병사들을 코앞에서 스치고 지나갔다. 적 기사로부터 불과 30센티미터 떨어진 곳을 서슴없이 밟고 지나갔다.

그렇게 근거리에서 움직이는데도 적들은 샤피로의 존재를 눈치 채지 못했다. 단지 샤피로가 지나갈 때 말들이 푸르릉 푸르릉 콧김을 내뿜을 뿐이었다.

"왜 그래? 워워워."

아무것도 모르는 기사는 엉뚱하게도 말을 나무랐다.

어둠 속에서 샤피로가 희죽 웃었다.

몇 겹의 방어막을 뚫자 아성으로 올라가는 돌계단이 나타났다. 돌계단 위에는 단단한 철문이 보였다.

'저 철문 안으로 들어가면 아성 내부다.'

샤피로는 계단 옆에 가만히 서서 때를 기다렸다.

약간의 시간이 흐르자 12번의 종소리가 울렸다. 자정을 알리는 소리였다.

'자정이 되었으니 이제 교대를 할 때가 되었는데……'

샤피로의 예상이 딱 맞았다. 은빛 갑옷으로 중무장한 기사 4명이 발을 맞춰 아성으로 다가왔다. 자정의 근무교대를 위해 아성 안으로 들어가는 기사들이었다.

샤피로는 근무교대 기사들의 등 뒤에 그림자처럼 달라붙었다.

아성 입구에 도착하자 인솔 기사가 한 발 앞으로 나왔다.

탕탕탕!

인솔 기사는 아성 철문에 매달린 쇠고리를 두드렸다.

드르륵 소리와 함께 철문 위쪽의 창이 열리고, 좁은 창틈으로 두꺼비처럼 툭 불거진 눈이 나타났다.

"누구냐?"

"근무교대조요."

"암호는?"

"독수리 방패."

인솔 기사가 암호를 대자 철문이 덜컹 열렸다.

샤피로는 근무교대조 기사들이 문 안으로 들어갈 때를 노려서 잽싸게 뒤쫓아 들어갔다. 기사들도, 그리고 문지기도 샤피로의 존재를 알아차리지 못했다. 다들 눈뜬장님이었다.

드디어 아성 침투 성공!

아성 안으로 들어온 근무교대조는 곧장 위층으로 올라갔다.

샤피로는 잠시 입구에 머물렀다.

샤피로는 나선형으로 빙빙 감겨 올라가는 계단을 올려다보면서 침을 꿀꺽 삼켰다. 왠지 모를 어색함에 가슴이 답답했다.

'이상한데? 계단을 왜 이렇게 만들었지?'

이곳 아성의 계단은 반시계 방향으로 감겨 올라가고 있었는데, 보면 볼수록 곤혹스러웠다.

'대개 아성의 계단은 시계 방향으로 감겨 올라가게 마련 아닌가? 그래야 아래층에서 밀고 올라오는 적을 효과적으로 막아낼 수 있잖아.'

샤피로는 고개를 갸웃거렸다.

세상 사람들 대부분은 오른손잡이였다. 당연히 병사들도 대부분 오른손으로 무기를 휘둘렀다.

따라서 시계 방향으로 감겨 올라가는 계단에서 싸울 경우, 아래층에서 위층으로 쳐들어올라오는 침입자들은 좁은 돌벽에 오른손이 부딪쳐서 무기를 마음껏 휘두를 수 없었다. 반대로 위층에서 아성을 지키는 수비병들은 무기를 편하게 휘두를 수 있으니까 그만큼 유리한 셈이었다.

이런 이유 때문에 건축가들은 아성의 계단을 시계 방향으로 감아올리는 것이 관례였다. 한데 이곳 부르크의 아성은 건축의 기본 상식을 깨뜨렸다.

'왜 반시계 방향으로 만들었지? 이러면 오히려 침입자들이 유리하잖아. 거꾸로 아성을 지키는 수비병들은 방어하기 어렵고. 그런데 왜 이렇게 멍청하게 건축했을까? 부르크인들은 대부분 왼손잡이인가?'

샤피로는 부르크 기사들의 무장 상태를 머릿속에 떠올렸다.

샤피로의 기억이 정확하다면, 부르크 기사들은 대부분 검을 왼쪽 허리에 착용했다. 다시 말해서 그들이 오른손잡이라는 뜻.

'그러니까 더 이상하잖아? 다들 오른손잡이면서 왜 이렇게 지었을까?'

샤피로는 눈을 깊게 찌푸린 채 나선 계단을 노려보았다.

아무리 노려보아도 이유는 알 수 없었다. 샤피로는 머리를 좌우로 흔들어 잡생각을 털어 버리고는 맡은 바 임무에 몰두했다.

'체켄파의 수뇌부들은 위층에 머물고 있을 테지?'

샤피로의 능력이라면 적 수뇌부를 암살하는 것은 그다지 어렵지 않다. 암살 후에 무사히 탈출하는 것이 문제다.

'지금처럼 수비병들이 듬성듬성 서 있을 때는 얼마든지 침투가 가능해. 나는 어둠의 보호를 받으니까 말이야. 하지만 암살 후에 밖으로 나가기란 쉽지 않아. 적 수뇌부를 암살하고 나면 곧이어 경고 호각이 울릴 테고, 그러면 체켄파 기사들이 신경을 바짝 곤두세우고 진영을 구축할 텐데, 아무리 어둠의 보호를 받는다고 해도 그 치밀한 그물망을 빠져나갈 수는 없거든.'

어찌어찌 기사들의 눈을 피한다고 해도, 그 다음에 맞닥뜨릴 마법사가 부담스러웠다.

부르크 공작령은 제국 서남부를 다스리는 핵심 영지였다. 영지의 규모가 큰 덕분에 소속 마법사들도 상당히 많았다.

한데 그 많은 마법사들이 우르르 달려와 디텍션(Detection; 탐지) 마법을 걸면 샤피로가 발각 당하는 것은 시간문제였다.

'결국 무사히 탈출을 하려면 체켄파의 기사들뿐만이 아니라 마법사들과도 싸워야 해!'

샤피로는 탈출할 때를 대비해서 덫을 놓기로 마음먹었다.

우선 입구부터 시작.

샤피로는 허리춤을 뒤적여 회색빛 고무줄 하나를 꺼냈다. 가느다란 쇠꼬챙이 한 묶음과 투명한 실타래 하나, 그리고 약병 2개도 꺼내서 바닥에 내려놓았다.

첫 번째 약병에는 거무튀튀한 색깔의 반죽이 들어 있었다. 두 번째 약병에는 하얀 반죽이 담겨 있었다.

샤피로는 첫 번째 약병 안에 손가락을 넣어 검은 반죽 100그램을 덜어내었다. 그의 손동작은 너무나 능숙해서 한 번 퍼올리는 것만으로도 딱 100그램을 꺼냈다. 이어서 흰 반죽 17

그램도 정확하게 덜어내었다.

다음은 두 반죽을 섞을 차례.

샤피로는 검은 반죽 100그램과 흰 반죽 17그램을 손으로 비벼 섞었다. 단지 섞기만 한 것이 아니라 빙빙 휘저어 열심히 개었다.

2개의 반죽이 서로 섞이면서 회색빛깔의 끈적끈적한 반죽이 완성되었다.

이것은 암흑교단 암귀 시절 샤피로가 즐겨 사용하던 접착제다. 검은 반죽과 흰 반죽을 100대 17의 비율로 섞으면 불과 3분 만에 돌처럼 딱딱하게 굳는 특수 접착제!

접착제가 만들어지자 샤피로는 그것들을 3덩어리로 나눴다.

우선 사용할 것은 접착제 2덩어리.

샤피로는 접착제를 건물 모퉁이 양쪽에 살살 발랐다. 그런 다음 준비해 온 고무줄을 꾹꾹 눌러 접착제 속에 파묻었다.

3분을 기다리자 접착제가 돌처럼 굳었다. 고무줄이 단단히 고정되었다.

'영차!'

샤피로는 질긴 고무줄을 팽팽하게 당겨 V자 모양으로 만들었다. 그리곤 V자의 꼭짓점에 쇠꼬챙이 다발을 걸고 접착제로 살짝 고정했다. 접착제 위에는 침을 뱉어 충분히 적셔놓았다. 이렇게 침과 섞으면 접착력이 상당히 약화된다.

대부분의 성벽들이 그렇듯이 이곳 아성의 벽돌도 회색이었
다. 샤피로가 준비해 온 접착제와 고무줄, 쇠꼬챙이도 모두 회
색이었다. 자세히 보지 않으면 눈에 띄지 않을 뿐더러, 모퉁이
의 그늘까지 더해져 있어 더더욱 구분이 가지 않았다.

'이제 준비는 얼추 끝났다. 다음은 발사 장치를 만들 차례
야.'

샤피로는 손에 달라붙은 접착제를 떼어내고는 실타래를 잡
았다. 발사 장치는 실을 이용해서 만들 계획이었다.

샤피로는 투명한 실의 끝을 고무줄 중심에 연결한 다음, 팽
팽하게 당겨 적들이 들이닥칠 법한 길목에 드리워놓았다.

적들이 달려오다가 이 실을 건드리면 실이 당겨질 테고, 연
쇄적으로 고무줄이 당겨질 것이다. 하면 팽팽한 고무줄의 중
앙 부분이 접착제로부터 떨어져 나올 터!

'그럼 고무줄에 걸린 쇠꼬챙이 묶음이 발사되는 거지.'

샤피로는 멋지게 완성된 덫을 내려다보면서 흐뭇한 미소를
흘렸다.

사실 이 정도 덫만으로도 효과는 충분했다.

그러나 샤피로는 여기서 만족하지 않았다. 품에서 붓과 독
약병을 꺼내더니 쇠꼬챙이의 끝에 독을 발랐다. 살짝 찔리기
만 해도 온몸이 마비되는 전갈의 독이었다.

드디어 덫 하나 완성!

샤피로는 돌계단 중간 중간에 덫 4개를 추가로 설치했다.

이어서 또 다른 종류의 덫도 준비했다.

'한 종류의 덫만으로는 충분하지 않아. 덫을 섞어 사용해야 적들을 당황시킬 수 있어.'

샤피로는 웃옷을 훌렁 벗었다.

옷의 안감을 뜯자 투명하고 가느다란 실이 줄줄 뽑혔다. 이 실은 눈에 잘 띄지 않을 만큼 가늘지만, 질기기는 고래 심줄보다 더 질겼다. 게다가 실 표면에 고운 유리가루를 발라놓아서 무기로 쓰기에 딱 적합했다.

샤피로는 유리가루를 바른 실로 매듭을 만들어 아성 계단 군데군데에 흩어놓았다. 그리곤 실 끝에 살짝 표시를 해두었다.

'부르크 기사들과 싸움이 벌어졌을 때 이 실 끝을 홱 잡아당기면 기사들의 발목을 낚아챌 수 있지.'

발목이 걸린 기사가 좁은 계단 위에서 우당탕 구르면, 뒤에 있던 동료 기사들도 함께 나자빠질 터였다.

샤피로는 좁은 지형을 이용해서 어떻게 싸울지 치밀하게 계산했다. 그리곤 머릿속에 작전이 서자 비로소 움직였다.

2층을 지나 3층. 3층을 지나 4층. 4층을 지나 5층!

마지막 5층에 오르자 커다란 철문이 앞을 가로막았다. 철문 양 옆에는 중무장한 기사 4명이 호위를 서는 중이었다.

'저 문 안에 체켄파의 수뇌부가 머물고 있겠구나!'

샤피로는 차분하게 호흡을 가다듬었다. 위험한 일을 해내기 위해서는 최대한 침착해야 한다는 것이 샤피로의 지론이었다.
철문을 향해 접근하는 샤피로의 태도는 고양이처럼 조심스러
웠다.
　한 발 또 한 발, 조심조심!
　먹이를 노리는 표범처럼 살금살금.

제2화
샤피로, 실력을 드러내다

Chapter 1

원래 샤피로의 주무기는 대형 낫이었다. 한데 최근에는 신분을 숨기기 위해서 창술 연마에 전념해 왔다.

한데 창이나 대형 낫 같은 중병기를 들고 적진에 침투할 수는 없었다. 눈에 쉽게 띄기 때문이었다.

결국 샤피로는 고민 끝에 3단 분리 창을 준비했다.

잘츠파의 노련한 대장장이가 샤피로와 롬바를 위해서 3단 분리 창을 만들어주었다. 이 창은 평소에는 짧은 봉 형태지만, 필요시 돌려 끼우면 멋진 창이 된다.

샤피로는 허리춤을 풀어 3단 분리 창의 조각들을 꺼내들었다.

첫 번째 자루의 길이는 60센티미터.

두 번째와 세 번째 자루의 길이는 각각 80센티미터.

이 가운데 첫 번째 창의 끝에는 잘 벼린 창날이 매달려 있다.

"이렇게 짧으니 창이 아니라 검 같구나."

샤피로는 짧은 단창을 슥슥 휘두르면서 이렇게 중얼거렸다.

짧은 무기는 손에 익지 않았다. 어딘지 모르게 어색했다.

그렇다고 사용하기 불편할 정도는 아니었다. 긴 무기에 비해서 상대적으로 어색할 뿐, 샤피로는 단창도 문제없었다.

샤피로는 3단 분리 창의 첫 번째 자루, 즉 단창은 그냥 쓸 생각이었다. 그리고 두 번째와 세 번째 자루는 서로 연결해서 쓸 생각.

2개의 자루를 연결하자 160센티미터 길이의 창대가 완성되었다.

샤피로는 오른손에 60센티미터 길이의 짧은 단창을 들고, 왼손에는 160센티미터의 창대를 들었다.

'어거 마치 숲의 사원의 드루이드가 된 기분인걸.'

샤피로는 머릿속으로 드루이드를 떠올렸다.

안테르펜 왕국 너머 밀림지대에는 '숲의 사원'이 있고 숲을 지키는 '드루이드'들이 있다. 숲의 수도승이라 불리는 드루이드들은 마법과 검술을 동시에 사용하는 것으로 유명하다. 그들은 한 손에 마법검을 들어 마법을 부리고, 다른 손에는 긴 검을 들고 횡횡 휘두른다.

샤피로는 지금 자신의 행색이 드루이드와 비슷하다고 생각했다. 한 손에는 기형적으로 짧은 단창을 하나 들었고, 다른 손에는 긴 창대 하나를 들었으니까 말이다.

'아니지. 지금 한가하게 드루이드 생각을 할 때가 아니지.'

샤피로는 드루이드에 대한 잡념을 털어 버리고는, 눈앞의 체켄파 기사들에게 신경을 집중했다.

'단번에 해치워야 한다. 호각을 불 틈을 주지 않고 단숨에! 철문 안에서 눈치 채지 못하도록 아주 짧은 시간 내에!'

생각과 함께 몸이 발동했다. 샤피로는 먹이를 노리는 표범처럼 몸을 웅크렸다가 폭발적으로 뛰쳐나갔다.

파앙!

단숨에 바닥을 박차고 점프해서 계단 20개를 한꺼번에 돌파했다. 그 다음 4명의 기사들 사이로 뚝 떨어지면서 양손과 양발을 휘둘렀다.

오른손에 쥐고 있던 단창으로는 4시 방향 기사의 목을 찔렀다. 왼손의 창대를 뻗어 8시 방향의 기사의 입에 쑤셔 넣었다.

"꾸륵!"

"크업!"

2개의 비명이 동시에 들렸다.

창날에 목을 찔린 기사는 가래 끓는 소리를 내면서 부들부들 떨었다. 그의 목에서 쏟아진 피가 은빛 갑옷을 흥건히 적셨다.

　8시 방향의 기사는 이빨이 왕창 부서졌다. 이어서 목젖까지 그대로 뭉개져 창대가 목 뒤로 뚫고 나왔다.

　2명 즉사!

　양손으로 2명의 적을 해치울 동안 발도 놀고 있지 않았다. 샤피로는 허공에 도약한 채로 두 발을 교차해서 차올려 나머지 기사 2명의 가슴팍을 후려쳤다.

　퍼퍽!

　갑옷과 발이 부딪치면서 둔탁한 소리가 울렸다. 2시 방향과 10시 방향의 기사 2명이 동시에 나동그라졌다.

　샤피로는 허공에 몸을 띄운 채 빙글 텀블링을 하더니, 단창으로 2시 방향 기사의 목을 찔렀다.

　"컥!"

　막 일어나려고 버둥거리던 기사가 눈을 크게 떴다.

　"커억! 컥! 컥!"

　기사는 뒤늦게 손을 뻗어 샤피로의 창날을 붙잡으려 했지만, 이미 늦었다. 방어 한 번 제대로 해보지 못하고 그대로 동맥이 잘렸다.

　목에서 역류한 피가 기사의 입안을 흥건하게 채웠다. 기사는 피범벅이 된 이빨을 위아래로 벙긋거렸다. 동료에게 "경계 호각을 불라."라고 외치고 싶은 모양이었다. 하지만 목이 막히고 입안에 피가 가득해 소리가 새어나오지 않았다.

샤피로는 창날을 거칠게 휘저어 기사의 숨통을 완전히 끊어
놓았다. 그리곤 창날을 다시 휘둘러 10시 방향 기사의 목을
노렸다.

눈 깜짝할 사이에 기사 3명을 해치웠으니 이제 1명만 더 죽
이면 끝!

한데 일은 그렇게 만만하게 흘러가지 않았다. 마지막 기사
는 이번 근무조를 인솔하는 인솔 기사였다. 인솔 기사들은 평
기사보다 실력이 더 뛰어났고 훈련도 더 많이 받았다. 자연히
위기가 닥쳤을 때 반응도 무척 신속했다.

10시 방향의 기사는 엉덩방아를 찧은 것과 동시에 몸을 옆
으로 굴려 샤피로의 2차 공격을 피했다. 그리곤 입에 호각을
물고는 손으로 검을 뽑았다.

삐익—

호각이 반쯤 울린 순간 샤피로가 던진 단창이 기사의 이마
에 틀어박혔다. 묵직한 창날은 인솔 기사의 두개골을 부수며
파고들었다.

“끄룩!”

인솔 기사는 호각을 불다 말고 고꾸라졌다.

샤피로의 입장에서는 이 정도면 최선을 다한 셈. 잘 훈련 받
은 기사 4명을 이렇게 빨리 해치웠으면 할 만큼 했다.

하지만 최선을 다했다는 것은 중요하지 않다. 이처럼 목숨
이 왔다 갔다 하는 판에는 오로지 결과만이 중요하다.

결과는 실패!

호각이 울리자마자 철문 안에서 반응이 왔다.

"누구냐?"

"밖에 무슨 일이야?"

샤피로가 재빨리 다가섰다.

철문 안에서 또 목소리가 들렸다.

"비상! 비상! 잘츠파에서 보낸 어쌔신(Assassin; 암살자)이 침투했나 보다. 어서 철문을 잠그고 마마님과 도련님을 비밀통로로 모셔라."

"그보다 먼저 호각을 불어야 해. 아성 밖의 아군에게 상황을 알려야지!"

요안나와 체켄을 섬기는 시종들이 철문 안에서 시끄럽게 떠들었다. 곧이어 삑삑 호각이 울리고, 쿠르릉하고 비밀통로 열리는 소리도 들렸다.

"젠장!"

샤피로가 얼굴을 구겼다. 일은 점점 나쁜 방향으로 흘러가고 있었다.

그렇다고 마냥 낙심하기엔 아직 일렀다. 샤피로는 철문이 꽉 잠기기 전에 재빨리 달려들어 어깨로 밀쳤다.

"꾸웩!"

막 빗장을 내리려고 하던 시종 2명이 샤피로의 힘을 이기지 못하고 한꺼번에 나동그라졌다.

샤피로는 문을 밀고 들어와 빠르게 방 안을 둘러보았다.

철문 안에 펼쳐진 응접실은 넓고 화려했다. 체켄파의 시종들은 응접실 한쪽 벽면에 마련된 벽난로를 통해 탈출하려던 중이었다.

아마도 저 벽난로가 비밀통로인 듯.

'체켄과 요안나가 없다. 이미 비밀통로를 통해 아래로 내려갔나 보구나!'

마음이 급해진 샤피로는 바닥에 쓰러진 시종들을 밟고 도약해 단숨에 벽난로까지 점프했다. 그러면서 허공에서 3단 분리 창의 조립을 마쳤다.

60센티미터 단창에 160센티미터의 창대를 끼워서 2.2미터 길이의 장창 완성!

샤피로는 긴 창을 쭉 뻗어 시종 3명의 등을 한꺼번에 꿰뚫었다.

"으악!"

"꺄아아악!"

벽난로 앞에 모여 있던 시종과 시녀들이 비명을 지르며 난리법석을 떨었다.

"비켜! 비키지 않으면 다 죽인다."

샤피로는 포악하게 외치며 시종들과 시녀들의 사이를 헤집었다. 창으로 푹푹 쑤시고 창대로 후려쳤다. 그것만으로도 모자라 손으로 시녀의 머리채를 휘감아 멀리 던졌다. 벽난로 앞

양탄자는 순식간에 피로 물들었다.

"꺄악, 살려줘!"

"으아아, 으아아아!"

시종과 시녀들은 겁을 집어먹고 와르르 흩어졌다. 샤피로는 그 틈을 노려 곧장 벽난로 안으로 뛰어들었다.

하지만 모든 시종과 시녀들이 다 겁을 낸 것은 아니었다. 나이 지긋한 시종 1명이 레버를 잡아당겨 비밀통로의 문을 닫았다. 귀싸대기를 얻어맞고 바닥에 쓰러져 있던 시녀는 몸을 날려 샤피로의 발목을 붙잡았다.

"이거 놔!"

화가 난 샤피로가 창을 크게 휘둘러 시녀의 머리통을 후려쳤다. 뻑 소리와 함께 시녀의 머리가 터졌다. 피가 분수처럼 뿜어졌다.

그래도 시녀는 끝까지 손을 놓지 않았다.

결국 샤피로는 창날로 시녀를 찔러서 겨우 떼어놓았다. 그 사이 비밀통로의 문이 거의 다 내려왔다.

이곳 비밀통로는 두꺼운 돌문으로 입구를 여닫는 구조인데, 저 문이 완전히 내려오면 더 이상 추격이 불가능하다.

이미 돌문은 20센티미터의 좁은 틈만 남겨놓은 채 닫혀가는 중! 샤피로의 능력이 제아무리 뛰어나다고 해도 저 좁은 틈으로 파고들 수는 없었다.

'그렇다면 방법은!'

짧은 순간 샤피로의 눈에 섬광이 깃들었다. 샤피로는 직접 추격하는 대신 좁은 틈새로 창을 날렸다.

빠아앙—!

샤피로가 온힘을 다해 뿌린 창이 공기를 찢어발기며 날아갔다. 비밀통로 저 깊숙한 곳까지 눈 깜짝할 새에 파고든 창은 시종 두어 명의 등을 연달아 꿰뚫더니, 하얀 옷을 입은 사람의 등판에 작렬했다.

"컥!"

"아, 안 돼! 안 돼!"

돌문이 완전히 닫히기 전, 날카로운 비명이 울렸다. 시녀들의 고함이 뒤를 이었다.

"성공했나? 하얀 옷을 입은 사람이 누구였지?"

얼굴을 보지 못했으니 누구를 저격한 것인지 알 수 없었다. 남자인지 여자인지도 구분이 안 갔다. 게다가 등에 창이 박힌 모습만 보았을 뿐 확실하게 숨통이 끊어졌는지 여부는 알 수 없었다.

대신 한 가지는 확실했다.

조금 전 창에 찔린 사람은 고위 귀족이다. 그것도 아주 높은 계층이 분명했다. 그 증거로, 응접실에 남은 시종들의 안색이 하얗게 질려 있었다.

샤피로는 시녀의 멱살을 붙잡아 물었다.

"하얀 옷을 입은 자가 누구냐?"

"으으으!"

"어서 말해! 그가 누구냐? 체켄이냐, 아니면 요안나냐?"

"으으, 으으으!"

시녀는 겁에 질린 채 도리질만 했다.

그사이 아성 밖에선 삑삑 호각이 울었다. 어렴풋이 말발굽 소리도 들렸다.

여기서 시간을 지체하면 포위망이 단단히 구축될 터!

'그 전에 아성을 탈출해야 한다.'

샤피로는 벌벌 떠는 시녀를 바닥에 내팽개친 채 문을 박차고 나왔다. 그리곤 응접실 앞 복도에 깔린 붉은 양탄자를 둘둘 말아 등에 짊어지고는, 수십 개의 돌계단을 날듯이 뛰어내렸다.

계단 아래서 체켄파 기사들의 고함소리가 들렸다.

"아성에 어쌔신이 침투했다. 병사들은 입구를 봉쇄하라!"

"1분대와 2분대, 3분대 기사들은 서둘러 위층으로 올라가라. 체켄 도련님과 요안나 마마님의 안전부터 챙겨야 한다."

고함소리와 함께 타타타탁 발소리도 들렸다. 기사들이 입은 갑옷의 무게 때문에 돌계단이 쿵쿵 울렸다. 아성 벽면에 매달린 램프가 흔들흔들 요동쳤다. 덩달아 샤피로의 눈동자도 흔들렸다.

'덫이 제 역할을 해줘야 할 텐데……'

샤피로는 입술을 질끈 물었다.

Chapter 2

"와아아아—!"

아성 입구가 열리고 1분대 기사들이 들이닥쳤다.

뒤를 이어 2분대와 3분대의 기사들도 달려왔다.

"서둘러라! 마마님과 도련님이 위험하시다!"

선두의 기사가 돌계단으로 뛰어오르며 소리쳤다.

그 외침에 묻혀 실 끊어지는 소리는 들리지 않았다. 팽팽한 고무줄이 허공을 가르는 소리도 그냥 묻혔다.

퓨퓨퓻!

고무줄이 맹렬히 앞으로 쏘아질 때, 한 묶음의 쇠꼬챙이도 함께 허공을 갈랐다. 서슬 퍼렇게 독이 발린 쇠꼬챙이는 기사들의 얼굴을 향해 정확한 각도로, 그리고 놀라운 속도로 날아왔다.

"크악!"

"아악! 내 눈!"

눈이 찔린 기사가 두 손을 허우적거리며 나뒹굴었다. 쇠꼬챙이에 목이 찔린 기사는 입에 거품을 물고 고꾸라졌다.

무거운 갑옷을 입은 기사가 앞에서 나자빠지자 뒷열의 기사들도 우당탕 넘어졌다.

"적이닷! 어째신 놈들이 모퉁이에 숨어서 화살을 쏜다!"

1분대장이 놀라서 외쳤다.

기사들도 당황했다.

부르크 기사들은 덫에 익숙하지 않았다. 부르크뿐 아니라 이곳 남부의 기사들 성향이 모두 비슷했다. 남부인들은 전쟁터에서도 일렬로 쭉 늘어서서 정정당당하게 맞붙곤 했다. 혹시라도 덫을 놓거나 하면 기사 취급도 하지 않았다.

부르크 기사들이 샤피로의 함정을 쉽게 알아차리지 못한 것도 그 때문.

"방어! 방어! 방패를 앞세워서 화살을 막아라."

1분대장이 목청을 높여 방어를 명했다. 적의 추가 공격에 대비한 것이다.

"방어! 방어! 방어!"

명을 받은 기사들이 방어라는 단어를 복창하며 방패를 맞물려 쌓았다. 부르크 기사들은 순식간에 거북이처럼 변했다.

한데 아무리 기다려도 추가 화살은 날아오지 않았다. 눈이 밝은 기사 1명이 고개를 빼꼼 내밀고 쇠꼬챙이가 날아온 곳을 살피다가 모퉁이에 설치된 덫을 발견했다.

"어엉? 저게 뭐지?"

그 말에 동료 기사들이 눈을 부릅뜨고 모퉁이를 노려보았다.

자세히 살피자 그늘 아래 희미하게 덫이 보였다.

"이런! 궁수가 매복한 것이 아니잖아!"

화가 난 분대장이 주먹으로 벽을 후려쳤다.

성난 기사들은 방어진을 풀고 파도처럼 밀고 올라왔다. 그러다 선두의 기사가 또 실을 건드렸다.

쐐애애액—

공기 찢어지는 소리와 함께 가느다란 쇠꼬챙이 다발이 날아와 기사들을 찔렀다.

"끄악!"

"아아악!"

날카로운 비명과 함께 쇠꼬챙이에 맞은 기사들이 뒤로 쓰러졌다. 꼬챙이 끝에 발린 전갈의 독은 기사들의 혈관과 신경에 침투해서 몸을 마비시키고 심장에 타격을 주었다. 눈 깜짝할 사이에 기사 6,7명이 쓰러져 거품을 토했다. 심장 가까운 곳을 찔린 기사 몇 명은 아예 즉사했다.

"방어! 다시 방어하라!"

분대장이 목에 핏대를 세웠다.

기겁한 기사들이 뜀박질을 멈추고 방패로 몸을 가렸다.

그 후로도 샤피로의 덫은 2번 더 효과를 발휘했다. 샤피로는 총 5개의 쇠꼬챙이 덫을 설치했는데, 이 가운데 4번이나 성공했으니 효율이 80퍼센트였다.

'옳거니! 4번 성공했으면 충분하다!'

아성의 돌계단을 뛰어내려오면서 샤피로는 적의 비명 횟수를 셌고, 연달아 4번이나 비명이 울리자 속으로 쾌재를 불렀다.

5층에서 출발한 샤피로가 2층에 도착했을 때, 부르크 기사들도 막 2층에 올라섰다.

맨 앞의 기사가 손가락으로 샤피로를 가리켰다.

"저기 어쌔신이 있다!"

분대장이 검을 높이 들고 공격을 명했다.

"놈을 잡아랏!"

"와아아아—!"

부르크 기사들은 우렁찬 함성과 함께 계단을 뛰어올라왔다.

계단의 방향이 반시계 방향이어서 오른손잡이인 기사들이 무기를 휘두르기 딱 좋았다. 더구나 샤피로는 무기가 없었다. 하나뿐인 창을 비밀통로 안으로 던져 버린 터라 남은 것은 맨손뿐이었다.

그래도 샤피로는 물러서지 않았다. 통로가 하나뿐인 이곳 아성에서 후퇴는 곧 죽음을 의미했다.

'내가 여기서 죽을 수는 없지.'

샤피로는 이빨을 꽉 물었다. 그리곤 코뿔소처럼 돌격하는 적 기사들을 향해 슬라이딩하듯 파고들었다.

계단을 타고 쫘악 미끄러져 내려오면서 샤피로는 주변을 두리번거렸다. 미리 표시해 두었던 실의 끝이 보였다. 샤피로는 그 끝을 움켜쥐고는 와락 잡아당겼다.

실 끝을 잡아당기자 바닥에 깔아놓았던 매듭이 작동했다.

"어엇?"

매듭에 발목이 걸린 기사가 균형을 잃고 기우뚱거렸다. 샤피로는 그 틈을 놓치지 않고 실을 더욱 힘차게 잡아챘다.

마침내 기사가 뒤로 콰당 넘어졌다. 그것도 그냥 넘어진 것이 아니라 후방의 동료들을 갑옷 무게로 짓누르면서 다함께 나동그라졌다.

우당탕탕! 와장창!

좁은 계단에서 갑옷과 무기가 서로 부딪치며 요란을 떨었다.

"케엑! 켁! 켁!"

밑에 깔린 기사들이 답답한 신음을 토했다.

"옳거니!"

샤피로는 때를 놓치지 않고 바람처럼 달려들어 검을 한 자루 빼앗았다. 그리곤 그 검으로 검 주인의 목을 찔렀다.

"놈이 공격한다. 2분대가 나서서 1분대의 동료들을 엄호하라!"

2분대장이 악을 썼다.

후방에 있던 2분대의 기사들이 쓰러진 동료를 피해서 계단을 뛰어올라갔다. 그들은 무서운 속도로 달려 올라와 샤피로를 공격했다.

샤피로는 풀쩍 풀쩍 물러서서 적들을 유인하더니, 2번째 실을 낚아챘다.

휘익!

"어이쿠!"

용감하게 선두에서 달려들던 기사가 발목이 걸려 나자빠졌다. 바로 뒤에서 쫓아오던 기사 2명도 함께 계단에서 굴렀다.

샤피로는 잽싸게 점프해서 쓰러진 기사 3명의 목에 검을 푹푹 찌르고는, 다시 계단 위로 몸을 피했다.

"저, 저, 얍삽한 놈!"

열이 뻗친 2분대장이 뒷목을 잡았다. 좁은 지형과 투명한 실을 이용해서 부르크 기사단을 유린하는 샤피로의 교활한 행동에 혈압이 치솟았다.

이번에는 3분대가 나섰다.

샤피로는 같은 방식으로 실을 이용해서 3분대의 기사 2명을 추가로 해치웠다.

1분대장은 비로소 상황을 파악했다. 그는 끓어오르는 분노를 억지로 삭이며 최대한 냉정하게 지휘했다.

"모두 발밑을 조심하라. 어째신이 계단에 함정을 설치한 것 같다."

그 말을 들은 기사들이 움찔 놀라 돌격을 멈췄다.

덕분에 더 이상의 희생자는 나오지 않았지만, 섣불리 샤피로에게 달려들지도 못했다.

이렇게 대치 상태가 길어지면 샤피로가 불리하다. 샤피로는 입술을 꽉 깨물고는 등 뒤에 짊어지고 있던 양탄자를 뿌렸다.

긴 양탄자가 너풀너풀 허공을 수놓으며 날아가더니 기사들을 뒤덮었다.

"뭐야?"

"앞이 안 보여!"

당황한 기사들이 손발을 허우적거렸다.

그사이 샤피로는 사뿐히 몸을 날려 양탄자 위로 뛰어올랐다. 그리곤 그대로 기사들의 머리를 밟으며 탈출을 시도했다.

"놈이 양탄자 위로 뛰어올랐다. 위로 검을 찔러!"

"뭣들 하느냐? 어서 양탄자를 찢어 버리고 놈을 공격해!"

"그렇게 소리만 지르지 말고 뒤에서 양탄자를 잡아당겨서 벗겨주란 말이야! 서두르지 말고 침착하게!"

1분대장, 2분대장, 3분대장이 서로 다른 명령을 내렸다. 어떤 기사들은 검으로 양탄자 위를 푹푹 쑤셨고, 어떤 기사는 양탄자를 검으로 자르려고 시도했으며, 일부는 양탄자를 벗기기 위해 힘껏 잡아당겼다.

그 와중에 몇몇 기사들은 검을 마구잡이로 휘두르다가 발을 헛디뎌 계단에서 굴렀다.

"어이쿠!"

"아악! 내 팔이 찔렸어!"

양탄자 아래서 비명이 마구 터졌다. 기사들은 서로 박자가 맞지 않아 쓰러지고, 나동그라지고, 서로를 해쳤다.

그사이 샤피로는 기사들의 머리를 밟고 도약하여 1층까지 내려왔다.

깜짝 놀란 분대장들이 문지기에게 고함을 쳤다.

"놈이 1층에 내려섰다!"

"어서 문을 닫아!"

두꺼비눈을 한 문지기가 근육에 불끈 힘을 주어 철문을 닫았다.

샤피로는 입을 쩍 벌려 "안 돼!"를 외치면서 몸을 날렸다.

철문이 쿠르릉 소리를 내면서 닫혀갔다. 샤피로는 사력을 다해 점프했다.

옆에서 3분대장이 달려들며 방패를 휘둘렀다. 뾰족한 방패 돌기로 샤피로의 옆구리를 짓뭉개놓으려는 속셈.

샤피로는 허공에서 몸을 비틀어 3분대장의 공격을 피했다. 그런 다음 발로 벽을 박차며 다시 도약했다.

이번에는 2분대장이 뒤쫓아 오면서 샤피로에게 검을 던졌다.

샤피로는 갑자기 등골이 오싹해지는 것을 느끼고는 부랴부랴 몸을 뒤틀었다.

2분대장이 던진 검이 샤피로의 어깨를 스치며 지나갔다. 핏줄기가 일직선으로 팍 튀었고, 어깨가 화끈했다.

"끄윽!"

샤피로는 어금니를 꽉 깨물고는 다시 발목에 힘을 주었다.

이제 철문까지 거리는 고작 1미터!

샤피로는 전력을 다해 온몸을 문 밖으로 날렸다.

그 순간 앞에서 빛이 폭발했다. 빛과 함께 늙수그레한 마법사의 고함이 샤피로의 고막을 때렸다.

"에어 쇼크(Air Shock)!"

공기로 이루어진 망치가 가슴을 후려친 듯!

"크윽!"

막 아성 밖으로 탈출하려던 샤피로는 가슴에 큰 충격을 받고는 다시 문 안으로 떨어졌다. 그사이 문지기가 철문을 완전히 닫았다.

쿠웅!

이제 아성은 완전히 밀폐되었다.

"이런 빌어먹을!"

샤피로는 얼굴을 무섭게 구겼다.

Chapter 3

암흑교단의 암귀 시절 샤피로는 마음 편히 산 날이 없었다. 줄기차게 전쟁터로 나갔고, 하루하루 목숨을 걸고 싸웠으며, 피로 목욕을 하고 살았다. 그러다 결국 몽크와 성기사들의 매복에 걸려 목숨을 잃었다.

한데 부활 후에도 고단한 삶은 변할 줄 모른다. 속 좁은 신은 결코 샤피로에게 안락을 허락하지 않는다.

"으아아아! 왜 자꾸 이러는 거야? 왜 자꾸 나를 괴롭히느냐고!"

샤피로는 고개를 위로 치켜들고는 가혹한 운명의 신을 향해 버럭 분통을 터뜨렸다.

그사이 부르크 기사들이 샤피로에게 검을 겨눴다.

샤피로도 지지 않고 오기를 부렸다.

"오냐, 다 덤벼라! 모조리 죽여주마. 어차피 다함께 아성에 갇힌 운명! 이 안에서 네놈들이 먼저 죽는지, 내가 먼저 죽는지 해보자!"

샤피로의 쩌렁쩌렁한 외침에 기사들이 움찔 놀랐다.

샤피로는 1층과 2층 계단 사이에 어정쩡하게 서 있는 기사들을 향해 성큼 발을 내디뎠다. 그러면서 빠르게 적의 전력을 살폈다.

'멀쩡히 서 있는 기사의 수는 대략 25명. 창이 없는 것이 아쉽기는 하지만, 잘만 싸우면 이길 수 있어.'

기사 25명이라면 싸워볼 만했다. 샤피로는 자신감을 갖고 검을 움켜쥐었다.

그때 악재가 터졌다.

"매복조의 기사들은 당장 달려 나가 어째신을 포위하라!"

아성 지하에서 쩌렁쩌렁한 포효가 들렸다. 이윽고 타다다닥

하고 기사들 뛰어올라오는 소리가 귀를 자극했다.

"아뿔싸! 부르크 기사들이 지하에서 대기 중이었구나!"

샤피로의 심장이 덜컥 내려앉았다.

불과 몇 초 후 아성 지하에서 30여 명의 기사들이 우르르 달려 올라와 샤피로의 눈앞에 나타났다.

2층으로 올라가는 계단은 부르크 1, 2, 3분대 기사들로 꽉 막혔다.

지하로 내려가는 계단은 매복 중이던 기사들이 틀어막았다.

샤피로는 두 기사단 사이에 끼어서 오도 가도 못하는 처지가 되었다.

"아! 그래서 계단을 반시계 방향으로 건축했구나. 침입자가 아성으로 쳐들어오면 위층으로 살살 유인한 다음, 지하에서 매복 중이던 기사들이 치고 올라와서 샌드위치 공격을 하는 거였어!"

이곳의 계단이 왜 반대 방향으로 건축되었는지, 샤피로는 이제야 그 이유를 이해했다. 계단을 처음 보았을 때부터 이상하게 위화감이 들었는데, 그때 지하를 꼼꼼히 살피지 않은 것이 너무 후회되었다.

하나 후회한들 무엇 하랴. 이미 엎질러진 물이다.

"이왕 이렇게 된 거, 한 번 끝까지 가보자!"

샤피로는 허연 이빨을 드러내며 으르렁거렸다. 하이에나에게 포위당한 사자가 포효하듯이 낮은 저음으로 살기를 내뿜었다.

그 살기에 눌려 기사들이 주춤했다.

하지만 전체적인 상황은 샤피로에게 불리했다. 처음에는 적 기사가 25명이라고 파악했는데 지금은 그 수가 2배도 넘게 늘었다. 게다가 아성의 철문은 꽉 잠긴 상태고, 문 밖에는 마법사와 기사, 병사들이 진을 치고 있었다.

그나마 한 가지 다행인 점은, 지하에서 올라온 기사들이 창을 들고 있다는 것!

더더욱 다행인 점은, 일부 기사들이 핼버드도 들고 있다는 것! 그리고 그 핼버드 가운데는 날이 ‘r’자 형태로 휘어진 것도 있다는 점!

r 모양의 핼버드는 낫과 비슷하게 생겼다. 마음에 쏙 드는 무기를 발견하자 샤피로가 활짝 웃었다.

‘아마도 이 성의 설계자는 외부에서 쳐들어온 침입자들을 아성 위층으로 유인한 다음, 지하에 매복시켜놓았던 병력을 움직여서 긴 창으로 한꺼번에 찔러죽일 생각이었던 모양인데…… 그게 나를 살리는구나! 낫을 닮은 저 무기만 손에 넣으면 세상에 무서울 것이 없지.’

샤피로는 2층으로 올라가는 계단을 향해 슬금슬금 발을 옮겼다.

샤피로의 무서움을 겪어본 1, 2, 3분대 기사들이 주춤 후퇴하며 스크럼을 새로 짰다. 반면 지하에서 갓 올라온 기사들은 멋도 모르고 우르르 달려들었다.

"안 돼! 함부로 접근하지 마라. 놈의 무력은 기사단장급 이상이다."

1분대장과 2분대장이 놀라서 동시에 외쳤다.

하지만 경고가 너무 늦었다. 샤피로는 2층을 향해 달려들 것처럼 페인트 모션을 쓰더니, 갑자기 발로 벽을 박차고 점프했다. 그리곤 허공에서 몸을 뒤집어 한 바퀴를 돌더니 지하에서 올라오는 기사들 사이로 뚝 떨어져 내렸다.

샤피로가 갑자기 위로 점프해서 사라지자 창을 든 기사들이 부랴부랴 샤피로의 행적을 뒤쫓았다.

"놈이 위로 점프했다."

뒤에서 누군가 외쳤다.

창을 든 기사들은 황급히 창끝을 들어 위쪽을 공격하려고 시도했다.

잘되지 않았다. 아무래도 이렇게 좁은 장소에서 창의 방향을 바꾸기란 어려운 듯.

기사들이 허둥거리는 사이, 샤피로는 무릎을 가슴으로 끌어당겨 낙하 속도를 가속시켰다.

콰앙!

샤피로, 기사들 사이로 작렬!

그러면서 먹이를 낚아채듯 r자 모양의 핼버드를 움켜쥔다.

"이거 놔!"

무기를 빼앗기게 생긴 기사가 기겁을 했다. 주변의 기사들은 둥글게 원을 만들며 샤피로를 향해 무기의 방향을 틀었다.

그사이 샤피로는 핼버드를 비틀어 빼앗고는, 그 자세에서 몸을 뒤로 90도 각도로 눕히며 팽이처럼 회전했다.

물론 무기의 길이 조절은 이미 끝난 상태.

'이곳 계단의 폭은 정확하게 3미터. 그러니까 핼버드를 1.5미터 위치에서 잡고 돌리면 딱 맞지.'

사아악!

샤피로가 회전할 때 핼버드도 함께 한 바퀴 돌았다. r모양으로 휘어진 핼버드의 날이 기사들의 발목을 베고 지나가며 360도의 둥근 원반을 그려냈다.

원반 안의 모든 것이 잘렸다.

"크악!"

"내 발! 내 발!"

계단은 순식간에 피범벅이 되었다.

놀란 기사들이 황급히 거리를 벌리며 물러났다.

샤피로는 기사들이 도망칠 틈을 주지 않았다. 용수철처럼 몸을 솟구치며 또 한 바퀴 돌았다.

이번에는 회전의 와중에 핼버드의 길이를 조절해서 타원을 그렸다. 짧은 축(단축)으로는 3미터, 긴 축(장축)으로는 4미터에 달하는 타원이었다.

그 궤적 안에 들어 있던 모든 것들이 썽둥 잘려나갔다. 기사

들의 무기가 잘리고, 손가락이 잘리고, 갑옷이 찢기고, 손목이
날아갔다.

"아아악! 팔이 없어졌어! 내 팔이 사라졌다고!"

팔꿈치가 써걱 잘린 기사는 잘린 단면으로부터 피분수를 뿜
으며 패닉 상태에 빠졌다. 손목이 잘린 기사도 마찬가지였다.

매복조 속수무책으로 기사들이 당하자 1, 2, 3분대의 기사
들이 검을 들고 합세했다.

샤피로는 핼버드로 바닥을 땅 때려 적을 깜짝 놀라게 만들
고는, 그 틈에 뒤로 휙 텀블링해서 지하계단 깊숙한 곳으로 떨
어져 내렸다.

조금 전까지만 해도 샤피로는 위아래로 가로막혀 샌드위치
공격을 받는 신세였다.

지금은 상황이 바뀌었다. 체켄파 기사들은 모두 계단 위쪽
에 섰고 샤피로의 위치는 계단 아래였다.

아까보다 한결 싸우기 편해진 셈.

게다가 계단 위에서 아래로 공격을 해야 하는 기사들의 입
장에서 보면, 벽에 오른손이 막혀서 검이나 창을 제대로 휘두
르지 못했다.

반면 샤피로는 자유로웠다.

순식간에 전세 역전!

샤피로는 계단 위로 와락 달려들다가 벽을 박차고 점프했
다. 그리곤 허공에서 몸을 수평으로 틀어 팽이처럼 돌았다. 샤

피로가 돌 때 핼버드도 함께 회전했다.

스아악!

허공에 수직 방향의 긴 타원이 생겨났다. 타원의 궤적에 걸린 기사들은 목이 뎅겅뎅겅 잘렸다.

투구를 쓴 기사들의 머리통 몇 개가 두 눈을 부릅뜬 채 계단 아래로 굴렀다. 샤피로는 그 머리통들을 핼버드의 날로 톡톡 찍어 올려 적들의 머리 위로 던졌다.

목 잘린 머리통이 허공에서 빙글빙글 돌면서 피비를 뿌렸다. 아성 안은 완전 피의 지옥으로 변해 버렸다.

꽉 닫힌 철문!

좁고 어두컴컴한 돌계단!

기분 나쁘게 흔들거리는 램프 불빛!

그리고 허공에 난무하는 핏물!

지옥에서나 볼 법한 끔찍한 광경에 기사들이 이성을 잃었다.

"으아아, 악마가 강림했다! 으아아, 악마야!"

패닉 상태에 빠진 기사들은 샤피로가 쓱쓱 위협을 가할 때마다 지레 겁을 먹고 엉덩방아를 찧었다.

"저리 가! 저리 가란 말이야, 이 악마야!"

겁을 먹은 기사들이 앞뒤 가리지 않고 마구 무기를 휘둘렀다. 그렇게 기사들이 헛손질을 할 때마다 무기가 벽을 때려 땅땅땅 소음을 뿌렸다. 일부 무기는 날이 부러지면서 동료의 몸을 찔렀다.

샤피로가 다시 달려들었다.

샤피로가 휘두른 핼버드는 교묘하게도 기사들의 발목을 착 낚아채서 끊어 버리고는 휙 물러났다.

낫질 1번에 발모가지 하나씩!

샤피로가 발목을 톡톡 끊어먹자 기사들의 공포는 극에 달했다.

"어, 어서 철문을 열어!"

"저 악마와 싸우려면 마법사의 도움이 필요해. 어서 문을 열란 말이야."

기사들의 명령에 문지기가 당황했다.

"끄응차!"

문지기는 팔뚝에 힘을 꽉 주고는 다시 철문을 열기 시작했다.

하지만 이번에는 샤피로가 문 여는 것을 원치 않았다. 샤피로는 죽은 기사의 손에서 창을 빼앗아 들더니, 정확하게 문지기를 향해 날렸다.

뻐억!

둥근 호선을 그리며 날아간 창이 문지기의 이마에 꽂혔다. 진땀을 흘리며 철문을 열던 문지기는 머리에 창을 꽂은 채 문 앞에 털썩 주저앉았다.

"으아아아!"

더욱 기겁한 기사들이 우르르 철문 앞으로 몰렸다. 체켄파 기사들은 무기도 내팽개치고 방패도 벗어던진 채 사력을 다해 문고리를 잡아당겼다.

이것이 샤피로의 전투 방식이다. 다수를 상대로 싸울 때면 샤피로는 언제나 이렇게 적의 심리를 이용했다.

만약 다수의 적이 목숨을 아끼지 않고 달려들면 샤피로도 꽤 위험했을 것이다. 하지만 샤피로는 가급적 피가 많이 솟구치는 부위만 잘라서 주변을 피범벅으로 만들어 놓았고, 압도적인 무력을 보여주어서 적들을 공포에 질리게 만들었다. 또한 일부러 문지기를 죽여서 철문을 열지 못하게끔 만들었다.

그러자 기사들의 마음에 폐쇄 공포가 발생했다.

기사들의 뇌리에는 '피로 칠갑이 된 이 답답한 아성으로부터 벗어나야 살 수 있다.'라는 생각이 꽉 틀어박혔다.

그때부터 기사들은 앞뒤 가리지 않고 문을 여는 데만 집착했다.

적이 이렇게 무방비 상태가 되었으니 샤피로는 편할 수밖에.

샤피로는 방어를 포기한 적들을 뒤에서 휘몰아치며 핼버드를 휘둘렀다.

"크아악!"

"으아악!"

후방의 기사들이 비명을 지르며 고꾸라졌다. 그들의 머리통이 썽둥썽둥 썰렸다.

“우히힉!”

“으아, 살려줘!”

철문 앞에 달라붙은 기사들은 더더욱 기겁하며 사력을 다해 문을 열었다.

샤피로가 팽이처럼 빙글빙글 돌면서 기사들의 생명을 취했다. 뒤에서부터 썰물 빠지듯 기사들이 무너졌다.

마침내 문이 열렸을 때, 생존자는 고작 5명이었다. 55명의 기사들 가운데 50명이 죽어나간 것이다.

“악마가 강림했다!”

“살려줘! 제발 나 좀 살려줘!”

겨우 살아난 5명의 기사들은 핼쑥하게 질린 얼굴로 아성을 박차고 나오며 이렇게 절규했다. 문 밖에서 대기 중이던 마법사와 기사들이 그 소리를 듣고 깜짝 놀랐다. 그때 샤피로가 밖으로 확 뛰쳐나오며 핼버드를 크게 휘둘렀다.

부왕—!

공기를 가른 핼버드가 막 탈출한 기사의 머리통을 세로로 쪼갰다. 이어서 단숨에 샅타구니까지 파고들었다.

투구, 갑옷 가리지 않고 단숨에 자르는 괴력!

사람의 몸이 세로로 쪼개지며 치솟는 엄청난 양의 핏물!

허공으로 뿜어진 시뻘건 핏물은 다시 낙하하며 샤피로를 흠뻑 적셨다.

“다 쪼개주마! 네놈들의 몸뚱어리를 모두 장작 패듯이 쪼개주마!"

샤피로는 피 칠갑을 한 채 사납게 포효했다.

부르크 기사들이 부르르 몸서리를 쳤다.

Chapter 4

퍼엉!

강한 물벼락이 날아와 샤피로의 몸뚱어리를 때렸다. 샤피로
는 뒤로 2바퀴를 구른 다음 겨우 중심을 잡았다.

다시 물벼락이 날아왔다.

샤피로는 풀쩍 뛰어 물러나면서 핼버드를 풍차처럼 돌렸다.
강하게 날아온 물벼락은 핼버드에 막혀 사방으로 흩어졌다.

한 번 더 물벼락이 강타했다.

이번에도 샤피로는 핼버드를 이용해서 방어했다.

3번 연달아 물벼락을 날린 것이 한계인 듯, 마법 공격이 잠
시 끊겼다. 그사이 샤피로는 누가 공격을 한 것인지 살폈다.

30미터 전방, 뾰족한 모자를 쓴 마법사 1명이 눈에 띄었다.
마법사는 가슴께에 양손을 모아 새로운 마법 공격을 준비 중
이었다.

'눈에 익다!'

성에 침투하기 전, 샤피로는 저 마법사의 몽타주를 본 적이

있다. 바로 부르크 영지의 수석마법사 무니다.

"무니!"

샤피로가 무니의 이름을 외쳤다.

정체를 발각 당한 것이 의외였던 듯, 무니는 어깨를 흠칫 떨었다. 하지만 곧 양손을 벼락처럼 떨쳐 물벼락을 쏟아냈다.

이것은 무니가 자랑하는 아쿠아 블로우(Aqua Blow)!

강한 물벼락으로 상대를 날려 버리는 아쿠아 계열의 마법 공격이다.

원래 마법사들은 남 앞에 나서서 공격하기를 꺼리지만, 무니의 경우는 어쩔 수 없었다. 동료 기사와 병사들이 샤피로의 기세에 눌려 몸이 굳어 버리는 통에 그가 나설 수밖에 없었다.

다행히 무니는 아쿠아 블로우를 기습적으로 날려 샤피로를 쓰러뜨리는 데 성공했다. 샤피로가 바닥에 나뒹구는 광경을 보자 기사들이 용기를 되찾았다. 병사들도 위축되었던 마음을 풀었다.

그 후 샤피로가 벌떡 일어났지만, 이미 기사와 병사들은 심리적인 압박감에서 많이 벗어난 상태였다.

무니의 용감한 행동이 효과를 보았다. 무니가 양손을 휘저어 2연타로 아쿠아 블로우를 날리는 동안, 병사들은 활시위에 화살을 걸고 쏘았다.

강한 물벼락 세례에 이어 화살 세례가 쏟아졌다. 물벼락에 가려 화살이 잘 보이지 않았다. 무척 위험했다.

이것이 바로 샤피로가 우려하던 점이다. 마법사와 기사들이 따로 놀면 상대하기 쉽다. 하나 둘이 힘을 합쳐 조합을 이루면 방어하기 아주 까다롭다.

"치잇!"

샤피로는 입술을 꽉 깨물었다.

그사이에도 또 물벼락이 날아왔다. 화살이 뒤를 따랐다. 샤피로는 텀블링으로 물벼락을 피하고 핼버드를 돌려 날아오는 화살을 떨어뜨렸다.

이번에는 무니의 제자들이 나섰다. 무니가 키운 12명의 마법사들은 긴 캐스팅을 끝내고 공격을 퍼붓기 시작했다.

12명의 마법사 가운데 8명은 아쿠아 계열의 마법사였고, 3명은 대지의 마법을 다루는 그라운드(Ground) 마법사였으며, 마지막 1명은 보기 드문 라이트닝(Lightning) 마법사였다.

여타 마법과 달리 라이트닝 마법은 체질이 맞지 않으면 익힐 수 없다. 설령 체질이 적합하더라도 지독한 고통을 감내하지 못하면 마법 구현이 불가능했다. 그래서 라이트닝 마법이 가장 까다로웠다.

대신 일단 라이트닝 마법을 익히기만 하면 다른 마법사들보다 훨씬 더 강력한 위력을 뽐낼 수 있었다. 특히 라이트닝 마법을 아쿠아 마법과 섞어 쓸 경우 그 조합의 위력은 상상을 초월했다.

당장 그 효과가 나타났다.

쩌적! 쩌저저적!

기름에 콩 볶는 듯한 소리와 함께 시퍼런 번개가 뻗었다. 라이트닝 마법사인 보르도르가 뿜어낸 체인 오브 라이트닝(Chain Of Lightning; 번개의 사슬)은 동료 마법사들의 물벼락을 타고 무섭게 뻗어 샤피로를 감전시켰다.

"크악!"

이건 피할 수도 없었다. 번개가 날아오는 속도가 너무 빠르기 때문이다.

회피가 불가능하니 오로지 몸으로 견딜 수밖에.

샤피로는 이를 악물고 고통을 참아냈다. 그사이 아쿠아 블로우, 즉 물벼락 8줄기가 날아와 몸을 후려쳤다. 강한 수압이 샤피로를 가랑잎처럼 날려 버렸다. 샤피로는 10미터 이상 뒤로 밀려 성벽에 머리를 찧었다.

"크욱, 크우웃!"

정신 못 차리는 샤피로를 향해 병사들이 화살을 쏘았다.

샤피로는 본능적으로 몸을 굴려 화살을 피했다.

무니가 또다시 캐스팅을 끝마쳤다. 무니의 양손바닥에서 아쿠아 블로우 2방이 연달아 터져 샤피로를 공격했다.

샤피로는 강한 물벼락을 정면으로 버티면서 이빨을 꽉 깨물었다.

'이렇게 밀리다가는 큰일 난다. 전세를 다시 역전시켜야 해.'

어떻게 해야 전세를 다시 역전시킬 수 있을지, 샤피로의 머리가 빠르게 돌아갔다. 기억 저편에 잠재된 전투 경험이 되살아났다.

마침내 작전이 섰다.

샤피로는 빠르게 백스텝을 밟아 무니의 마법 공격을 피한 다음, 아성 뒤로 휙 돌아가 숨었다.

'우글우글 뭉쳐 있는 마법사와 기사들을 상대로 정면 승부를 거는 것은 현명한 판단이 아니야.'

이렇게 생각한 샤피로는 빠른 몸놀림을 이용해서 거리를 벌렸다.

"놈이 도망간다."

"잡앗!"

흥분한 기사들이 말을 달려 샤피로를 추격했다. 그러면서 자연스럽게 마법사와 기사, 그리고 일반병사들이 분리되었다. 샤피로의 계획이 딱 맞아떨어진 셈.

'걸렸구나!'

말을 몰아 바짝 추격하는 기사들을 돌아보면서, 샤피로는 속으로 쾌재를 불렀다.

그것도 모르고 기사들은 "이랴! 이랴!"를 연발하며 추격의 고삐를 조였다.

아성 뒤로 완전히 돌아가자 마법사들이 보이지 않았다. 샤피로는 비로소 도주를 멈추고 방향을 휙 틀었다.

기사들이 더욱 빠르게 말을 채찍질했다. 샤피로는 별안간

몸을 날려 적의 말발굽 사이로 슬라이딩하듯 미끄러졌다.

"어엇?"

샤피로가 갑자기 말발굽 밑으로 파고들자 기사들이 깜짝 놀랐다.

그 와중에 몇몇 기사들은 창으로 바닥을 찔러 샤피로를 공격했다.

하지만 샤피로의 반응이 한 발 빨랐다. 샤피로는 슬라이딩과 동시에 r자 모양의 핼버드를 위로 그어 말의 배를 갈랐다.

히이이잉―!

배가 잘린 말이 기겁을 하며 앞발을 들었다. 툭 터진 뱃가죽 안에서 말의 내장이 와락 쏟아졌고, 말의 등에 타고 있던 기사는 그대로 낙마했다.

샤피로는 핼버드를 능숙하게 휘둘러 땅에 떨어진 기사의 목덜미를 베었다.

창이나 핼버드는 정면에서 공격하는 것이 보통인데, 샤피로의 사용법은 이와는 딴판이었다. 샤피로는 낫을 쓰는 것처럼 핼버드를 크게 휘둘러 적의 뒤를 노렸다.

사각지대에서 갑자기 휙 들어오는 공격에 부르크 기사들이 속수무책으로 당했다. 불과 몇 초 만에 기사 3명이 목이 잘려 바닥에 나뒹굴었다.

"조심해!"

"놈의 무술이 보통이 아니다."

기사들이 부랴부랴 전열을 가다듬었다.

아니, 가다듬고 싶었다.

하지만 샤피로가 한 발 빨랐다. 샤피로는 핼버드를 휘둘러 말 탄 기사 1명을 끌어내리더니, 그대로 난도질했다. 그리곤 눈 깜짝할 사이에 말을 빼앗아 타고는 도주를 시작했다.

말 탄 샤피로의 앞을 마법사와 병사들이 막았다.

"어째신이 도망친다!"

"막앗!"

병사들은 말을 타고 도망치는 샤피로를 향해 화살을 쏘았다.

마법사들은 마법을 퍼부었다.

무니가 아쿠아 블로우를 날렸고, 바로 뒤이어 보르도르가 체인 오브 라이트닝으로 샤피로의 등판을 노렸다.

샤피로는 말을 지그재그로 몰아 아쿠아 블로우를 피했다.

하나 빛의 속도로 날아오는 체인 오브 라이트닝까지 피할 수는 없었다.

"크왓!"

뜨끈한 벼락이 온몸을 훑고 지나간 순간, 샤피로는 입을 떡 벌리며 괴성을 토했다.

역시 라이트닝 마법사는 무서웠다. 머리카락이 뽀글뽀글 타 버린 것은 둘째치고, 감전된 말이 거품을 뿜으며 쓰러졌다.

"크윽! 여기서 쓰러질 수는 없어!"

말을 잃은 샤피로는 기를 쓰고 일어나 두 다리로 뛰기 시작했다.

무니가 검지로 샤피로를 가리켰다.

"저놈이 아직 살아 있다. 보르도르, 한 방 더 때려라!"

"네, 스승님."

스승의 명을 받은 보르도르는 중얼중얼 라이트닝 마법 캐스팅에 돌입했다. 이번 캐스팅이 완료되어 체인 오브 라이트닝을 한 방 더 터뜨리면 저 날렵한 어쌔신을 잡을 수 있을 듯했다.

반면 샤피로는 아직 몸이 회복되지 않아 달리는 속도가 늦었다. 발을 한 발 뗄 때마다 뼈마디가 덜거덕거렸고, 신경은 바늘로 콕콕 찌르는 듯 따가웠다.

그야말로 목숨이 위험한 순간!

콰콰콰쾅!

요란한 폭음과 함께 무기고에서 화염이 치솟았다. 화염의 색깔은 빨갛고 노랗고 파랗다 못해 총천연색이었다. 평범한 화염이 아니라는 뜻이다.

부르크 가문에서는 무기고에 각종 마법 시약들도 함께 보관 중인데, 이 시약들 가운데는 폭발성이 강한 물질들이 많았다.

한데 지금 그 많은 시약들이 한꺼번에 터진 것.

"안 돼! 안 돼! 내 마법 시약!"

뭉게뭉게 치솟는 총천연색 화염을 바라보면서 무니는 넋을 놓았다.

보르도르도 화들짝 놀랐다.

보르도르는 샤피로의 등판을 향해 막 체인 오브 라이트닝을 날리려던 참이었는데, 무기고의 폭발에 놀라 그만 집중력이 흩어졌다.

마법은 고도의 집중력을 요구하는 학문!

신경이 다른 곳에 쏠리자 준비했던 마법이 피시식 꺼져 버렸다.

"이런!"

보르도르가 황급히 마법을 다시 준비했다.

그사이 샤피로는 아성 뒤편의 수풀 속으로 몸을 던졌다.

"뒤쫓아라!"

"놈을 놓치면 안 된다."

때 아닌 폭발에 놀라 멍하게 서 있던 기사들이 발칵 뒤집혔다. 기사들은 창을 꼬나 쥐고 말의 배를 걸어차며 힘차게 달렸다. 병사들도 샤피로가 도망친 지점을 향해 마구잡이로 화살을 쏘았다.

하지만 한 번 놓친 맹수를 다시 포획하기란 쉽지 않은 법! 샤피로는 이미 흔적도 없이 자취를 감추었다.

Chapter 5

아성과 무기고에서 시작된 소동은 식량창고로 이어졌다. 창고의 지붕을 뚫고 치솟은 불길은 붉은 혓바닥을 날름거리며 매캐한 연기를 피워 올렸다.

"비상! 비상!"

"식량창고에 불이 났다."

창고의 경비병들이 펄쩍펄쩍 뛰었다. 아성이 발칵 뒤집히고 무기고에서 폭음이 터지는가 싶더니, 이제는 식량창고 차례였다.

"무슨 일이냐?"

비명을 들은 관리들이 우르르 달려왔다.

식량 담당 관리들은 활활 타오르는 식량창고를 보면서 몇 초간 멍하게 서 있었다. 그러다 갑자기 머리카락을 쥐어뜯으며 난리법석을 떨었다.

"마법사들을 불러! 어서 불을 꺼야 한다."

"야 이 새끼들아, 어서 물을 퍼 나르지 않고 뭐해? 곡식이 전부 타 버리기 전에 불길부터 잡으란 말이야!"

"다들 어디로 갔어? 식량창고에 불이 났는데 병사들이 왜 이것뿐이야? 다들 어디서 무얼 하고 있냐고! 우와아악!"

관리들은 어서 마법사들을 데려오고 병력을 불러 모으라고, 그래서 활활 타는 곡식을 건져야 한다고 소리쳤다.

하지만 병력이 모이지 않았다. 아성을 지키는 기사와 병사들은 샤피로에게 휘둘리느라 올 수가 없었다. 체켄파의 마법사들은 대부분 아성에 투입된 상태였다. 무기고 주변의 병사들은 무기고의 연쇄폭발에 놀라 발만 동동 구를 뿐이었다.

심지어 기사 회관에서 대기 중이던 기사들도 오지 못했다. 아로나가 기사 회관 주변에 검은 안개를 둘러놓았기 때문.

아로나가 뿌려놓은 안개는 빛을 차단하고 소리를 막았다.

덕분에 기사 회관 안에서는 폭음도 들리지 않았고, 비명이나 절규, 그리고 호각소리도 전달되지 않았다. 하늘을 시뻘겋게 물들이며 활활 타오르는 불길도 볼 수 없었다.

방패가 쭉 늘어선 회관 앞에 서서 아로나는 밤하늘을 올려다보았다. 하늘을 가득 메운 연기와 화염이 더없이 아름답게 느껴졌다.

“멋지구나. 정말 아름다움 밤이야.”

아로나는 희미한 미소를 흘렸다.

한편 무기고 뒤에서는 스트라베가 박수를 치며 웃었다.

“잘한다! 화끈하게 잘 터진다! 불 한번 싸질렀을 뿐인데 그 뒤부터는 알아서 척척 폭발해 주니까 정말 편하네. 껄껄껄.”

아직도 무기고는 연쇄폭발 중이었다. 무기고 안에서 마법 시약이 계속 터지고 있기에 따로 손을 쓸 필요도 없었다. 가만히 내버려둬도 체켄파의 병사들은 무기고 근처에 얼씬도 못했다. 그저 먼발치에서 발만 동동 구를 뿐이다.

“아이고! 내 시약! 내 시약!”

부리나케 달려온 마법사들이 펑펑 터지는 무기고 앞에 주저앉아 땅을 쳤다. 그 모습을 훔쳐보면서 스트라베는 더 크게 웃었다.

식량창고 뒤에서는 롬바가 낄낄거렸다.

"허허, 거 참 잘 탄다. 이거 불현듯 옛 생각이 나는걸. 암흑교단 놈들의 동부총단을 불태우던 생각이 나. 허허허."

화르륵 치솟는 불꽃을 올려다보며 롬바는 잠시 옛 추억에 젖었다.

암흑교단과 종교전쟁이 한창이던 시절, 롬바는 수없이 많은 전투에 나가 전공을 세웠다. 적의 본거지를 무수히 불태웠다.

문득 그 생각이 나자 피가 끓었다.

식량창고 앞에서는 체켄파의 병사들이 물동이를 지고 나르느라 바빴다. 그러다 마침내 관리들까지 팔을 걷어붙였다. 관리들은 대부분 귀족인데, 위기가 닥치자 귀족 평민 할 것 없이 다함께 물을 길어 나르며 불길을 잡으려고 애썼다.

하나 한번 붙은 화재는 좀처럼 꺼질 줄을 몰랐다. 고작 물 몇 동이 가지고는 도저히 이 불을 감당할 수 없을 뿐더러, 롬바가 창고 뒤에서 계속 기름을 들이붓고 있기에 더더욱 사그라지지 않았다.

행정관 1명이 창고 뒤편의 모래산을 떠올렸다.

"가만! 창고 뒤에 모래가 있잖아. 물만 가지고는 안 되겠다. 병사들은 모래를 퍼서 불 위에 뿌려라. 어서 서둘러."

"넷!"

명을 받은 병사들이 삽을 들고 창고 뒤편으로 달려왔다.

운이 지지리도 없는 자들이었다. 모래산을 향해 열심히 뛰어가던 병사들은 어둠 속에서 날아온 롬바의 창에 찔려 푹푹 고꾸라졌다.

"애써 불을 질렀는데 꺼지면 곤란하지. 좀 더 활활 타야 한단 말이야."

창날에 묻은 피를 툭툭 털면서 롬바는 이렇게 뇌까렸다.

그 후로도 행정관은 몇 차례 더 병사들을 모래산으로 보냈다. 그때마다 롬바가 나서서 병사들을 해치웠다.

참다못해 행정관이 직접 모래산으로 달려왔다.

"대체 모래를 뿌리는 거야, 마는 거야? 왜 불길이 사그라지지 않아?"

창고 모퉁이를 막 돌면서 행정관은 이렇게 고함을 쳤다.

이것이 행정관이 남긴 마지막 말이었다. 모퉁이를 돌자마자 창이 날아와 행정관의 목에 틀어박혔다.

"꺽!"

행정관은 양손으로 창대를 움켜쥐고는 허우적거렸다.

"우이씨! 왜 그렇게 모래를 찾아? 그냥 강 건너 불구경하듯이 했으면 좋잖아."

땅에 주저앉은 행정관을 향해 롬바가 나직이 충고했다.

암흑교단의 교도들을 죽이는 것은 괜찮았다. 구덩이에 몰아넣고 우르르 떼 몰살을 시켜도 전혀 양심의 가책이 느껴지지 않았다. 롬바는 암흑교단의 교도들을 죽어 마땅한 종자들이라고 단정했다.

굳이 암흑교단이 아니더라도, 일반 병사나 기사를 해치우는 것도 무덤덤했다. 손에 무기를 들었다는 것은 곧 죽을 각오가 된 것이라고, 롬바는 그렇게 생각했다.

하지만 지금처럼 무기가 없는 행정관을 죽이는 것은 꺼림칙했다. 롬바는 두 눈 부릅뜨고 죽은 행정관을 위해 속으로 명복을 빌어주었다.

"잘 가. 다시 태어나걸랑 화재 진압에 목숨 걸지 말라고."

폭발하는 무기고를 뒤로하고 스트라베가 아로나를 찾아왔다. 스트라베는 다짜고짜 자랑을 늘어놓았다.

"봤지? 무기고가 펑펑 터지는 것 봤지? 내 실력이 어때?"

"잘했어."

"한데 여기는 조용하네? 그냥 안개만 쳐놓은 거야?"

"응. 나 혼자서 수백 명이 넘는 기사들과 싸울 생각을 하니까 좀 버겁더라고. 그래서 그냥 안개만 둘러놓았어."

아로나는 아무렇지도 않게 말했다.

"허어!"

스트라베는 기가 막혔다. 순간 불공평하다는 생각이 뇌리를 스치고 지나갔다.

'이게 뭐야? 나는 무기고를 에워싼 적 병력을 뚫느라 상처도 입었고 폭발에 휘말려 등판도 그슬렸건만, 아로나는 여기

서 안개만 둘러놓고 빈둥거렸던 거야?'

고생을 한 사람은 비단 스트라베만이 아니었다. 식량창고를 맡은 롬바도 진땀깨나 흘렸을 것이다. 보아하니 식량창고의 경계도 여간 단단하지 않던데, 그걸 뚫고 불을 지르려면 상당한 부상을 입었을 터! 스트라베는 롬바의 고전을 예상했다.

아성을 맡은 샤피로는 말할 필요도 없었다. 4사람 가운데 가장 어렵고 위험한 임무를 맡은 자가 바로 샤피로였다. 아성에 침투해서 요인을 암살하기도 어렵지만, 그 후에 탈출하기란 더더욱 힘들었다. 스트라베는 어쩌면 샤피로가 죽었을지도 모른다고 여겼다. 아성 침투는 그만큼 위험한 임무였다.

한데 아로나를 보라!

다른 사람은 모두 고생을 하는데 아로나는 머리카락 한 올 그슬리지 않았다. 땀 한 방울 흘리지 않았다. 그저 기사 회관 주변에 안개를 둘러놓은 것이 전부였다. 스트라베는 아로나를 바라보며 어이없다는 표정을 지었다.

아로나가 어깨를 으쓱했다.

"나를 왜 그렇게 빤히 쳐다봐?"

"아니, 그냥……."

"그냥 뭐?"

"나는 네가 기사 회관으로 쳐들어가서 체켄파 기사들과 열심히 싸울 것으로 예상했거든. 그래서 도와주려고 부랴부랴 뛰어왔는데……."

“그런데?”

“그런데 너무 편해 보여서.”

“깔깔깔!”

스트라베의 말에 아로나가 배꼽을 잡고 웃었다. 그녀는 손가락으로 자신의 머리를 톡톡 치면서 대꾸했다.

“그러니까 사람이 머리를 써야지. 스트라베, 대체 내 임무가 뭐야? 너희들이 활약할 동안 이곳의 기사들을 꽁꽁 묶어 놓으면 되는 것 아니야? 그런데 결과는 어떻지? 내가 임무를 달성한 것 같아, 아니면 못한 것 같아?”

“그야 달성하기는 했지…….”

스트라베가 말꼬리를 흐렸다.

그렇게 따지면 아로나는 맡은 바 임무를 훌륭히 달성했다. 어찌되었건 체켄파의 기사들은 회관 안에 발이 묶였으니까 아로나를 비난할 수는 없었다.

그래도 억울한 것은 억울한 것. 스트라베는 뚱한 표정으로 입술을 삐죽였다.

아로나가 헤죽 웃으며 스트라베의 손을 잡아끌었다.

“가자.”

“어딜 가?”

“임무를 마쳤으니까 이제 돌아가야지.”

“뭐? 아직 샤피로와 롬바가 오지 않았는데?”

“스트라베, 우리가 그들까지 챙겨줄 이유는 없잖아? 우리는

SPR이고, 그들은 동교국의 개야. 살고 싶으면 자기들이 알아서 탈출하겠지.”

아로나가 냉정하게 말했다. 역시 SPR의 마녀다운 태도였다. 어쩌면 아로나는 처음부터 샤피로와 롬바를 적진에 버려두고 갈 생각이었는지도 몰랐다.

‘하긴, 꼬박꼬박 대드는 그 털보 놈이 얄밉기는 하지. 게다가 샤피로라는 젊은 놈은 감히 미셸 마마의 어깨를 물어뜯었잖아? 니케아에게도 큰 상처를 입혔고 말이야.’

스트라베는 동료 니케아의 처량한 모습을 떠올렸다. 니케아는 얼마 전 샤피로에게 된통 당해서 앓아누워 있었다.

이어서 롬바가 떠올랐다. 마차 안에서 주먹다툼을 벌인 그 싸가지를 생각하자 돕고 싶은 마음이 싹 가셨다.

“알았어. 우리끼리 가자. 성기사들은 지들이 알아서 탈출하겠지.”

“스트라베, 잘 생각했어.”

아로나가 폴짝 뛰어서 스트라베의 팔에 매달렸다.

스트라베는 가냘픈 아로나를 번쩍 들어 어깨에 얹고는 성벽을 향해 달렸다.

제3화
이락의 미공개 우화

Chapter 1

화르륵! 화르르륵!

무기고의 화재는 갈수록 기승을 부렸다. 때마침 불어온 바람이 불길을 부추겼다. 마법 시약이 연속해서 펑펑 터졌다.

"아아아!"

마법사들은 넋을 놓고 그 모습을 바라보았다.

식량창고의 화재도 쉽게 잡히지 않았다.

"으아아아!"

사람들은 활활 타오르는 창고를 보며 털썩 주저앉았다. 부르크 성의 하늘은 온통 벌겋게 달아올랐다.

아성 인근의 병력들도 정신이 없기는 마찬가지.

기사, 마법사, 병사들은 샤피로를 잡기 위해서 두 눈을 벌겋게 뜨고 돌아다녔다. 여기저기서 고함소리가 들리고 비명이 터져 나왔다. 무기고, 식량창고, 그리고 아성에 이르기까지 성 안의 주요 건물들이 동시에 발칵 뒤집힌 셈이었다.

당황한 지휘관들은 내성벽을 지키는 경비병들까지 끌어 모아 물동이를 나르라고 시켰다.

덕분에 내성의 수비가 눈에 띄게 허술해졌다. 아로나와 스트라베는 여유롭게 내성벽을 타넘은 다음, 하수구를 이용해서 유유히 밖으로 빠져나갔다.

이때 시간이 새벽 3시.

뒤늦게 내성벽으로 달려온 롬바도 탈출에 성공했다.

처음에 롬바는 아로나와 스트라베에게 뒤통수를 맞았으리라고는 생각하지 못했다. 그저 "SPR 녀석들, 왜 이렇게 행동이 굼뜨지? 게다가 샤피로는 왜 안 오는 거야?"라고 투덜거렸을 뿐이었다.

그렇게 시간이 흘러 4시가 되었다.

"아, 뭐야? 다들 왜 오지 않아?"

롬바는 점점 초조해졌다.

조금 더 기다리다 보니 어느새 5시가 되었다. 혼란스러운 밤은 지나고 저 멀리 동이 틀 기색이 보였다.

"젠장! 이러다 날 새겠네. 곧 있으면 화재도 진압이 될 텐데, 그러면 탈출이 힘들어지는 것 아니야?"

롬바는 초조하게 자리를 맴돌았다. 그러다 문득 내성벽 아래에 눈길이 갔다. 축 늘어진 넝쿨이 보였다.

수명이 다해 말라비틀어진 넝쿨은 모두 6가닥.

"어라? 왜 6가닥이야? 우리가 침투할 때는 분명 4가닥이었는데, 어쩌다 2가닥이 늘었지?"

불길한 예감이 롬바의 뇌리를 스쳤다. 롬바는 성벽에 바싹 달라붙어 무언가를 탐색했다. 곧 흔적이 발견되었다.

성벽 위를 향해 쭉 올라간 커다란 발자국, 그리고 그 옆에 나란히 위치한 조그만 발자국!

"스트라베와 아로나의 발자국이다! 그 개 같은 연놈들이 나와 샤피로를 버리고 먼저 탈출한 거야!"

배신을 당했다는 생각에 뚜껑이 확 열렸다.

얼마 전에도 롬바는 아로나 스트라베 콤비에게 기습공격을 당해 억울하게 두들겨 맞았다. 한데 그 비겁한 것들에게 또다시 당했다고 생각하자 눈이 뒤집혔다.

"이런 개자식들! 내가 가만두나 봐라."

더 이상 샤피로를 기다릴 수는 없었다. 이러다 체켄파 놈들에게 붙잡히면 억울하게 개죽음을 당할 터였다. 롬바는 어둠 속에 우뚝 솟은 아성을 뒤돌아보며 샤피로에게 작별인사를 고했다.

"샤피로, 나 먼저 가네. 자네도 꼭 살아서 탈출하길 기원함세. 혹시 탈출에 실패하더라도 너무 억울해하지는 말게. 우리의 등에 칼을 꽂은 배신자들에겐 내가 반드시 복수할 것이니, 자네는 마음 푹 놓고 탈출에만 전념하게나.”

이 말을 끝으로 롬바는 성벽에 뛰어올랐다.

풀쩍 뛰어올라 좁은 벽돌 틈에 손가락을 꽂고 한 발, 또 한 발.

딱딱한 성벽을 기어오르느라 손톱이 생으로 빠졌다. 지독한 고통에 치가 떨렸다.

“두고 보자, 아로나! 반드시 복수할 테다, 스트라베!”

롬바는 뿌드득 이빨을 갈았다.

롬바가 한참 성벽을 기어오를 무렵, 샤피로는 엉뚱하게도 아성 지하로 되돌아왔다. 그가 갑자기 미쳐서 아성으로 되돌아온 것은 아니었다. 처음엔 샤피로도 서둘러 성 밖으로 탈출하려고 마음먹었다.

한데 중간에 생각이 바뀌었다.

‘아니지. 모처럼 성에 잠입했는데 이 좋은 기회를 그냥 날려 버릴 수는 없지. 혹시 이 안에 일기가 있나 찾아보자.’

마침 환경도 안성맞춤이었다. 체켄파의 병력 대부분은 화재 진압에 동원되었기에 경계가 느슨했다.

‘우선 아성부터 뒤져보자. 다른 곳은 나중에라도 침투가 가능하지만, 아성은 오늘이 아니면 다시 들어오기 힘들어.’

샤피로의 판단이 옳았다. 아성의 경계가 지금처럼 느슨한

적은 이전에도 없었고 앞으로도 없을 것이다.

샤피로는 적들이 허둥거리는 틈을 노려 아성 안으로 잠입했다.

활짝 열린 아성 안에 발을 디디자 지독한 냄새가 코를 자극했다. 아성의 복도와 계단에는 체켄파 기사들의 시체가 그대로 방치되어 있었는데, 그들이 뿌리는 피 냄새가 공기를 오염시켰다.

"동료의 시체를 이렇게 방치한 것을 보면 체켄파 녀석들 혼이 쏙 빠진 모양이야. 하긴, 이래야 내가 활동하기 편하지."

샤피로는 시체를 뒤져서 적당한 사이즈의 갑옷을 찾아내었다.

"이 정도면 딱 맞겠군."

가슴에 장미 문장이 박힌 은빛 갑옷을 입고 투구를 쓰자 영락없는 부르크 기사의 모습이 되었다. 샤피로는 반질거리는 핼버드 날에 자신의 모습을 비춰보고는 씨익 웃었다.

이제 위장은 끝났다. 본격적으로 아성을 뒤져볼 차례다. 샤피로는 핼버드 한 자루를 겨드랑이에 끼우고는 지하 계단으로 뛰어 내려갔다.

아성의 지하는 4개의 공간으로 나뉘어 있었다.

그중 첫 번째 방은 비상식량을 쌓아둔 창고였다. 두 번째 방은 지하수를 퍼 올리는 식수 공급 장소였다. 세 번째 방은 서재고, 네 번째는 매복 기사들이 머무는 대기 장소였다.

샤피로는 우선 서재부터 뒤졌다.

"이것도 아니고, 이것도 아니고, 이것도 또 아니고!"

샤피로의 탐색 속도는 눈이 핑핑 돌아갈 만큼 신속했다. 샤피로는 책장에 꽂힌 두루마리 서적들을 휙휙 잡아 뽑아 제목을 읽은 다음, 아니다 싶으면 바로 등 뒤로 던져 버렸다.

그렇게 수백 권의 서적과 기록들을 뒤져서 가능성 높은 자료들만 추려내었다.

일차로 걸러낸 자료가 30권 남짓.

샤피로는 30권의 자료를 탁자 위에 쫙 펼쳐놓은 뒤, 좀 더 꼼꼼하게 살폈다.

"장미 문장의 유래…… 이건 내가 찾는 게 아니야. 부르크 가문 선조의 영웅담? 이것도 아니야."

샤피로는 눈에 핏발이 서도록 열심히 읽어 내려갔다.

시간이 갈수록 실망감만 늘었다. 원하는 것은 나오지 않고 엉뚱한 자료들만 가득했기 때문이다.

그러다 28권째!

"어엇?"

샤피로는 드디어 단서가 될 만한 부분을 발견했다.

엉뚱하게도 단서는 이락우화로부터 나왔다.

이락은 아주 오래전에 살았던 이야기꾼이다. 그는 먼 북쪽부터 시작해서 저 아래 남쪽까지 온 세상을 돌아다니며 무려 100가지가 넘는 우화를 창작한 것으로 유명했다. 훗날 이락의 창작물들은 1권의 책으로 묶여 '이락우화'가 되었다.

한데 이 이락우화의 버전이 꽤나 다양했다.

어떤 지역에서는 111가지 우화를 추려 '이락의 111가지 이야기'라는 제목으로 판매되었다. 또 다른 지역에서는 아이들이 읽기 좋은 99가지 우화만 엄선해서 '99 이락우화'라는 이름으로 소개되었다. 심지어 고르도 제국의 한 출판길드에서는 어른들이 읽을 만한 우화들만 추려서 '19금 이락우화'를 펴내기도 했다.

이 밖에도 몇몇 출판길드들은 오래된 고서점을 뒤져서 이락의 '미공개 우화'를 찾아내곤 했는데, 그때마다 역사학자나 탐험가들이 우르르 몰려들었다.

이락의 미공개 우화는 특히 역사학자들에게 인기가 좋았다. 왜냐하면 우화 안에 고대의 의복이나 생활습관, 주거환경, 전쟁, 정치투쟁, 야사 등의 다양한 역사적 사실들이 잘 녹아 있기 때문이었다. 경우에 따라서는 미공개 우화를 분석하는 것만으로도 역사학계에서 큰 주목을 받곤 했다.

그러니까 이락의 미공개 우화는 재미와 사료적 가치를 두루 갖춘 셈.

지금 샤피로가 보고 있는 두루마리도 미공개 이락우화 가운데 하나였다. 샤피로는 푸석푸석해서 금방이라도 바스라질 것 같은 양피지 두루마리를 조심스럽게 펼쳐들었다.

"이거 엄청 낡았는걸. 이렇게 오래된 책은 처음 봐."

책이 만들어진 연대로 보건대, 어쩌면 이 책은 이락이 직접 쓴 진본일지도 몰랐다. 책에 적힌 언어가 고대 무슈 지방의 언어라는 점도 고무적이었다. 이락은 무슈어로 책을 쓰지 않았던가.

미공개 이락우화! 그것도 이락이 직접 쓴 진본!

그렇다면 이 책의 가치는 무한대다. 출판길드에 팔면 엄청난 돈을 벌 것이고, 역사에 관심이 많은 귀족을 찾아가도 융숭한 대접을 받을 것이 뻔했다.

하지만 샤피로는 진본 여부에는 관심이 없었다. 그저 '까만 고양이의 비밀'이라는 우화 제목에 끌렸을 뿐이었다.

Chapter 2

"까만 고양이의 비밀! 내가 익힌 금단 마법 가운데 하나가 흑고양이의 심장인데, 혹시 어떤 연관이 있을까?"

샤피로의 눈이 호기심으로 반짝였다.

책의 제목에서 알 수 있듯이 이 우화의 주인공은 고양이였다. 그것도 보통 고양이가 아니라 9개의 생명을 가진 까만 고양이였다.

"헉! 9개의 생명!"

책의 소개 글을 접하는 순간 샤피로는 심장이 멎는 듯한 충격을 받았다. 머릿속에 벼락이 꽝 내리쳤다.

'똑같다! 흑고양이의 심장 마법과 똑같아!'

흑고양이의 심장 마법을 사용하면 생명이 9개로 늘어난다!

이 우화에 등장하는 고양이도 생명이 9개다!

샤피로는 두근두근 뛰는 심장을 억지로 가라앉히며 한 자 한 자 눈에 담았다.

옛날, 아주 먼 옛날, 까만 보금자리에 까만 고양이 1마리가 살았답니다.

까만 고양이는 보통 고양이가 아니었어요. 생명이 무려 9개나 되는 특별한 고양이였답니다.

그런데 이거 아시나요? 고양이들은 반짝거리는 물건을 좋아한다는 사실을. 그들의 보금자리에 한번 가보세요. 영롱하게 빛나는 보물이 수북이 쌓여 있을지 모른답니다.

생명이 9개나 되는 까만 고양이도 여느 고양이와 마찬가지로 보물을 좋아했어요. 이 고양이는 무려 7개의 보물 구슬을 갖고 있었답니다.

어느 날이었어요. 까만 고양이의 까만 보금자리에 예쁜 암고양이가 찾아왔어요. .

생명이 9개나 되는 까만 고양이는 이 암고양이가 무척 마음에 들었나 봐요. 그렇지 않다면 보물 구슬 가운데 3개를 꿰서 만든 진귀한 목걸이를 그녀에게 선물했을 리 없잖아요?

암고양이는 신이 났어요. 이제 암고양이는 세상에서 가장 아름다운 목걸이를 가진 고양이가 되었으니까요.

우쭐해진 암고양이가 동료들에게 돌아와 목걸이를 자랑했답니다.

동료 고양이들은 암고양이를 부러워했어요.

'나도 갖고 싶다!'

'아! 나도 저런 목걸이를 갖고 싶어.'

이렇게 생각한 동료 고양이들은 암고양이를 살살 꼬드겨서 이 아름다운 목걸이를 어디서 구했는지 물었지요.

암고양이는 순진하게도 술술 이야기해 주었답니다.

암고양이의 이야기를 들을수록 탐욕은 늘어났지요. 보물에 욕심을 낸 고양이들은 힘을 합쳐 까만 고양이의 보금자리로 쳐들어왔어요.

이윽고 고양이들 사이에 큰 싸움이 벌어졌어요. 생명이 9개나 되는 까만 고양이는 최선을 다해 침입자들과 맞섰답니다.

하지만 적의 수가 너무 많았어요. 세상에서 가장 힘이 세고 생명이 무려 9개나 되는 까만 고양이였지만, 한꺼번에 덤비는 수많은 적들을 모두 물리칠 수는 없었지요. 결국 생명이 9개나 되는 까만 고양이는 보물 구슬들을 모두 빼앗긴 채 죽었답니다.

하지만 진짜로 죽은 것은 아니지요.

왜냐고요?

아까 이야기했잖아요. 이 까만 고양이는 보통 고양이가 아니라고. 생명이 9개나 되는 특별한 고양이라고.

생명 하나를 버리는 대신 부활 성공!

아홉에서 하나를 빼면 여덟.

까만 고양이는 이제 생명이 8개 남았어요. 되찾아야 할 보물 구슬은 7개이고, 복수해야 할 적들은 무척 많아요.

자! 잘 지켜보세요. 생명이 8개 남은 까만 고양이의 활약은 이제부터가 시작이랍니다.

까만 고양이가 어떻게 보물 구슬들을 되찾고, 어떻게 복수를 할 것인지, 여러분들은 궁금하지 않으세요?

만약 까만 고양이가 구슬을 되찾고 복수를 마친다면, 그는 까만 보금자리로 되돌아와 구슬들을 1개 1개 엮을 것이랍니다. 그리곤 세상에서 단 하나뿐인 아름다운 목걸이를 만들어내겠지요.

쉿!

잠깐만 이리 귀를 대보세요.

제가 비밀을 하나 일러줄게요.

까만 고양이가 까만 보금자리에서 아름다운 실 2가닥으로 구슬 7개를 모두 꿰서 목걸이를 완성하면 과연 어떤 일이 벌어질까요?

세상에서 가장 아름다운 7개의 구슬이 걸린 이 목걸이는, 사실 까만 고양이가 9개의 생명이 모두 사그라질 때를 대비해서 만드는 것이랍니다.

9개의 생명을 모두 소진하는 날, 까만 고양이는 세상에서 가장 아름다운 보물 목걸이를 목에 걸 생각이랍니다. 그리곤 마지막 혼을 목걸이에 불어넣어 완전히 새로운 생명체로 거듭나려는 것이지요.

마지막 생명을 소진한 까만 고양이는 과연 무엇이 될까요?

그건 저도 잘 모릅니다.

궁금하지요?

그럼 보물 구슬을 잃고 복수에 불타오르는 까만 고양이를 유심히 지켜보세요.

그러자면 조심 또 조심!

까만 고양이를 관찰할 때는 무척 조심해야 한답니다. 그는 무척 포악하고 사납고, 또 예민하거든요.

어디 그뿐인 줄 아세요?

까만 고양이는 세상에서 가장 음흉하고 교활하며 속을 알 수 없답니다. 목적을 위해서라면 무슨 일이든 눈 하나 깜짝하지 않고 해치울 수 있는 것이 바로 까만 보금자리에 사는 까만 고양이거든요.

야아옹―!

책은 고양이 울음소리로 끝을 맺었다.

샤피로는 시뻘겋게 달아오른 눈으로 책의 마지막장을 노려보다가, 처음부터 다시 반복해 읽었다.

1번 읽고, 2번 읽고, 3번 읽고…….

샤피로는 우화의 내용을 한 글자도 빼놓지 않고 뇌에 담았다. 머릿속으로는 내용 파악에 몰두했다.

'이건 그냥 평범한 우화가 아니다. 애들 읽으라고 지은 동화도 아니야. 분명히 속에 담긴 것이 있어. 책의 행간에 담긴 진짜 뜻! 그것을 찾아내야 한다.'

9개의 생명을 가진 까만 고양이, 그리고 흑고양이의 심장 마법!

둘 사이 연관 관계는 확실했다.

'그렇다면 과연 7개의 보물 구슬은 무엇을 의미하는 것일까? 암고양이는 또 누구지? 쳐들어온 적들은 과연 누구고, 까만 보금자리는 어디일까?'

이 책만으로는 단서가 부족했다. 책의 의미를 제대로 파악하려면 좀 더 많은 정보가 필요했다.

샤피로는 일단 이 귀한 책이 바스러지지 않도록 잘 말아서 품에 간직한 다음, 나머지 자료들을 탐색했다.

아쉽게도 원하는 정보는 나오지 않았다.

"쳇! 더 이상 없군."

샤피로는 다짜고짜 핼버드를 휘둘러 램프 유리병을 깨뜨렸다.

'흔적을 지우려면 불을 지르는 것이 최선이지.'

이렇게 생각한 샤피로는 바닥에 쌓인 책 위로 램프를 떨어뜨렸다.

화르륵!

바짝 마른 책들 위로 불길이 확 번졌다. 샤피로는 이글이글 타오르는 불길을 응시하면서 나직히 중얼거렸다.

"그래도 아성에 들어온 보람이 있네. 중요한 단서를 하나 건졌으니까 말이야. 앞으로 이락의 미공개 우화를 집중해서 조사해 봐야겠어. 우화를 조사하다 보면 무언가 중요한 실마리가 잡힐 것 같아."

독백을 마친 뒤 샤피로는 엉뚱하게도 아성 꼭대기로 발길을 옮겼다. 욕심이 발동한 탓이었다.

"내친김에 조금만 더 살펴보자. 아까는 마음이 급해서 아성 꼭대기 층을 제대로 뒤져보지 못했잖아. 겨우 응접실만 둘러보았는데, 이번에는 침실까지 샅샅이 뒤져야지."

지하에 책이 많았으니 꼭대기 층에도 책이 많을 것 같았다. 체켄은 부르크 가문의 후계자 수업을 받는 중이었다. 그러니 체켄의 숙소에 책이 없다는 것은 말이 되지 않았다. 또한 요안나도 책의 종류를 가리지 않고 많이 읽는 편이라고 들었다.

"서두르자."

계단을 오르는 샤피로의 발걸음이 바빠졌다.

Chapter 3

아성 꼭대기 층은 텅 비어 있었다. 복도와 응접실에는 죽은 시체들만 가득했다.

"하긴, 생존자들은 이미 밖으로 피신했겠지. 누가 여기 남아 있겠어?"

샤피로는 피범벅이 된 응접실 양탄자를 잠시 바라보다가 안으로 발걸음을 옮겼다.

아성 맨 꼭대기 층은 총 6개의 공간으로 나뉘어 있었다. 중앙의 응접실을 중심으로 5개의 침실이 빙 둘러싼 구조였다.

샤피로는 남쪽 방부터 조사했다.

우선 방 한복판에 놓인 하얀 침대가 눈에 띄었다. 침대 옆 테이블 위에는 몇 권의 책이 어지럽게 널려 있었다.

샤피로는 책을 1권씩 돌춰보았다.

"제왕학, 마르투스 군주론, 길드를 다스리는 법……."

책의 제목만 봐도 이 방이 누구의 것인지 드러났다.

"여기가 체켄의 침실이었구나!"

후계자의 방답게 크기도 넓었고 가구도 온통 명품들이었다. 게다가 남향이어서 빛도 잘 들었다.

"좋은 방이네. 굳이 흠을 찾자면 창문이 너무 작아."

하긴, 창문을 크게 짤 수는 없었을 것이다. 아성은 편리한 생활을 위한 공간이 아니다. 적을 피하기 위한 공간이니 창문도 작을 수밖에.

샤피로는 체켄의 침실에서 원하는 것을 건지지 못했다.

의외로 체켄은 책을 많이 읽지 않았다. 테이블 위에 전시용으로 늘어놓은 제왕학 책 몇 권이 전부였다.

대신 샤피로는 재미난(?) 것을 찾아내었다. 체켄의 침대 밑에서 먼지와 함께 나온 것은 바로 야한 그림들이었다.

그림 속의 미녀들은 농염한 자태로 미소를 짓고 있는데, 보아하니 체켄이 화가를 닦달해서 받아낸 그림 같았다.

"이해할 수 있어. 체켄의 나이면 한창 여자에 관심이 많을 때지."

샤피로는 야한 그림들을 침대에 휙 던지고는 옆방으로 향했다.

체켄의 침실과 이어진 2번째 방은 시녀들의 숙소였다. 숙소는 깔끔했고, 한쪽 벽 앞에는 세탁물들이 쌓여 있었다. 가지런히 놓인 2층 침대의 수는 총 6개였다. 2 곱하기 6은 12! 그러니까 이 방에서 12명의 시녀들이 함께 지낸다는 뜻이었다.

샤피로는 방 안을 뒤지다가 자신의 머리를 꽁 쥐어박았다.

"쳇! 뭘 기대한 거냐? 아무것도 없는 것이 당연하지. 한낱 시녀들의 방에서 뭐가 나오겠어?"

샤피로는 서둘러 3번째 방으로 향했다.

이번 방은 시종들의 숙소였다. 방 안의 2층 침대가 5개인 것으로 보아 시종은 10명인 듯싶었다.

여기서도 원하는 것은 나오지 않았다.

4번째 북쪽 방은 침실이 아니라 연무장이었다. 연무장 벽에는 방패와 무기가 걸려 있었고, 반대편 벽에는 큰 거울이 있었으며, 중앙엔 나무인형이 보였다. 아마도 이곳은 체켄의 무술 수련 장소인 듯했다.

샤피로는 여기서도 건진 것이 없었다.

이제 남은 방은 하나!

마지막 방은 체켄의 방보다 더 크고 더 화려했다.

장미꽃으로 수놓은 으리으리한 침대와 화장대, 욕실, 그리고 로맨틱한 램프……. 침대 맡에서는 독특한 향수 냄새가 풍겼다. 샤피로는 톡 쏘는 향수 속에서 팜므파탈(나쁜 여자)의 향기를 맡았다.

"요안나의 방이구나!"

방을 보니 요안나의 성격이 짐작되었다. 샤피로는 침실 벽에 걸린, 요안나의 초상화라 짐작되는 그림을 바라보며 고개를 끄덕였다. 초상화 속 여인은 샤피로가 본 요안나의 몽타주와 흡사했다.

"자신을 꾸밀 줄 아는 여자야. 용모도 아름답고 성적 매력도 넘쳐. 그런데 말이야, 이 방에서 풍기는 향수 냄새가 코에 익숙한데…… 이걸 어디서 맡았을까?"

살쾡이처럼 예민한 후각이 발동했다.

곧 결론이 나왔다.

"아까 응접실에서 맡았던 냄새다! 응접실에서 내가 멱살을 잡았던 그 시녀! 그녀가 바로 이 향수 냄새를 풍겼어!"

샤피로의 머릿속은 몇 시간 전으로 거슬러 올라갔다.

샤피로가 처음 아성 응접실에 쳐들어왔을 때, 벽난로 앞에는 시종과 시녀들이 뒤엉켜서 아우성을 치고 있었다.

샤피로는 그들 사이로 뛰어들어 마구잡이로 창을 휘둘렀다.

그사이 벽난로 속 비밀통로의 문이 내려왔다. 샤피로는 좁은 문틈으로 창을 던져 하얀 옷을 입은 사람을 거꾸러뜨렸다.

그 하얀 옷을 입은 사람이 누구였을까? 주변 정황으로 보았을 때, 하얀 옷은 체켄 아니면 요안나가 분명했다.

샤피로는 시녀 1명의 멱살을 잡고는 "흰 옷을 입은 자가 누구냐?"고 물었다.

시녀는 벌벌 떨면서 도리질했다.

그때 아성 밖에서 호각이 울렸다. 시간에 쫓긴 샤피로는 결국 시녀를 내팽개치고 탈출을 시도했다.

한데 바로 그 시녀의 체취가 요안나의 침실 냄새와 똑같았다.

돌이켜 생각해 보니 그 시녀는 천한 신분치고는 지나치게 아름다웠다. 얼굴에 벽난로의 그을음을 덕지덕지 발랐지만 타고난 미모를 완전히 감추지는 못했다. 샤피로는 기억을 쥐어짜서 시녀의 얼굴을 떠올렸다. 어렴풋이 떠오르는 시녀의 용모는 초상화 속 요안나의 모습과 거의 일치했다.

"젠장! 요안나였구나!"

샤피로는 발을 쾅 굴렀다.

대어를 낚았는데 어이없이 놓쳐 버린 기분이 이럴까! 샤피로는 분통을 참지 못하고 방 안을 서성거렸다.

"내가 왜 그 생각을 못했지? 한낱 시녀의 몸에서 고급스러운 향수 냄새가 났는데 왜 그냥 지나쳤을까? 시녀 따위가 감히 주인마님의 향수를 훔쳐서 사용할 리도 없는데 말이야."

후회해도 이미 늦었다. 한번 놓친 물고기를 다시 잡을 수는 없다.

그래도 소득이 아주 없지는 않았다. 요안나의 대담함을 확인한 것은 큰 수확이었다. 샤피로는 요안나에 대한 평가를 한 단계 높였다.

"요안나…… 정말 보통내기가 아니야. 그 짧은 순간에 시녀로 변장할 생각을 하다니, 기가 막히네."

생각하면 할수록 요안나의 배포에 감탄이 나왔다.

대부분의 사람들은 위기가 닥치면 일단 도망치려는 생각뿐이다. 한데 요안나는 비밀통로로 도망치는 대신 샤피로를 감쪽같이 속일 마음을 먹었다. 정말 어지간히 배짱 두둑한 여장부가 아니면 할 수 없는 행동이었다.

"그러면 하얀 옷을 입은 사람은 뭐지? 요안나와 옷을 바꿔 입은 시녀인가, 아니면 체켄이었을까?"

만약 체켄이라면 샤피로는 임무를 훌륭히 달성한 셈이다.

등에 창을 꽂아 넣었으니까 최소한 중상, 심하면 사망이다.

하지만 만약 하얀 옷을 입은 자가 요안나로 변장한 시녀라면 샤피로는 헛짓을 한 셈이었다.

"둘 중 어느 쪽인지는 좀 더 지켜봐야겠지."

샤피로는 일단 요안나의 방에서 물러나왔다.

응접실로 돌아온 뒤 샤피로는 비밀통로를 조사했다. 지난밤에는 시간이 부족해서 자세히 살피지 못했는데, 지금은 한결 여유로웠다. 샤피로는 직접 벽난로 안으로 기어들어가 철문 주변과 손잡이 등을 세심하게 관찰했다.

덫을 설치하는 데 익숙해서 그런지 얼마 지나지 않아 감이 왔다.

"여기 이걸 누르면 열리려나?"

벽난로 안쪽의 벽돌 몇 개를 누르자 곧 반응이 왔다. 쿠르릉 소리와 함께 닫혔던 통로가 다시 열렸다.

샤피로는 핼버드를 손에 쥐고는 통로 안으로 들어갔다.

통로는 깊고 좁았다. 불빛도 없어 컴컴했다.

그래도 샤피로는 불편함을 느끼지 않았다. 샤피로는 표범처럼 유연하게 통로 안을 파고들었다. 어둠 속에서도 샤피로의 눈은 환한 대낮처럼 주변을 구분했다.

안으로 들어가자 바닥에 떨어진 액체가 보였다.

'피!'

샤피로는 통로 바닥에 떨어진 핏물을 찍어 맛을 보았다.

불과 몇 시간 전에 떨어진 선혈이었다. 피의 신선도로 판단컨대 젊은 사람의 것이 분명했다.

잠시 후에는 시체가 나타났다. 시종 2명이 가슴에 치명상을 입고 죽어 있었다. 지난밤에 샤피로가 던진 창은 이 2명의 몸뚱어리를 차례로 관통한 뒤, 하얀 옷을 입은 자의 등에 박혔다.

샤피로는 서둘러 그 흔적을 찾았다.

시체 앞쪽, 피가 일정한 간격으로 떨어진 모습이 발견되었다.

"그자, 살았구나! 죽지 않고 살아서 이곳을 나갔어."

하얀 옷을 입은 자는 요행히 죽지 않았다. 하지만 무사하지도 않았다. 갈수록 피의 양이 많아지고, 주기는 짧아졌다. 나중에는 피가 일렬로 줄줄 흐른 모습이었다.

"이 정도 상처면 당분간 움직이지 못할 것이다. 그나저나 그 하얀 옷이 누구인지 궁금하네. 체켄이었을까?"

샤피로는 호기심을 품고 계속 앞으로 나갔다.

나선으로 빙빙 돌면서 내려온 비밀통로는 다시 땅굴로 연결되었다. 아마도 이 땅굴을 통해 밖으로 연결되는 모양이었다.

샤피로는 좀 더 속력을 냈다.

그렇게 1킬로미터가량을 달리자 출구가 보였다. 샤피로는 꽉 막힌 출구 앞에 서서 호흡을 가다듬었다.

어둠이 샤피로의 주변으로 몰려들었다. 샤피로는 몸을 어둠 속에 감추고 호흡을 느리게 가져갔다.

천천히, 아주 천천히.

출구를 지나 계단을 오르자 눈부신 아침 햇살이 샤피로를 반겼다.

'여기가 어디지? 식물원인가?'

주변은 온통 특이한 식물로 가득했다. 하늘은 투명한 유리창으로 막혔고, 벽도 유리였다. 비밀통로의 출구는 식물원처럼 보이는 곳으로 연결되었다.

'혹시 미셸의 정원?'

미셸 공작부인의 취미는 식물을 키우는 것이라고 들었다. 당연히 저택 근처에 식물원을 갖고 있을 텐데, 아무래도 이곳이 그 장소인 듯했다.

'거 참 알 수 없네. 아성의 비밀통로가 미셸의 정원으로 연결되어 있다면, 당연히 미셸도 이 통로를 알고 있을 것 아니야. 그런데 왜 미리 귀띔을 해주지 않았을까? 이 비밀통로를 이용하면 좀 더 쉽게 요인을 암살할 수 있는데 말이야."

이유는 뻔했다.

미셸은 샤피로가 아성을 노릴 줄 몰랐을 것이다. 아성에 침투해서 체켄이나 요안나를 암살하는 것은 미셸의 명령이 아니라 아로나가 독단적으로 벌인 일이다. 샤피로는 이렇게 판단했다.

"이거 까딱하다가는 내가 덤터기를 쓰겠는걸!"

샤피로는 손가락으로 뺨을 긁었다.

어느 정도 예상했던 일이라 충격을 받지는 않았다. 그래도 아로나가 괘씸한 것은 사실이었다.

"아로나! 이곳을 나가면 한번 손을 봐줘야겠어. 마침 그 계집의 마법에 흥미가 동하던 참이었는데, 손을 봐주는 김에 마법지식도 빼내야지."

마법사로부터 마법지식을 빼내는 방법은 딱 2가지뿐이다.

마법사의 제자가 되어서 정식으로 마법을 전수받는 길 하나.

마법사를 고문해서 강제로 착취하는 방법 하나.

샤피로는 아로나의 제자가 될 생각은 없었다. 당연히 2번째 방법을 염두에 두었다.

아로나가 버틸 수 있으리라고는 생각하지 않았다. 샤피로는 제아무리 정신력이 강한 사람도 굴복시킬 수 있는 지독한 고문방법을 10,000가지도 넘게 알고 있으며, 그 가운데 몇 개나 써먹을 수 있을지 궁금했다.

"한 3,000번째 고문까지는 견뎌주었으면 좋겠는데 말이야. 너무 쉽게 털어놓으면 재미가 없잖아?"

샤피로는 아로나를 고문하는 장면을 상상하며 손가락을 뚜두둑 꺾었다.

그 시각, 아침식사 중이던 아로나가 갑자기 몸서리를 쳤다.

마주 앉아 있던 스트라베가 물었다.

"갑자기 왜 그래?"

"아무것도 아니야. 그냥 오한이 좀 났어."

아로나는 손을 휙휙 내저으며 아무렇지도 않게 대답했다. 하지만 그녀의 예민한 감각은 심각한 경고를 울리는 중이었다.

절대 건드려서는 안 될 존재를 건드렸다는 위기감! 무언가 아주 무시무시한 괴물이 등 뒤에서 노려보고 있다는 경고!

아로나는 수프를 들이키다 말고 얼굴을 찌푸렸다. 어째 예감이 좋지 않았다.

Chapter 4

미셸의 식물원은 아름다웠다. 유리로 만든 식물원 안에는 온갖 희귀한 꽃과 나무들이 잘 배치되어 있었고, 채광이나 습도도 식물을 키우기에 딱 알맞았다. 규모도 상당히 커서 식물원 한복판에 서 있으면 마치 밀림에 들어온 기분이었다.

샤피로는 식물원을 쭉 둘러보며 출구를 찾았다. 그러다 그만 도란도란 들리는 말소리를 엿듣게 되었다.

바로 요안나와 폰투스의 대화였다.

샤피로는 숨을 죽인 채 살금살금 접근했다. 어둑한 나뭇잎 사이에 몸을 숨기자 감쪽같았다. 샤피로는 나뭇잎 뒤에서 둘의 대화를 엿들었다.

폰투스의 굵직한 음성이 먼저 들렸다.

"마마, 괜찮으십니까? 많이 놀라셨지요."

"오라버니, 전 괜찮아요. 그보다 체켄이 걱정이에요."

"체켄 도련님도 무사하시지 않습니까? 창에 맞은 사람은 마마의 시녀라고 들었습니다."

"맞아요. 저랑 옷을 바꿔 입은 아이가 그만 창에 등을 찔렸지요."

"쯧쯧쯧. 마마께서 무척 아끼던 아이였는데……."

폰투스는 가볍게 혀를 찼다.

요안나가 조그맣게 고개를 끄덕였다.

"맞아요. 제가 아끼던 아이였지요. 한데 의사의 말로는 가망이 없다고 하더라고요. 피를 워낙 많이 흘려서 목숨이 위태로울 뿐 아니라, 설령 살아난다고 해도 척추를 심하게 다쳐서 앞으로 걷지 못할 것이라고 하더군요."

"저런!"

폰투스가 미간을 찌푸렸다.

반면 요안나의 표정은 무덤덤했다. 심복이나 다름없는 시녀가 죽을지 모른다는 말을 하면서도 요안나는 눈 하나 깜짝하지 않았다.

"그나저나 예상 밖이에요. 저는 어머님이 무르다고 생각했었거든요. 그런데 이렇게 제 뒤통수를 치네요."

요안나가 말한 '어머님'이란 바로 미셸 공작부인을 뜻했다.

폰투스가 주먹을 불끈 쥐었다.

"마마, 이제는 죽고 죽이는 전면전만 남았습니다. 무기고를 습격하고 식량을 불태운 것은 참을 수 있습니다. 하나 어쌔신을 보내서 체켄 도련님과 마마의 목숨을 노린 패악은 결코 용납할 수 없습니다. 상대가 공작부인 마마라고 해도 이것만큼은 절대 참을 수 없습니다. 어찌 할머니가 손자의 목숨을 노린단 말입니까?"

약이 바짝 오른 폰투스를 바라보면서 요안나는 희죽 웃었다.

폰투스가 고개를 갸웃했다.

"마마, 왜 웃으십니까?"

"오라버니의 태도가 웃겨서요. 입으로는 용서할 수 없다고 외치지만 마음속 저 밑바닥까지 분노로 들끓지는 않나 봐요."

"그, 그렇습니까?"

속마음이 들키자 폰투스가 당황했다.

요안나는 입을 가리고 웃었다.

"깔깔깔, 역시 오라버니는 재미있어요. 속마음이 얼굴에 그대로 드러나는 성격은 어릴 때나 지금이나 여전하네요. 그런데 왜 오라버니의 속이 분노로 들끓지 않을까요? 무기고가 불타고 식량이 타 버렸는데요."

"그야…… 마마께서 무사하시고 체켄 도련님도 멀쩡하시지 않습니까. 그 안도감 때문에 화가 누그러진 듯합니다.”

요안나가 검지를 좌우로 까딱거렸다.

“아니! 그래선 안 돼요.”

“네?”

“오라버니가 그렇게 느슨해지면 안 된다고요. 독이 바싹 오른 살모사처럼 변해야지요. 사랑하는 친인이 죽어서 반쯤 미쳐 버린 모습을 보여야지요. 그런 광기를 보여야 잘츠파에게 한 방 먹일 수 있답니다.”

“네에?”

폰투스는 요안나의 뜻을 알아듣지 못하고 눈만 껌뻑였다.

요안나가 자세히 풀어서 설명했다.

“날이 완전히 밝거든 이렇게 공표하세요. 잘츠파에서 파견한 어쌔신이 아성에 침투해서 체켄의 등에 창을 꽂았다고요. 그 때문에 우리 체켄의 목숨이 오락가락한다고요.”

“마마! 어찌 그리 불길한 말씀을 하십니까!”

폰투스가 펄쩍 뛰었다. 폰투스는 요안나가 친아들의 목숨마저도 하찮게 여기는 듯하자 가슴이 철렁했다.

요안나는 입 꼬리를 팽팽하게 끌어올려 배시시 웃었다.

“오라버니, 그리 놀라실 것 없어요. 이것은 전략의 일종이거든요.”

“마마, 아무리 전략이라고 해도 그렇지 어찌 감히 부르크 차기 영주의 목숨을 걸고 거짓공표를 하겠습니까? 제발 참담

한 명을 거두소서.”

“아니! 거둘 수 없어요.”

“마마!”

“오라버니, 거둘 수 없다고 분명히 말했어요. 체켄의 생명이 오늘 내일 한다고, 그렇게 널리 소문을 내세요.”

요안나가 표독하게 외쳤다.

폰투스는 뜨끔한 표정으로 요안나를 바라보았다.

요안나도 폰투스의 눈을 똑바로 노려보며 딱딱 끊어 말했다.

“어머님이 내 목숨을 노렸어요. 나만 노린 것이 아니라 체켄의 목숨까지 노렸어요. 아성에 쳐들어왔던 그 어쌔신, 상대가 누구건 가리지 않고 모조리 죽일 기세였다고요. 체켄이건 누구건 상관없이 모조리! 깔깔깔깔!”

“마마!”

“깔깔깔깔! 이걸 어쩌죠? 어머님이 그렇게 당찬 모습을 보여주니까 저도 완전히 전의에 불타오르네요. 저쪽에서 먼저 시작을 했는데 우리라고 기가 죽어서야 되겠어요? 한번 갈 때까지 가봐야죠. 지옥 끝까지라도 쫓아가 봐야죠. 그러니까 오라버니는 내 말을 따르세요. 체켄의 목숨이 위험하다고 소문을 낸 뒤, 오라버니께서 직접 정예기사들을 끌고 나가 적의 심장부를 치세요.”

“심장부를 말입니까?”

"그래요, 심장부! 적들이 아군의 심장을 타격했으니 우리도 똑같이 맞받아쳐야죠."

"하온데 마마, 심장부라고 하시면 정확하게 어디를 겨냥하는 것입니까?"

"최소한 훈데르트 백작! 그러다 기회가 오면 잘츠의 목을 따세요. 한 발 더 나가서 어머님을 쓱싹하셔도 좋고요."

"헉! 설마 미셸 마마를 직접 저격하라는 뜻입니까?"

폰투스의 안색이 하얗게 질렸다. 폰투스는 부르크 가문을 섬기는 기사단장이었다. 충성심으로 똘똘 뭉친 기사단장에게 안주인의 저격을 명하다니, 폰투스는 여동생의 과격한 주문에 말문이 막혔다.

요안나가 사납게 다그쳤다.

"오라버니, 겁먹지 마세요. 어차피 민심은 우리 편이에요. 어째신이 체켄의 등에 창을 꽂아 체켄의 목숨이 오락가락한다고 소문이 돌아봐요. 그럼 부르크 백성들이 어찌 나올 것 같아요? 아마도 백성들은 오라버니가 그 어떤 과격한 복수를 하더라도 이해해 줄 거랍니다. 그러니까 한번 미친 듯이 날뛰어보세요. 오라버니가 왜 남부 최강의 검수라 불리는지 그 실력을 유감없이 뽐내보란 말입니다."

"마마, 정말 그리해도 되겠습니까?"

"되고말고요. 나는 그동안 오라버니가 진짜 실력을 숨겨왔다는 사실을 알고 있어요. 오라버니의 검술은 세상에 알려진

것보다 훨씬 더 어둡고 포악하잖아요? 너무나 포악해서 그동
안 감춰왔었잖아요? 그 무력을 이번 기회에 마음껏 뽐내보세
요. 그리하여 온 세상 사람들을 깜짝 놀라게 만드세요.”

“마마!”

폰투스의 얼굴이 딱딱하게 굳었다.

방금 이야기는 절대 비밀이었다. 몇 년 전 폰투스는 암흑교
단의 옛 검술서를 입수했는데, 그 위력이 너무 강렬하고 광기
가 넘쳐서 함부로 드러내지 못했다. 그저 몰래 익혀두기만 했
을 뿐이었다.

한데 요안나가 그 사실을 눈치 채고 있었다니! 폰투스는 여
동생의 날카로운 안목에 입이 다물어지지 않았다.

요안나가 다가와 폰투스의 귀에 속삭였다.

“솔직히 말해 보세요. 오라버니도 한번 써먹어 보고 싶죠?”

“무, 무엇을 말씀이십니까?”

폰투스가 당황해서 되물었다.

요안나는 매끈한 손가락으로 폰투스의 코를 톡 건드렸다.

“아이 참, 저한테까지 시치미를 뗄 필요는 없잖아요. 오라
버니가 익힌 그 악마의 검술 말이에요. 동물이 아니라 사람을
상대로 한번 시험해 보고 싶잖아요. 오라버니, 이번 기회에 참
았던 욕망을 마음껏 푸세요.”

“마마!”

“괜찮으니까 마음껏 욕망을 푸시라니까요. 그래야 개운해지

죠. 단, 오라버니! 이것 한 가지만큼은 반드시 명심하셔야 해요.”

“뭘 명심하란 말씀이신지…….”

“출전하기 전에 오라버니의 마음속에 단단히 새기세요. 지금 체켄이 크게 다쳤다. 죽을지도 모른다. 스스로에게 이렇게 최면을 걸란 말이에요.”

“네에?”

“그렇게 최면을 걸어야 마음속의 슬픔이 겉으로 드러날 것 아니에요. 조카를 잃을지도 모른다는 슬픔이 오라버니의 광기와 욕망을 잘 포장해 줄 것이에요. 미쳐 날뛰는 오라버니를 보고 백성들이 뭐라 생각하겠어요? 폰투스 남작이 조카를 너무나 사랑했구나! 그래서 체켄의 목숨이 위독하자 저렇게 처절한 분노를 터뜨리는구나! 이렇게 동정할 것 아니겠어요? 미셸 마마를 치면서 민심까지 함께 얻으려면 반드시 이런 연극이 필요해요.”

“아!”

폰투스가 입을 쩍 벌렸다.

요안나는 천재였다. 그것도 아주 집요한 천재였다. 그녀의 정치 감각과 상황 판단 능력은 살벌할 정도로 동물적이었으며, 결단력도 압권이었다. 어지간한 여자라면 멀쩡한 아들을 미끼로 삼아 시어머니를 낚으려는 시도를 못할 터인데, 요안나는 달랐다. 그녀는 이용 가능한 것은 무엇이든 가리지 않았다.

할머니가 친손자를 죽이려 한다고 소문을 내서 미셸의 도덕

성에 상처를 내겠다는 것이 요안나의 첫 번째 계획이었다.

폰투스가 지닌 악마의 힘을 풀어놓아 적들에게 타격을 주겠다는 것이 요안나의 두 번째 계획이었다.

폰투스의 폭발적인 광기가 백성들 눈에 슬픔으로 보이도록 포장하는 것이 요안나의 세 번째 계획이었다.

이상 3가지 계획이 성공하면 백성들은 미셸에게 등을 돌릴 것이고, 폰투스는 영웅이 될 터였다.

더불어 기세 싸움에서도 체켄파가 유리한 고지를 차지하게 될 터!

조카의 복수를 위해 목숨을 아끼지 않고 달려드는 숙부의 애절한 광기를 보여주는 것만으로도 잘츠파의 사기는 떨어질 것이었다. 거꾸로 체켄파의 사기는 하늘을 찌르겠지.

'어머님, 설마 제가 어머님께 1대 얻어맞고 그냥 참을 거라 생각하지는 않으시겠죠? 어머님이 때린 매! 제가 곧 2배 3배로 갚아드리지요. 두고 보세요.'

이 순간 요안나의 마음속 깊은 곳에 도사리고 있던 칼날이 요악한 빛을 드러내었다.

Chapter 5

'마음속에 서슬 퍼런 칼날을 품고 사는 계집이로구나!'

샤피로는 요안나의 본성을 한눈에 파악했다. 요안나와 폰투스의 대화를 엿듣는 것만으로도 그녀의 살벌함이 가슴에 와 닿았다.

그래서 더욱 관심이 생겼다.

'이 동네는 참 재미있어. 남자들보다 오히려 여자들의 기세가 더 당당하잖아. 최근에 미셸을 보고 대단한 여장부라고 느꼈는데, 이 아줌마도 전혀 뒤지지 않네. 두 암사자가 싸우면 누가 이길지 정말 흥미로워.'

샤피로는 반짝이는 눈길로 요안나를 훑어보았다.

"누구냐!"

요안나가 고개를 홱 돌렸다. 요안나는 두 주먹을 꼭 움켜쥔 채 샤피로의 은닉 장소를 노려보았다.

폰투스가 눈을 동그랗게 떴다.

"마마, 왜 그러십니까?"

"저곳에서 누군가 숨어 있어요. 아마 그 어쌔신일지도 몰라요."

"그게 사실입니까?"

폰투스는 당장 몸을 날렸다. 탁자를 박차고 뛰어오르더니, 요안나가 가리킨 곳을 그대로 덮쳤다.

콰앙!

나뭇가지가 폭발했다. 뾰족한 파편이 사방으로 튀었다. 폰투스는 파편 사이에 우뚝 서서 주위를 둘러보았다.

주변은 쥐 죽은 듯이 조용했다. 폰투스가 고개를 갸웃거렸다.

"마마, 이곳엔 아무도 없습니다."

"그래요? 거 참 이상하네. 거기에 누가 숨어 있는 듯한 예감을 느꼈는데…… 오라버니, 수고스럽겠지만 한 번만 더 주변을 확인해 주세요."

요안나의 말에 폰투스가 검을 뽑았다. 섬뜩하게 빛나는 그의 검날은 무성한 나뭇잎을 썽둥썽둥 베면서 지나갔다.

나무들만 비명을 지를 뿐, 침입자의 모습은 보이지 않았다.

"마마, 없습니다."

"하아! 그렇다면 제 예감이 틀렸나 보네요. 하긴, 남부 최강의 검수이신 오라버니가 느끼지 못한 감각을 제가 느꼈을 리 없죠. 아마도 아성에 침투한 어쌔신 때문에 놀라서 제가 예민해졌나 봐요."

말은 이렇게 했지만 요안나는 여전히 미심쩍은 눈치였다.

사실 요안나의 감각은 짐승보다 더 예민했다. 정확도도 무척 높아서 지금까지 틀린 적이 거의 없었다. 심지어 가끔은 미래에 대한 예견도 해내곤 했다. 예를 들어 지진을 미리 알아차린다던가, 폭풍을 예측한다던가.

이번에 어쌔신의 저격을 피할 수 있었던 것도 바로 이 탁월한 예감 덕분이었다. 샤피로가 아성 계단을 올라올 즈음, 요안나는 심한 두통을 느꼈다. 두통뿐 아니라 등에 오한이 돋고 스멀스멀 불길한 기운이 온몸을 감쌌다.

가슴이 섬뜩해진 요안나는 다짜고짜 시녀를 불러 옷을 바꿔 입었다. 얼굴에는 그을음도 묻혀놓았다.

얼마 후 샤피로가 응접실로 쳐들어왔다. 요안나와 옷을 바꿔 입었던 시녀는 샤피로가 던진 창에 찔려 사경을 헤매는 처지가 되었다. 만약 요안나의 예감이 조금만 무뎠더라면 시녀 대신 그녀가 사경을 헤맸을 것이다.

"오라버니, 어째 기분이 좋지 않네요. 저는 이만 들어가서 쉬어야겠어요."

요안나가 의자에서 일어났다.

폰투스는 냉큼 고개를 끄덕였다.

"당연히 그러셔야지요. 지난밤에 정말 큰일을 겪지 않으셨습니까? 따뜻하게 물을 데워 목욕을 하시고 놀란 마음을 가라앉히십시오."

"알았어요. 오라버니는 제 대신 뒷정리를 좀 해주세요. 잘츠파 진영으로 쳐들어가서 복수도 해주시고요."

"염려 놓으십시오. 무기고와 식량창고를 수습하는 대로 정예기사들을 이끌고 나가 잘츠파의 심장을 도려내겠습니다."

폰투스가 두 주먹을 불끈 쥐어보였다.

"그럼 오라버니만 믿어요."

요안나는 짧은 인사를 남긴 채 서둘러 식물원을 떠났다.

여동생을 배웅한 뒤, 폰투스는 식물원을 한 번 더 뒤져보았다. 혹시 침입자가 있는지 재점검을 한 것.

아무리 샅샅이 뒤져도 침입자의 흔적은 발견되지 않았다. 폰투스는 '마마가 너무 예민했구나!' 라고 결론을 내렸다.

"비록 내색은 않으셨지만 마마께서 많이 놀라셨나 보네. 하긴, 흉악한 어쌔신을 코앞에서 맞닥뜨리셨으니 충격을 받을 수밖에! 혹시 심장에 무리가 생겼을지도 모르니까 치료 신관을 한번 불러야겠다."

이 말을 끝으로 폰투스도 식물원을 떠났다.

잠시 후.

박살난 나무 뒤에서 안개가 흩어지듯 어둠이 물러났다. 어둠 속에 웅크리고 있던 샤피로가 고개를 살짝 내밀었다.

샤피로의 어깨는 피범벅이었다. 조금 전 나무파편이 사방으로 튈 때 어깨를 찔렸다. 뾰족한 파편은 샤피로의 살 속 깊숙이 파고들어 뼈를 긁었다. 하나 샤피로는 고통스러운 기색이 전혀 없었다. 통증을 느끼는 못하는 사람처럼 아무렇지도 않게 나무 파편을 뽑고 상처를 지혈했다.

"하마터면 들킬 뻔했네. 폰투스의 무력이 예상보다 더 강한 것 같아. 게다가 요안나 그 계집은 어찌 그리 감각이 예민하지? 단순하게 감각만 놓고 보면 폰투스보다 훨씬 더 뛰어나잖아."

요안나는 무술을 배우지 않았다. 그렇다고 마법사도 아니고, 샤피로처럼 감각 수련을 받은 처지도 아니었다. 그저 평범한 귀부인에 불과했다. 그런데 이렇게 감각이 예민하다면 답은 하나뿐이다.

영능을 타고난 것!

과거 암흑교단에서는 영적 능력이 풍부한 어린아이들을 납치해서 포교사제로 육성하곤 했다. 요안나처럼 영능을 타고난 사람은 강한 카리스마로 군중을 휘어잡는 재주가 있을 뿐 아니라, 정신계 마법에도 특출한 재능을 보였다. 따라서 일단 포교사제의 길에 들어서면 성취도가 정말 빨랐다.

'포교사제'를 뛰어넘어 '포교사도'로 성장하는 엘리트 교도들을 보면 대부분 요안나와 같은 영능력자들이었다.

"하지만 영능력자가 꼭 좋은 것만은 아니지. 성격이 너무 예민해서 주변을 피곤하게 만들거든. 가끔은 폭주해서 미치광이가 되기도 하고."

또 한 가지 특징 하나.

요안나처럼 예민한 능력자들은 주변 인물의 변화를 한눈에 꿰뚫어 본다. 그러니까 주변 인물이 블랙웜에 오염되는 즉시 눈치를 챌 것이다.

"그렇다면 남부교단의 자매들이 요안나의 측근으로 침투할 수는 없었겠구나. 더불어 체켄의 시녀가 될 수도 없었을 거야. 블랙웜을 이용해서 침투하는 즉시 요안나가 눈치를 챘을 테니까."

샤피로의 목표는 오로지 일기였다. 그 밖의 일들은 관심 밖이었다.

하지만 샤피로는 목표에 매진하는 와중에도 한쪽 귀를 열어 암흑교단 잔당들의 소식에 신경을 썼다.

머릿속에 맴도는 메시지 때문이었다.

'적은 내부에 있다. 교단의 생존자들을 모두 죽이는 한이 있더라도 반드시 복수하라.'

이러한 사념이 샤피로의 머릿속에서 울렸다. 잔뜩 응어리진 사념은 서서히 집념으로 변했다.

샤피로는 '암흑교단의 잔당들을 샅샅이 찾아낸 다음, 모조리 죽여 복수하겠다.' 라는 원한을 가슴속 깊이 품고 살았으며, 이 원한은 점점 더 커지는 중이었다.

언제부터 이런 원한이 싹텄는지는 모호했다. 원한을 품게 된 이유도 알 수 없었다. 그저 복수에 목이 마를 뿐이다.

"생각 같아서는 저택 안도 한번 조사해 보고 싶지만, 한꺼번에 너무 무리를 하는 것은 좋지 않아. 오늘은 여기까지만 하자."

샤피로는 강한 자제력을 발휘했다.

옳은 판단이었다. 밤하늘을 벌겋게 물들였던 불길은 아침이 되면서 많이 누그러졌다. 우왕좌왕하던 아성의 병력들도 슬슬 침착함을 찾아가는 중이었다. 앞으로 한두 시간 뒤에는 모든 혼란이 정리될 것이었다.

그렇다면 더 늦기 전에 부르크 성을 벗어나야 할 터!

"아쉽기는 하지만 남은 일들은 다음으로 미루자. 전쟁은 이제부터가 시작이니까 조만간 또 기회가 올 거야."

나직한 독백과 함께 샤피로의 모습이 공기 중으로 사르륵 녹아들었다. 식물원의 유리창을 통해 비스듬히 깃든 아침 햇살이 샤피로가 떠난 자리를 비추었다.

제4화
수호성력의 등장

Chapter 1

탈출은 쉬웠다. 샤피로는 체켄파의 혼란을 틈타 내성벽을 넘었다. 하수구를 통해 부르크 외성 지역을 통과한 다음에는 곧바로 성 밖으로 나갔다.

성을 나설 때 샤피로는 잠시 발길을 멈췄다. 약간의 미련이 샤피로의 발목을 붙잡았다. 샤피로는 고개를 돌려 부르크 성을 돌아보았다.

요번에 기회가 정말 좋았다. 잘하면 요안나나 체켄의 목을 딸 수도 있었다. 한데 마무리를 짓지 못한 것이 아쉬웠다.

한편으로는 부르크 성에 침투해 있을 암흑교단의 잔당들을 그냥 내버려두고 떠나는 것도 마음에 걸렸다. 그놈들까지 깔끔하게 해치웠으면 하는 생각에 발길이 떨어지지 않았다.

하지만 샤피로는 잘 알고 있었다.

'눈앞의 목표에 집착해서 주변 정황을 살피지 못하는 것만큼 미련한 짓은 없지.'

이것은 샤피로가 여러 번의 경험을 통해 뼛속 깊이 새기고 있는 교훈이었다. 샤피로는 과감히 등을 돌려 외성벽 밖으로 뛰어내렸다.

풍덩!

해자에 조그맣게 물보라가 터졌다. 샤피로는 해자 깊숙이 잠수했다가 건너편 기슭으로 조용히 올라왔다.

동이 환하게 틀 무렵 무기고의 화재가 완전히 진압되었다. 펑펑 터지던 마법 시약들도 이제는 조용해졌다.

20분 뒤에는 식량창고의 불길이 완전히 잡혔다.

화마가 훑고 지나간 현장은 처참했다. 새까맣게 그을린 창고 벽에선 회색 연기가 모락모락 피어올랐다. 바닥에 널린 곡식알갱이들은 숯처럼 변해 있었다. 여기저기 잿더미가 된 병사들의 시체도 보였다.

"이런, 개자식들!"

폰투스의 손아귀에서 우두둑하고 뼈 으스러지는 소리가 났다.

지난밤에는 화재진압에 여념이 없어서 잘 느끼지 못했는데,

아침에 현장을 다시 보니 속이 뒤집혔다.

폰투스는 어금니를 꽉 물었다.

"검!"

"여기 대령했습니다."

어린 수습기사가 달려와 폰투스의 손에 검을 쥐어주었다. 길이 90센티미터의 묵직한 검이었다.

폰투스는 검집째 어깨 위에 얹고는 화재 현장을 떠났다.

"폰투스 님, 저희들이 모시겠습니다."

폰투스를 섬기는 정예기사들이 굳은 표정으로 뒤를 쫓았다.

성문이 열렸다. 쇠사슬 풀리는 소리와 함께 2중도개교가 내려오고, 다리가 이어졌다. 폰투스를 비롯한 체켄파의 정예기사들은 말을 몰아 성 밖으로 나왔다.

목표는 성 밖 잘츠파의 본거지!

폰투스는 투구를 꽉 눌러쓰며 으르렁거렸다.

"이번 작전의 명칭은 초토화다. 앞뒤 가릴 것 없다. 평소 알고 지내던 사이라고 봐줄 것도 없다. 잘츠파 놈들의 본거지에 뛰어들어 닥치는 대로 박살낸다!"

"알겠습니다!"

30명의 정예기사들이 우렁차게 답했다.

그 큰 대답소리에 도개교가 흔들렸다. 해자에 파도가 쳤다. 흥분한 말들은 앞다리를 들며 히이잉 울음을 토했다.

부하들의 투지가 마음에 든 듯 폰투스는 짧게 고개를 끄덕였다.

두두두두——

말발굽소리에 지축이 흔들렸다. 폰투스와 기사들이 지나간 자리엔 용의 꼬리처럼 뿌옇게 흙먼지가 일었다.

샤피로는 나뭇가지 위에 숨어서 폰투스의 출전을 지켜보았다.

은색으로 빛나는 폰투스의 투구 안, 시퍼런 광채를 내뿜는 두 눈이 참으로 강렬했다. 꽉 다문 입매에는 분노가 서려 있었고, 투구 창살 사이로 드러난 폰투스의 눈빛은 금방이라도 비끄러매진 쇠사슬을 끊고 우리 밖으로 뛰쳐나오려고 하는 성난 야수의 그것을 닮아 있었다.

"기세가 장난이 아닌걸. SPR 총사들과 맞붙으면 볼 만하겠어."

샤피로의 추측이 정확하다면, 폰투스의 무력은 스트라베와 니케아를 합친 것보다 더 강했다. 아마도 아로나까지 힘을 합쳐야 겨우 폰투스를 감당할 수 있다는 것이 샤피로의 판단이었다.

단, 타베스는 예외.

"타베스의 실력라면 폰투스를 꺾을 만하지. 폰투스가 악마의 검술을 감추고 있다면, 타베스는 스파이크 쉴드를 숨기고 있잖아?"

스파이크 쉴드를 떠올리자 절로 흥분이 되었다. 샤피로는 폰투스와 타베스 가운데 어느 쪽이 더 강할지를 추측하며 입맛을 다셨다.

"폰투스가 몰래 익혔다는 검술의 정체가 무엇인지는 모르겠지만, 스파이크 쉴드를 깨기는 쉽지 않을 거야. 누가 뭐라고 해도 스파이크 쉴드는 암흑교단을 지탱하는 수호성력 가운데 하나니까 말이야."

암흑교단은 뿌리가 깊은 단체였다. 장장 1,000년 이상 교세를 떨쳐온 종교집단답게 뛰어난 마법도 많았고, 무시무시한 무술도 다수였다.

이 가운데 가장 유명한 것이 8대 금단마법이다.

교단의 교조들이나 접할 수 있는 8대 금단마법은 그 위력이 끔찍하기 이를 데 없어서 세상 모든 사람들을 공포에 질리게 만들었다. 오죽했으면 빛의 사원에서 절대 금지해야 될 마법으로 선정했겠는가!

하지만 암흑교단에는 이 8대 금단마법 외에도 끔찍한 것들이 많았는데, 대표적으로 '수호성력'이 손꼽혔다.

수호성력의 뜻을 풀어 쓰면 '교를 지키는 성스러운 힘'이다. 다시 말해서 교조를 보필하는 친위대의 무술을 의미한다.

모든 종교단체들이 다 그렇겠지만, 암흑교단에서도 교조의 안전을 최우선으로 생각했다. 그러니 교조의 친위대원들에게 최강의 무술을 가르치는 것이 당연했다. 이 무술을 일컬어 수호성력이라 불렀다.

타베스가 선보인 스파이크 쉴드는 바로 남쪽의 수호성력, 즉 남교조 샤늘루루를 보필하는 친위대의 무술이었다.

"그러니 타베스가 유리할 수밖에. 폰투스가 아무리 뛰어난 검수라고 해도 스파이크 쉴드를 깨기는 어려울 거야."

샤피로는 속으로 타베스의 승리를 점쳤다.

그러나 이것은 어디까지나 예측일 뿐, 싸움의 승패는 뚜껑을 열어보기 전에는 알 수 없었다.

"내 예상이 맞을지, 아니면 폰투스가 놀라운 실력을 발휘해서 타베스를 깨 버릴지 결과가 궁금하네. 얼른 쫓아가 봐야지."

샤피로는 나무 위를 폴짝폴짝 뛰어서 폰투스를 뒤쫓았다.

잘츠파 진영이 설치된 곳은 요론 마을이었다.

부르크 영지 동쪽에 위치한 요론 마을은 오랜 세월동안 영지의 관문 역할을 해왔다. 자연히 상업이 발달했고 인구와 물자가 풍부했다.

'전쟁이 길어질 경우 물자가 풍부한 쪽이 이긴다.'는 것은 병법의 기본이었다. 미셸은 이 점을 염두에 두고 요론 마을을 선택했다.

지리적으로도 요론 마을은 훌륭했다. 마을의 북쪽과 남쪽은 험한 산으로 둘러싸였고, 내부에 호수가 있어서 물이 풍부했으며, 무려 3중으로 설치된 관문은 방어벽으로 쓰기에 손색이 없었다. 게다가 마을 북쪽에 설치된 요론 요새는 부르크 공작령에서 손꼽히는 철옹성이었다.

하지만 이 완벽한 요새에도 단점이 존재했다. 요론 요새는 거북이 등껍질처럼 단단해서 그 속에 숨으면 안전했지만, 공간이 무척 협소했다. 하여 잘츠파의 병력 대부분은 요새 안에 들어갈 수가 없었다.

또 한 가지.

요론 요새는 안에 숨어서 농성을 하기에는 좋지만, 일단 한번 그 안에 갇히면 밖으로 치고나오기 힘들었다.

때문에 미셸은 요새 옆 넓은 공터에 진영을 구축했다. 훈데르트 백작을 비롯한 미셸의 측근들도 공터에 군막을 쳤다.

대신 잘츠는 요새 안에 두었다.

잘츠는 부르크의 후계자답지 않게 겁이 많았다. 창칼을 보면 찔끔 놀랐고, 줄지어 늘어선 군막을 보면 숨이 막혀 헉헉거렸다. 옆에서 조금만 큰 소리가 나도 눈물을 글썽이기 일쑤였다.

잘츠의 나이가 고작 10살인 점을 감안하면 그리 수치스러운 일은 아니었다.

하나 전쟁이 코앞인데 이런 나약한 모습을 병사들에게 노출시킬 수는 없었다. 미셸은 잘츠를 요새 안에 두어 보호했다.

말이 보호지, 사실은 격리나 마찬가지였다.

"뱀을 칠 때는 대가리부터 노리는 법이라지?"

폰투스는 멀리 보이는 요론 요새를 눈으로 더듬으며 이렇게 뇌까렸다.

뒤에 서 있던 정예기사들이 폰투스의 말에 귀를 기울였다.

폰투스가 말을 이었다.

"마침 뱀 대가리가 무방비로 노출되었으니 사냥을 하기에 딱 좋구나. 부관, 이 지도에 표시된 비밀통로를 이용해서 요론 요새에 잠입하라."

폰투스가 부관에게 건네준 것은 요론 요새의 비밀지도였다. 지도 안에는 요새의 비밀통로가 낱낱이 표시되어 있었다.

"단장님, 잠입 후에 무엇을 하면 됩니까? 적의 식량창고와 무기고에 불을 질러 복수하면 됩니까?"

"아니!"

부관의 물음에 폰투스가 고개를 가로저었다.

"적에게 뺨을 얻어맞았으면 적의 대가리를 빠개서 갚아줘야지. 자네는 고작 식량창고를 불태우는 것만으로 만족할 수 있나?"

"하면 무엇을 하면 되겠습니까?"

"요새 안에 잘츠가 있다. 그를 죽여라."

"네에? 잘츠 도련님을 말입니까?"

부관이 휘둥그레진 눈으로 반문했다.

비록 적이 되어 싸우고는 있지만 그래도 잘츠는 부르크 가문의 직계혈족이다. 기사들은 부르크 가문과 체켄, 그리고 잘츠 도련님을 위해 목숨을 던지겠노라고 굳게 맹세했다. 그런데 잘츠를 죽이라니, 숨이 턱 막혔다.

부관뿐 아니라 기사들도 웅성거렸다.

폰투스가 말을 바꿨다.

"내가 흥분해서 말실수를 했구나. 명령을 다시 내리겠다. 가능한 잘츠를 생포하라. 그 아이를 납치하면 피를 흘리지 않고 내전을 끝낼 수 있으니 최선의 선택이 될 것이다."

이 명령은 수긍이 갔다. 기사들이 고개를 푹 숙이며 답했다.

"명을 따르겠습니다."

"단, 한 가지만 명심해라. 지금 우리는 전쟁 중이다. 전쟁 중에는 다른 모든 덕목보다 승리가 중요하다. 그러니 상황이 어렵다 싶으면 납치를 포기하고 잘츠의 목숨을 거두어야 한다."

"으으음……."

부관은 대답 대신 짧은 신음을 흘렸다.

폰투스가 버럭 역정을 내었다.

"부관, 왜 대답이 없느냐? 잘츠파 놈들이 벌인 만행을 벌써 잊었느냐? 놈들은 우리의 무기와 식량을 불태웠느니라. 또한 아성에 침투해서 체켄 도련님과 요안나 마마의 목숨을 노렸어. 한데 너희들은 그 원한을 갚지 않을 셈이냐?"

서슬 퍼런 호통에 기사들이 부르르 몸서리를 쳤다.

부관은 발목을 착 붙이며 냉큼 대답했다.

"단장님의 명을 따르겠습니다."

"좋아! 너희들을 믿겠다."

"하면 단장님께서는 어디로 가실 계획이십니까?"

부관의 질문에 폰투스는 손을 들어 잘츠파의 본진을 가리켰다.

"너희들이 요새에 침투하는 동안 나는 저곳을 칠 생각이다."

"단장님, 안 됩니다."

"그렇습니다. 너무 무모한 작전입니다. 적들이 우글거리는 한복판으로 쳐들어가시다니요? 그것도 혼자서!"

부하들이 펄쩍 뛰었다.

폰투스는 뜻을 굽히지 않았다.

"나를 말리지 마라. 지난밤에 당한 치욕을 생각하면 적들의 본진을 몽땅 불살라 버려도 부족하다. 잘츠파 놈들을 박살내지 않고서는 내 속이 풀리지 않아."

"그래도 이건 아닙니다. 자칫 단장님께서 적들에게 붙잡히기라도 하시면 우리 체켄파는 어찌 됩니까?"

"단장님, 부디 생각을 바꿔주십시오."

기사들이 간곡하게 말렸으나 폰투스는 듣지 않았다.

"그만, 그만! 내가 그렇게 걱정된다면 최대한 시끄럽게 요새를 들쑤셔다오. 그러면 잘츠파 놈들의 눈과 귀가 온통 요새 안으로 집중될 것이 아니냐? SPR 놈들도 요새 안으로 우르르 몰려갈 테지? 하면 나는 살 수 있다."

"단장님……."

기사들이 안타까운 표정으로 발을 굴렀다. 하지만 결국 폰투스의 고집에 굴복했다. 기사들의 발길은 비밀통로로 향했고, 폰투스는 잘츠파의 본진을 노렸다.

Chapter 2

기사들의 목표는 잘츠의 납치!

폰투스의 목표는 적의 본진을 부수는 것!

하지만 폰투스의 진짜 목표는 미셸의 목이었다.

"으ㅎㅎㅎ……."

저만치 멀어지는 부하들을 바라보면서 폰투스는 낮은 웃음을 흘렸다.

폰투스가 부하들과 따로 떨어져서 행동하려는 이유는 바로 악마의 검 때문이다. 몰래 숨겨왔던 그 포악한 검술을 발휘하려면 목격자가 없어야 했다.

봉인을 풀고 마력을 발산할 생각을 하자 갑자기 기분이 유쾌했다.

"으ㅎㅎ, 으ㅎㅎㅎ……."

폰투스는 혀를 내밀어 입술을 핥았다.

벌써부터 몸속의 마력이 치고 올라와 혈관을 가득 채웠다. 뒤통수에서 투둑 하고 신경 끊어지는 소리가 나는가 싶더니, 근육이 팽팽하게 부풀고 핏줄이 뱀처럼 돋아났다. 폰투스의 등 뒤에서는 아지랑이처럼 불길한 기운이 뻗었다.

외모도 어느새 바뀌었다.

투구 속, 폰투스의 입 꼬리는 마귀처럼 길게 찢어져 귀에 걸렸다. 두 눈은 불덩이처럼 달아올라 뜨거운 열기를 내뿜었다. 투구 안에서 활활 타오르는 눈동자는 마귀를 연상시켰다. 입술 사이로는 이빨이 사납게 자라나 투구 창살과 부딪쳤고, 벌건 입안에선 타액이 진득하게 흘렀다.

투구 창살 사이로 길게 빠져나온 혀가 타액을 뚝뚝 흘렸다.

"그래! 이 기분이야. 이 기분을 만끽하고 싶었어! 가축을 상대로 화풀이하는 것 말고, 진짜 인간을 썰어보고 싶었다고."

폰투스가 휘적휘적 걸었다. 애마는 숲에 내버려둔 채 두 다리로 걸었다.

잘츠파 본진을 향해서 곧장! 검의 끝을 땅에 질질 끌면서 성큼성큼!

그 진득한 살기에 눌려 숲속 벌레들이 울음을 멈추었다. 요론 요새 앞 공터는 어느새 지독한 적막에 빠져들었다.

시커먼 구름이 몰려와 태양을 가렸다. 어둑어둑한 하늘 아래, 먼지 입자들이 옅게 빛났다. 두꺼운 구름을 뚫은 태양광은 비스듬하게 기울어진 빛의 기둥을 만들며 대지를 때렸다. 폰투스는 그 빛의 기둥을 뚫고 접근했다.

까락! 까라락!

축 늘어뜨린 폰투스의 검이 자갈밭을 긁으면서 불꽃을 만들었다.

"누구냐?"

보초를 서던 병사들이 폰투스를 경계했다.

"내가 누구냐고?"

폰투스가 희죽 웃었다. 동시에 그의 몸이 허공을 갈랐다. 땅바닥에 잇대어져 있던 검은 허공으로 비상하면서 무지개를 피워 올렸다.

핏빛 찬란한 무지개였다. 섬뜩하도록 붉은 무지개는 둥근 궤적을 그리며 뻗어서 병사 2명의 목을 관통했다. 그 모습을 멀리서 보면, 마치 붉은 발톱 2개가 툭 튀어나와 병사들의 목을 쳐 버린 듯했다.

몸과 분리된 머리통 2개가 팽그르르 돌면서 튀어 올랐다. 잘린 단면에서 피가 분수처럼 뿜어져 대지를 적셨다.

폰투스는 핏물을 피하지 않았다. 뜨끈한 선혈을 온몸으로 뒤집어쓴 다음, 혀를 내밀어 맛을 보았다.

비릿한 피 맛에 섞여 쇠 냄새가 풍겼다.

폰투스는 미치광이처럼 웃었다.

"크흐흐흐, 나는 중독되었어. 칼날에 묻은 피를 핥는 늑대처럼 피 맛에 중독되었지. 그래서 더 큰 자극이 필요해. 피를 핥다가 죽는 늑대처럼, 더 큰 자극을 원한다고.”

늑대를 사냥하는 방법 하나!

남부지방의 노련한 사냥꾼들은 늑대를 잡기 위해 닭의 피를 묻힌 칼을 꽂아놓는다. 그러면 피 냄새를 맡은 늑대가 다가와 닭의 피를 핥는다.

한참 동안 게걸스레 닭 피를 핥다 보면 날카로운 칼날에 늑대의 혀가 베이고, 피가 철철 흘러 칼날을 적신다.

어리석은 늑대는 제 피인 줄도 모르고 계속 칼날을 핥고, 핥으면 핥을수록 혀는 점점 더 베이고, 다시 또 피가 흐르고……

늑대는 그렇게 밤새도록 피를 핥고, 피를 흘리다가 죽는다.

이것이 남부지방 사냥꾼들의 늑대 사냥법이다.

폰투스는 자신이 늑대라고 생각했다. 그것도 그냥 늑대가 아니라 아주 어리석은 늑대라고 여겼다. 그가 익힌 악마의 검술은 칼날에 묻은 닭의 피나 마찬가지였다. 처음에는 조금씩, 아주 조금씩 조심스럽게 핥았지만, 핥다 보니까 어느새 모든 것을 다 잊고 게걸스레 탐하는 중이었다.

이제는 칼날을 그만 핥고 싶어도 몸이 말을 듣지 않았다. 황폐해진 폰투스의 정신은 계속해서 피를 갈구했다. 한동안은 가축의 피로 참을 수 있었지만, 이제는 인간의 목숨을 요구하기 시작했다.

　적병의 피를 맛본 순간 폰투스는 자신이 악마의 유혹에 굴복했다는 사실을 깨달았다. 빛나는 기사도 정신?

　그 딴 것은 잊어버린 지 오래였다.

　산처럼 높은 충성심? 바위처럼 굳건한 마음?

　이런 덕목들도 오래전에 시궁창에 내다 버렸다. 지금은 껍데기만 폰투스일 뿐, 그의 내부는 이미 악마에게 잠식당했다.

　"크흐흐흐, 그런데 참 희한하지? 악마에게 굴복했는데 왜 이렇게 기분이 좋은 게야? 왜 이렇게 날아갈 것처럼 몸이 가볍냐고?"

　희한한 것은 그뿐만이 아니었다. 폰투스는 여동생 요안나를 생각했다.

　요안나는 폰투스의 변화를 알고 있었다. 그냥 대충 짐작한 것이 아니라, 신체적 변화와 정신적인 변화까지 속속들이 꿰뚫어 보고 있었다. 그렇지 않다면 폰투스에게 이런 해방의 순간이 필요하다는 점을 짚어낼 수 없었을 것이다.

　하면 요안나는 어떻게 폰투스의 변화를 눈치 챘을까?

　"내 동생은 정말 무서워. 나는 이 세상에서 요안나 마마가 가장 무섭다고. 크흐흐흐, 웃기지? 천하의 기사단장 폰투스가 한낱 아녀자를 무서워하다니, 정말 웃기지 않아? 한데 그게 사실인 것을 어떻게 하겠어? 내 동생이 무서워서 견딜 수가 없는 걸 어떻게 하냐고. 크흐흐흐흐. 어쩌면 나는 칼날에 묻은 피를 핥는 어리석은 늑대고, 내 동생은 늑대를 잡는 사냥꾼일지도 몰라. 그동안 악마의 검이 우연히 내 손에 들어왔다고 생각했었는데, 어쩌면 그 검술은 요안나가 내 앞에 슬쩍 들이민 것일지도 모른다고.”

횡설수설 독백을 하면서 폰투스가 걸었다. 불덩이처럼 이글거리는 폰투스의 두 눈은 초점이 맞지 않아 몽롱했다.

지금 폰투스가 바라보는 세상은 붉었다. 마치 눈앞에 붉은 막이 덮인 듯했다.

붉은 세상에 먹이가 나타났다. 고깃덩이처럼 생긴 병사들 6명이 우르르 나타나 폰투스의 앞을 가로막았다.

“웬 놈이냐?”

“누군데 여기 와서 행패냐?”

병사들은 폰투스를 알아보지 못하고 창으로 위협했다.

폰투스가 투구 밖으로 삐져나온 혀를 날름거리며 웃었다. 그의 팔이 둥근 궤적을 그렸고, 검에서 붉은 빛이 솟구쳤다.

써걱— 소리와 함께 붉은 광채 5줄기가 뻗었다. 눈에 보이지 않는 투명한 야수가 5개의 발톱을 휘두르는 것처럼, 5줄기 광채는 병사 5명의 몸을 세로로 쪼개며 지나갔다.

잠시 적막이 흐르고, 푸확 소리와 함께 병사들의 몸이 터져 피비를 뿌렸다.

“아아악!”

홀로 살아남은 병사가 귀를 막고 비명을 질렀다.

폰투스의 귀에는 모기가 앵앵거리는 것처럼 들렸다.

“아, 시끄러워!”

야수의 붉은 발톱이 다시 나타났다. 이번에는 가로, 세로로 한 번씩 나타나 허공에 십자가를 그었다.

괴성을 지르던 병사는 몸이 4조각으로 잘려 후두둑 떨어졌다. 병사가 입고 있던 질긴 가죽갑옷도 매끈하게 잘렸다.

폰투스가 다시 걸었다.

까라라라락!

검 끝으로 바닥을 긁으면서 일직선으로! 쓰러질듯, 쓰러질듯 쓰러지지 않으면서 휘적휘적!

피에 취해 걷는 폰투스의 등 뒤로 흐릿하게 짐승의 형상이 맺혔다. 사자도 아니고, 표범도 아닌 괴이한 야수의 형상이었다.

이것은 환수의 검이다!

암흑교단의 수호성력 가운데 하나인 환수의 검이 세상에 다시 등장했다. 그것도 무려 150년 만에!

삑삑삑!

시끄럽게 호각이 울렸다. 잘츠파 진영의 울타리가 열리면서 창을 든 병사들이 뛰쳐나왔다. 목책(나무로 짠 울타리) 안에선 뿌옇게 흙먼지가 휘날렸다. 이 흙먼지는 말 탄 기사들의 출동을 의미했다.

폰투스가 가슴을 활짝 열었다.

“와라! 어서 와서 나의 갈증을 채워다오. 크흐흐흐.”

“이런 미친놈!”

잘츠파 병사들이 폰투스를 향해 우르르 달려들었다. 창날 10개가 한꺼번에 날아와 폰투스의 가슴을 찔렀다.

“크흐흐흐, 흐하하하하!”

폰투스는 고개를 뒤로 젖히며 큰 웃음을 터뜨렸다. 적의 공격은 관심도 없다는 듯 무방비 상태였다.

‘미친놈! 네놈이 아무리 단단한 갑옷을 입었다고 해도 우리의 창에 찔리면 무사하지 못할 것이다.’

잘츠파의 병사들은 모두 이렇게 생각했다.

체격 좋은 병사들이 저돌적으로 돌격해서 묵직한 창으로 콱 찌르면 갑옷이 우그러지고 몸속 장기에 큰 타격을 받을 것이 뻔했다. 그런데도 저렇게 웃고 있는 것을 보니 상대는 제정신이 아님이 분명했다.

하나 결과는 병사들의 예상을 벗어났다.

10개의 창이 막 가슴을 꿰뚫으려는 순간 폰투스의 검이 펄쩍 뛰었다. 살아 있는 생명체처럼 풀쩍 뛰어오른 검은 허공에 환상을 그렸다.

환상 속에서 야수의 이빨이 돋아났다. 환상 속에서 고슴도치의 가시가 뻗었다. 수리의 발톱도 튀어나왔다. 사자의 이빨에 고슴도치의 가시를 갖추고 수리의 발톱을 지닌 거대한 환수(환상 속의 짐승)가 모습을 드러냈다.

환수가 입을 쩍 벌리자 병사들의 귀에는 아련하게 포효가 들렸다. 포효는 귀로 들리지 않고 뇌 속을 직접 강타했다. 사람의 영혼을 송두리째 집어삼킬 듯한 포효에 병사들의 고막이 터졌다. 병사들은 귀를 틀어막으며 몸부림쳤다.

환수가 앞발을 휘둘렀다.

병사들이 내지른 창이 폰투스의 몸에 닿기도 전에 대여섯 토막 났다. 병사들의 몸뚱어리도 갈가리 찢겼다.

발톱을 한 번 휘둘러 병사 10명을 난도질한 환수는 다시 풀쩍 뛰어올라 후방의 병사 10여 명을 이빨로 물어뜯었다.

환수의 발톱에 스친 병사들은 반듯하게 썰렸다. 이빨에 물어뜯긴 병사들은 넝마처럼 너덜너덜하게 짓뭉개졌다.

이번에는 환수가 가시를 휘둘렀다.

퓨퓨퓨!

환수의 몸에 박혀 있던 가시가 투창처럼 날아와 병사들의 몸을 찔렀다. 병사들은 몸에 수백 개의 구멍이 뚫린 채 죽었다.

"으악! 저게 뭐야?"

막 목책 밖으로 달려 나오던 기사들이 기겁했다. 기사들 가운데 폰투스를 알아본 자가 비명을 질렀다.

"폰투스 남작이다! 폰투스 남작이 쳐들어왔다!"

"뭐? 폰투스라고?"

남부지방 최강의 검수라 불리는 폰투스 남작의 등장에 기사들이 바짝 긴장했다. 타워(Tower; 목책 안에 높이 세운 전망대)

위의 경계병들은 일제히 종을 울려 폰투스의 난입을 알렸다.

뎅뎅뎅뎅 울리는 종소리에 폰투스가 짜증을 부렸다.

"아아, 시끄러워. 조용히 좀 하라니까 더럽게 말귀를 못 알아듣네."

폰투스는 시끄럽게 울리는 종을 향해 뛰었다. 처음에는 제자리에서 톡톡 점프하다가 갑자기 폭발적으로 튀어나왔다.

깜짝 놀란 기사들이 말고삐를 잡아당겼다.

몇몇 기사들은 방패로 몸을 가렸다.

부질없는 짓이었다. 환수의 검이 꿈틀 움직인 순간, 허공에 붉은 발톱이 나타났다. 5줄기 발톱은 기사들의 방패를 교묘하게 피해 목젖을 훑고 지나갔고, 그 뒤로 후두둑 피비가 내렸다.

말들이 놀라 비명을 질렀다. 겁먹은 말들은 앞발을 높이 들어 기사들을 땅에 떨어뜨린 뒤, 뒤도 돌아보지 않고 도망쳤다.

"우히히히, 어딜 도망치려고?"

폰투스는 광기어린 눈으로 말을 뒤쫓았다. 그의 검에서 시뻘건 기운이 치솟더니 도망치는 말의 뒷다리를 베었다.

히이이힝!

다리가 잘린 말은 애처로운 비명과 함께 나뒹굴었다.

폰투스는 단 1마리의 말도 남겨놓지 않고 모조리 도륙한 다음, 잘츠파 기사들에게 되돌아왔다.

기사들은 폰투스의 흉악한 얼굴에 기겁했다.

불덩이처럼 이글거리는 두 눈! 20센티도 넘게 쭉 삐져나온 혀! 뾰족하게 솟구친 이빨들! 그리고 귀까지 쭉 찢어진 입!

쩍 벌어진 폰투스의 입안에는 핏물이 흥건했다.

"으으, 폰투스 남작이 미쳤다."

"이자는 폰투스가 아니야! 악마야!"

당황한 기사들이 허둥지둥 몸을 돌렸다. 기사들은 정신없이 기어서 진영 안으로 도망쳤다. 다리가 후들거려서 제대로 뜀 수도 없었다.

폰투스는 엉금엉금 도망치는 사냥감(?)들을 여유롭게 뒤쫓았다.

폰투스의 검 끝이 하늘로 쭉 솟았다가 땅으로 내리그어질 때마다 붉은 광채가 번뜩였다. 어김없이 기사들의 목이 떨어졌다.

Chapter 3

"목책의 문을 닫아라. 목책 위에 궁수들을 배치해!"

목책의 수비책임자가 부하들을 향해 고함을 질렀다.

기사들의 출동을 위해 목책 문을 열었던 병사들이 다시 힘을 합쳐 문을 닫았다. 통나무로 짠 커다란 문이 끼이익 소리를 내면서 닫혔다.

활을 든 궁수들은 나무 계단 위로 뛰어올라와 자리를 잡았다. 목책 위에는 뾰족한 화살촉이 머리를 내밀었다.

수십, 수백 발의 화살이 겨냥하고 있다는 사실을 아는지 모르는지 폰투스는 풀쩍풀쩍 달렸다.

한데 그 모습이 영 어색했다. 사람이 달리는 것 같지 않고, 검 안에 잠재된 야수가 폰투스의 팔을 잡아끄는 모양새였다.

"쏴라!"

수비책임자가 지휘봉을 내리그었다.

궁수들은 폰투스를 향해 일제히 화살을 쏘았다.

폰투스가 검을 휘저어 화살을 쳐냈다. 그의 검 끝에서 붉은 빛이 번뜩일 때마다 화살이 반 토막 나서 떨어졌다.

"다시 쏴라!"

수비책임자가 거듭 악을 썼다.

다시 화살이 하늘을 날았다. 폰투스의 검은 붉은 빛을 토했다.

화살이 통하지 않자 궁수들이 동요했다. 그사이 폰투스는 목책 앞 20미터 지점까지 접근했다.

"발사! 발사! 어서 저 악마를 고꾸라뜨려라."

목책의 수비책임자가 진땀을 흘렸다.

궁수들은 2인 1조로 교대하며 정신없이 화살을 날렸다. 20미터 앞에서 날아오는 화살은 눈 깜짝할 새에 귓바퀴를 스치며 지나갔다. 가슴 철렁할 정도로 빠른 속도이건만 폰투스는 전혀 겁먹지 않았다. 미친놈처럼 겅중겅중 뛰어서 화살 사이로 파고들더니, 단숨에 목책을 박차고 뛰어올랐다.

목책의 높이는 3.5미터.

폰투스는 단 한 번의 도약만으로 3.5미터를 점프해서 타넘었다.

"앗! 놈이 목책을 넘었다!"

당황한 궁수들이 부랴부랴 화살의 방향을 돌렸다.

하지만 반응이 너무 늦었다. 어느새 궁수들의 등 뒤로 뛰어내린 폰투스는 몸을 180도 틀면서 검을 수평으로 휘둘렀다.

폰투스의 검이 공간을 수평으로 갈랐다. 아련하게 짐승의 울음소리가 들렸다.

그것으로 끝!

검의 궤적에 걸친 모든 사물들은 위아래로 갈려 후두둑 떨어졌다. 활로 몸을 막았던 궁수는 활과 함께 몸이 두 동강 났고, 나무 방패 뒤에 숨었던 궁수는 방패와 함께 토막이 났다. 지휘봉을 휘두르던 수비책임자는 두개골이 매끈하게 잘렸다.

폰투스가 일으킨 붉은 기운은 열댓 명이나 되는 사람을 한꺼번에 죽이고도 힘이 남아 목책 위에 굵은 홈을 새겨놓았다.

목책이 무너지자 그 다음은 막사 차례였다. 폰투스는 잘츠파의 군막에 뛰어들어 마구잡이로 검을 휘둘렀다.

천막이 잘렸다. 천막의 줄이 끊겼다. 막 안에서 뛰쳐나오던 병사들은 채 얼굴도 내밀기 전에 토막토막 썰렸다.

폰투스의 검에는 일정한 형식이 없었다. 딱히 검술이라 불릴 만하지도 않았다. 미쳐 날뛰는 야수가 발톱을 휘두르는 것처럼 본능적으로 할퀼 뿐이었다. 정신없이 물어뜯고 또 쑤실 뿐이었다.

"으아아, 폰투스가 미쳤다!"

"광기에 절은 악마가 쳐들어와서 날뛴다!"

잘츠파의 병사들은 이리저리 도망치며 비명을 질렀다. 그러면 폰투스는 낄낄 웃으며 쫓아가 1명 1명 피를 보았다.

목책 앞에서 시작된 폰투스의 살육은 병사들의 군막을 지나 점점 진영 안쪽으로 향했다. 거침없이 적진을 휘젓는 폰투스의 모습은, 멀리서 보면 전쟁의 영웅이었으나 가까이서 보면 악마의 재림이었다.

피를 보면 볼수록 폰투스는 점점 더 악마로 변해 갔다. 사자의 이빨에 고슴도치의 가시, 수리의 발톱을 지녔던 환수는, 이제 뿔까지 돋아났다. 숫양의 뿔을 닮은 것이 환수의 머리 양쪽에 돋아나 포악한 위엄을 보태주었다.

환수의 뿔에 받혀 병사들은 뼈가 으스러졌다.

피를 머금은 뿔은 점점 더 크게 자랐다.

이 악순환이 한동안 계속되어 환수의 힘을 키웠다. 포악한 환수는 네 발로 군막을 짓밟고 서서 하늘을 향해 포효했다.

"허어어!"

멀리 목책 위에서 샤피로가 탄성을 흘렸다.

샤피로는 폰투스를 뒤쫓으며 관찰 중이었다. 그러다 그만 폰투스가 만들어낸 환수를 발견했다.

"환수의 검이 다시 등장하다니! 실종된 것으로 알려진 수호성력이 왜 하필 여기에서 나타나?"

참으로 곤혹스러운 일이었다. 샤피로는 눈을 깊게 찌푸렸다.

환수의 검은 워래 암흑교단의 동교조를 지키던 수호성력이다. 한데 150년 전 교단의 내전 당시 신비하게 실종되었다.

그런 환수의 검이 전혀 생각지도 않던 장소에서 나타나다니, 대체 뭐가 어찌 돌아가는 것인지 당혹스러웠다.

게다가 더 큰 문제는 광휘단이었다.

"암흑교단의 수호성력이 등장했다는 사실이 알려지면 광휘단의 몽크와 성기사들이 벌떼처럼 달려올 텐데, 그럼 일기를 회수하는 데 방해가 되잖아."

원래 샤피로는 폰투스가 SPR 총사단과 맞붙기를 희망했다. 특히 타베스와 싸우는 장면이 보고 싶었다.

한데 폰투스가 환수의 검을 익혔다는 사실을 깨닫자 생각이 싹 바뀌었다.

환수가 마력을 마구 내뿜고 날뛰면 증거를 감추기가 불가능하다. 결국엔 암흑교단의 수호성력이 등장했다고 소문이 돌 수밖에 없다. 그러면 광휘단뿐 아니라 빛의 사원도 개입을 할 텐데, 그것만큼은 어떻게든 막고 싶었다.

"저 미친놈을 그냥 내버려둬서는 안 돼."

샤피로는 폰투스를 막아야 한다고 생각했다.

그렇다고 직접 나서서 싸우기도 난감했다. '환수의 검'이나 '스파이크 쉴드' 같은 수호성력을 상대하려면 샤피로도 본 실력을 드러내야 하는데, 아직은 그렇게 밑천을 드러낼 때가 아니었다.

게다가 자칫 롬바의 눈에 띄기라도 하는 날에는 산통이 깨질까 두려웠다. 샤피로는 머리를 벅벅 긁었다.

"어휴! 미치겠네. 폰투스가 완전히 광인이 되기 전에 거꾸러뜨려야 하는데, 내가 직접 나설 수는 없고. 이걸 어쩌지?"

샤피로의 지식에 따르면, 환수는 피를 마실수록 점점 더 강해진다. 그러면 폰투스도 점점 더 미쳐서 날뛸 것이 뻔했다.

그렇게 완전히 광인이 되고 나면 폰투스를 막기 힘들었다.

"가능한 초반에 해결을 봐야 해."

샤피로는 빠르게 머리를 굴렸다.

물론 이대로 폰투스를 내버려둬도 결국 SPR 총사들이 나서서 막을 것이다. 하지만 지금 폰투스가 벌이는 소동이 SPR 총사들에게 전해질 때까지는 꽤 많은 시간이 걸릴 터였다.

문제는 시간이 흐를수록 환수가 점점 더 강해진다는 점. 소문이 나기 전에 막으려면 서둘러야 했다.

조급해진 샤피로는 잘츠파 진영을 가로질러 훈데르트 백작의 막사로 달렸다. 어떻게든 SPR 총사들을 끌어내어 폰투스를 막아볼 요량이었다.

다행히 아무도 샤피로의 앞을 막지 않았다. 샤피로는 흡족한 기색으로 크리스털 반지를 쓰다듬었다.

미셸에게 받은 이 크리스털 반지는 샤피로의 신분을 확인시켜주는 징표나 마찬가지였다. 샤피로가 반지를 보여주자 수비병들은 군소리 없이 길을 터주었다. 샤피로는 단숨에 훈데르트의 진영에 도착한 다음 주변을 살폈다.

"저기가 백작의 숙소구나!"

진영 중앙에 훈데르트의 막사가 보였다. 막사 앞에 백작의 가문을 상징하는 깃발이 나부끼고 있어서 구분하기 쉬웠다.

"하면 SPR 총사들의 숙소는 저 막사의 주변을 에워싸고 있을 텐데……."

샤피로는 SPR 총사들의 막사라고 짐작되는 곳으로 조심스레 접근했다. 샤피로가 숨을 죽이고 접근하자 아무도 눈치 채지 못했다.

첫 번째 막사는 텅 비어 있었다.

두 번째 막사도 주인이 자리를 비웠다.

세 번째 막사로 가자 안에서 도란도란 말소리가 들렸다.

"지금쯤 성기사 녀석들 땅을 치고 있겠지?"

"아마도 롬바 그 곰 같은 녀석은 땅을 치고 있을 것이 분명해. 하지만 샤피로는 땅을 칠 형편이나 될까? 아성에 들어갔다가 오도 가도 못하고 붙잡혔을 것 같은데?"

이 말을 듣는 순간 샤피로의 얼굴이 벌겋게 달아올랐다. 처음 목소리는 스트라베의 것이었고, 두 번째는 아로나의 목소리였다.

이어서 냉기가 풀풀 풍기는 여자의 음성이 뒤따랐다.

"뭐라고? 그게 정말이야? 샤피로가 적진에 붙잡혔다고? 안 돼! 놈은 내 손에 죽어야 해!"

"니케아, 진정해. 아직 확실한 것은 없어. 그저 내 짐작일 뿐이야."

"그래도 안 돼! 내가 그 자식한테 얼마나 당했는데, 이 빚을 갚아주지 못한다면 난 심장이 터져 버릴 거야."

분노한 목소리의 주인공은 니케아였다. 미셸의 저택에서 샤피로에게 된통 당했던 얼음마법사 니케아!

"아로나! 스트라베! 당장 부르크 성으로 가봐야겠어. 가서 샤피로 그 개자식이 어찌 되었나 알아볼 거야."

막사 안에서 니케아로 짐작되는 여자가 벌떡 일어났다. 아무래도 니케아가 밖으로 뛰쳐나오려는 모양이었다.

샤피로는 재빨리 몸을 숙였다.

그사이 아로나와 스트라베가 니케아를 붙잡았다.

"니케아! 제발 참아. 아직 상처가 아물지도 않았는데 그 위험한 곳에 가서 뭘 어떻게 하려고?"

"뭘 어쩌긴? 샤피로를 빼내야지. 그런 다음 그놈을 내 손으로 직접 찢어 죽여야지."

니케아가 사납게 으르렁거렸다.

아로나가 쩔쩔 매며 니케아를 달랬다.

"미안해, 니케아. 내 생각이 짧았어. 네 손으로 직접 샤피로에게 복수하도록 기회를 만들었어야 하는데, 그만 네 복수를 대신 해주겠다는 생각에 샤피로를 적진에 버려뒀어. 내가 잘못한 일이니까, 내가 책임을 질게."

"어떻게 책임을 질 건데?"

"내가 부르크 성으로 가볼게. 가서 샤피로를 빼내올 테니까 너는 제발 여기 있어."

"만약 놈이 죽었으면?"

"그럼 내 흑마법으로 영혼이라도 포획해 올 테니까 제발 흥분 좀 가라앉혀. 그러다 몸이 정말 상할라. 니케아, 제발!"

아로나의 목소리에는 울음기가 섞여 있었다.

샤피로는 고개를 갸우뚱 기울였다.

'이상하다? 내가 볼 때 니케아보다 아로나가 더 강한데, 왜 저렇게 쩔쩔 매지? 혹시 니케아가 아로나의 약점인가?'

샤피로는 아로나에 대한 감정이 좋지 않았다. 아로나에게 뒤통수를 맞아 적진 한복판에 버려진 것을 떠올리면 열불이 치솟았다. 하여 샤피로는 아로나에게 어떻게 복수를 해줘야 통쾌할 것인지 열심히 고민했다.

한데 우연치도 않게 아로나의 약점을 발견했다. 샤피로는 히죽 웃었다.

'마침 좋은 정보를 얻었다. 보아하니 니케아가 아로나의 약점 같은데, 잘만 이용하면 통쾌하게 복수도 하고 아로나의 마법도 빼앗을 수 있을 거야.'

이런 생각을 하는 사이 니케아가 감정을 가라앉혔다. 니케아가 다시 침대에 누웠고, 아로나는 침대 맡에 앉아 니케아를 토닥거렸다. 샤피로는 막사에 맺힌 그림자를 통해 둘의 다정한 모습을 지켜보다가 자리를 옮겼다.

아로나를 끌어들여 폰투스를 막겠다는 생각은 접었다.

이유는 복수심 때문.

'폰투스와 싸우다가 아로나가 죽으면 곤란하지. 저 전갈 같은 계집은 내가 직접 응징할 거야.'

샤피로는 이런 생각으로 아로나를 배제했다. 덕분에 니케아와 스트라베도 싸움에 동원되지 않았다.

'아로나, 니케아, 스트라베를 빼면 SPR 총사가 3명이 남는데, 과연 모몬과 몬테로 쌍둥이가 폰투스를 막을 수 있을까? 아니면 타베스까지 끌어들여야 하나?'

타베스를 끌어들이기는 내키지 않았다.

물론 환수의 검과 스파이크 쉴드가 맞붙는 광경은 꼭 보고 싶었다. 둘 중 어느 쪽이 더 강한지도 궁금했다.

하지만 일을 그렇게 크게 벌였다가는 뒷감당이 힘들었다. 샤피로는 수호성력의 등장 소식이 퍼지지 않도록 최대한 안전하게 가기로 마음먹었다.

나는 부르크의 기사단장 폰투스다. SPR에 대머리 쌍둥이가 있다는 소문을 듣고 찾아왔으니 서쪽 목책으로 나와라. 한 번 겨뤄보자.

막사에서 편지지를 한 장 훔쳐낸 뒤, 샤피로는 잉크를 찍어 이렇게 휘갈겨 썼다. 그런 다음 편지를 화살에 매달아 모몬의 막사를 향해 쏘았다.

따악!

기둥에 화살촉 틀어박히는 소리가 경쾌하게 울렸다. 그 즉시 막사 안에서 하얀 가면을 쓴 거인이 튀어나왔다.

X자 가죽 밴드를 상체에 걸친 거인의 정체는 바로 SPR 총수 가운데 1명인 모몬이었다. 모몬은 한 손에 핼버드를 들었고, 다른 손에는 샤피로가 쏜 화살을 쥐고 있었다.

모몬이 막사 밖으로 튀어나오자마자 옆 막사에서 몬테로가 뛰쳐나왔다. 쌍둥이끼리는 서로 통한다더니, 모몬의 반응을 몬테로가 바로 알아차린 모양이었다.

몬테로는 모몬과 체격이 똑같았다. 단, 모몬은 핼버드를 들었고 몬테로는 창을 들었다. 모몬은 하얀 가면을 썼고, 몬테로는 까만 가면을 썼다. 이것이 유일한 차이였다.

"형, 무슨 일이야?"

"이길 좀 봐."

모몬은 동생에게 샤피로의 편지를 보여주었다.

몬테로가 깜짝 놀라 되물었다.

"이게 진짜야? 폰투스가 우리를 찾아왔다고?"

Chapter 4

잘츠파 본진의 규모는 직경 8킬로미터가 넘었다. 이렇게 넓을 수밖에 없는 것이, 당장 미셸을 따르는 병력만 따져도 장난이 아니었다. 거기에 더해서 이웃 영지의 지원 병력까지 모두 모였으니 넓은 공터를 독차지할 수밖에 없었다.

그래서 문제가 생겼다. 서로 다른 소속의 병력들이 모여서 진영을 구축하다 보니 명령 체계도 다르고 정보도 통일되지 않았는데, 거기에 진영의 규모까지 크다 보니 신속한 의사소통이 불가능했다.

폰투스의 등장이 진영 내부까지 전달되지 않은 것은 바로 이 때문이었다.

훈데르트 백작의 진영은 아직 평온했다. 한쪽에서는 취사병들이 아침식사를 준비했고, 병사들은 구호에 맞춰 연병장을 돌고 있었다. 기사들은 기사들대로 모여서 아침운동으로 몸을 풀었다. SPR 총사들도 각자 자유 시간을 즐기는 중이었다.

이때 날아온 화살 한 발!

모몬, 몬테로 형제는 편지를 뚫어져라 노려보았다.

몬테로가 먼저 말문을 열었다.

"형, 이게 진짜 폰투스가 보낸 결투장일까?"

"당연히 아니지. 폰투스가 궁수도 아닌데 어찌 내 막사에 화살을 쏘았겠어? 설령 궁수라고 해도 그렇지, 서쪽 목책으로부터 내 막사까지 거리는 무려 4킬로미터가 넘는데, 그 먼 거리를 화살로 쏴서 맞춘다고? 어림도 없는 소리지."

"하면 누군가의 장난인가?"

"아니. 장난은 아닌 것 같아. 누가 감히 우리 형제를 상대로 장난을 치겠어?"

"그럼 뭐야. 폰투스의 짓도 아니고, 장난도 아니면 답이 뭐냐고?"

몬테로가 답답하다는 듯 가슴을 쳤다.

모몬은 화살이 날아온 방향을 노려보며 낮게 중얼거렸다.

"답이 궁금해? 그럼 서쪽 목책으로 가보자."

"목책에 가보자고? 이 편지가 가짜라며? 그런데 움직이려고?"

"이 편지가 가짜라고 하지는 않았어. 폰투스가 직접 화살을 쏜 게 아니라고 말했을 뿐이야. 어쩌면 폰투스는 첩자를 이용해서 이 결투장을 우리에게 전달했을지도 모르지. 아군 진영에 몰래 침투해 있는 첩자를 이용해서!"

모몬의 추측은 그럴 듯했다. 성질 급한 몬테로는 당장 창을 치켜들어 서쪽 방향을 가리켰다.

"그렇다면 어서 가보자. 형, 나는 진짜로 폰투스가 우리를 찾아온 것이었으면 좋겠어. 놈의 목을 베어서 막사 앞에 걸어놓으면 다들 우리 형제를 우러러볼 것 아니야. 내 말이 틀렸어?"

"아니. 네 말이 맞아. 적 기사단장의 머리를 막사에 걸어놓으면 다들 입을 딱 벌리겠지."

모몬이 가면 사이로 이빨을 드러내며 웃었다.

몬테로도 모몬을 마주보며 웃음을 흘렸다.

두 형제는 서둘러 목책으로 향했다.

굳이 SPR 동료들을 부르지는 않았다. 폰투스를 해치울 공을 동료들에게 빼앗기고 싶지 않아서였다.

모몬과 몬테로 형제가 서쪽 목책에 도착했을 때, 폰투스는 이미 무수히 많은 병사들을 죽인 뒤였다. 병사들뿐 아니라 기사들도 폰투스 앞에서 꼼짝 못했다.

지휘관이 악을 썼다.

"그물을 던져 놈을 막아라!"

잘츠파의 기사들은 폰투스를 빙 둘러싸더니, "하나, 둘, 셋!" 소리와 함께 그물을 던졌다.

"흥!"

폰투스는 가벼운 코웃음과 함께 팔을 휘둘렀다.

허공에 시뻘건 발톱이 나타나 그물을 갈가리 찢었다.

지휘관이 다시 지휘봉을 휘둘렀다.

"활을 쏴라! 놈을 향해서 활을 쏴!"

명이 떨어진 즉시 방패병들이 달려 나왔다. 방패병들이 사각방패로 벽을 쌓자, 궁수들은 그 뒤에서 화살을 날렸다.

하늘로 치솟은 화살 수십 발이 폰투스를 향해 한꺼번에 떨어져 내렸다.

"흥!"

폰투스가 또다시 콧방귀를 뀌었다.

폰투스의 팔이 둥근 궤적을 그리자, 환수가 몸을 크게 부풀리며 일어났다. 허공에 핏빛 발톱 10줄기가 훑고 지나갔다.

궁수들이 쏜 화살은 환수의 발톱에 걸려 툭툭 잘렸다.

폰투스의 행동은 거기서 그치지 않았다. 몸을 잔뜩 웅크렸다가 갑자기 용수철처럼 튀어 오르며 검을 휘저었다.

수백 마리의 장어떼가 물살을 거슬러 오르는 듯!

폰투스의 검은 공기의 흐름을 거스르며 휘몰아쳐 방패의 벽을 때렸다.

콰콰쾅!

검과 방패가 부딪치는데 폭음이 울렸다. 방패병들이 들고 있던 사각방패엔 5줄기 홈이 밭고랑처럼 굵게 파였다.

"크윽!"

폰투스의 괴력을 견디지 못한 방패병들이 우르르 쓰러졌다. 심한 타격을 받은 몇 명은 아예 피를 토했다.

환수가 또다시 발톱을 휘둘렀다.

이번에는 5줄기의 발톱 자국이 세로로 생겼다.

"크우욱!"

방패병들은 거듭 답답한 신음을 토했다.

환수가 한 차례 더 발톱을 내리긋자 마침내 방패의 벽이 뚫렸다. 사각방패는 조각조각 흩어졌고, 그 안에서 얼굴이 하얗게 질린 방패병들이 손사래를 쳤다.

"아, 안 돼!"

"끄아악—!"

찢어지는 절규! 절규!

환수의 발톱이 땅에 쓰러진 방패병들을 훑고 지나갔다. 땅에 벌겋게 핏물이 튀었다.

환수의 발톱이 방패병 뒤쪽의 궁수들을 노리고 파고들었다. 궁수들은 활과 함께 허리가 잘려 떼죽음을 당했다.

이 궁수들은 한때 폰투스의 부하들이었다. 조금 전에 죽은 방패병도 폰투스가 직접 훈련을 시켰다.

그러면서 쌓인 정이 얼마인데, 이렇게 무참히 도륙하다니!

"폰투스! 네가 과연 사람이냐?"

성난 기사들이 말을 달려 폰투스의 등을 찔렀다. 묵직한 랜스(Lance; 기사들이 말 위에서 쓰는 긴 창)가 폰투스의 몸을 분쇄해 버릴 것처럼 파고들었다.

"캬캬캬캬! 어딜 감히!"

폰투스는 뒤로 돌아보지 않고 아무렇게나 검을 휘둘렀다. 그러자 환수가 수백 개의 가시를 일제히 곤두세워 기사들에게 쏘았다.

폭발하듯 날아간 가시는 기사들의 갑옷 위에 퍽퍽 틀어박혔다.

방패가 우그러졌다. 갑옷이 깨졌다. 기사들은 둔탁한 신음을 흘리며 말에서 굴러 떨어졌다. 말도 가시에 찔려 나동그라졌다. 말과 기사는 온몸에 구멍이 뚫린 채 함께 죽었다.

지휘관이 재빨리 전략을 바꿨다.

"폰투스에게 무턱대고 덤비지 마라. 함부로 달려들었다가는 아군의 피해만 커질 뿐이다. 그저 멀리서 포위망만 유지하라."

명이 떨어지기 무섭게 기사들이 움직였다. 잘츠파의 기사들은 폰투스와 30미터의 간격을 유지한 채 둥근 원진을 만들었다.

기사들 사이의 공백은 방패병들이 막았다. 창을 든 창수들은 방패의 벽 사이로 창날을 내밀고 폰투스를 겨냥했다. 그 뒤에서 궁수들이 화살을 쟁였다.

지휘관이 전령을 불렀다.

"전령! 전령! 서둘러 달려가 SPR 총사들을 불러와라. 폰투스를 막을 수 있는 사람은 SPR 총사들뿐이다."

"넷!"

전령은 본진 안쪽의 훈데르트 진영을 향해 빠르게 말을 달렸다.

"키힛!"

원진 안에서 폰투스가 히죽 웃었다. 원진 주변엔 병사들과 기사들이 점점 더 많이 집결하는 중이었는데, 폰투스는 그 많은 적들을 보고도 전혀 겁먹지 않았다. 겁은커녕 오히려 희번덕이는 눈으로 적들을 훑어보며 입맛을 다셨다.

"쩝쩝쩝! 그래, 모여라. 더 많이 모여라. 우히히히히!"

폰투스의 입에서 유령소리가 흘러나왔다.

폰투스는 투구 사이로 길게 삐져나온 혀를 놀려 갑옷에 묻은 피를 핥았다. 폰투스의 혀는 어느새 더 자라서 30센티미터를 훌쩍 넘었다.

"으윽! 저게 뭐야?"

폰투스의 섬뜩한 모습에 기사들이 몸서리를 쳤다.

폰투스가 와락 달려들었다.

기사들이 본능적으로 마주 달려 나가려고 하는데, 지휘관이 재빨리 깃발을 휘둘렀다.

"안 돼! 폰투스와 직접 부딪치지 마라. 유연하게 뒤로 물러서면서 놈을 가둬놓기만 해!"

명이 떨어지자 기사들이 말을 뒤로 물렸다. 잘 훈련받은 군마는 기사들의 뜻에 따라 뒷걸음질로 물러섰다.

기사들은 뒤로 후퇴하면서 폰투스의 공격을 막았다.

방패병들도 기사들과 보조를 맞춰 뒤로 후퇴했다. 그러면서 사각방패를 슬쩍 틀어서 폰투스의 힘을 옆으로 흘려 버렸다.

방패의 벽 뒤에선 궁수들이 활을 쐈다.

기사와 방패병, 궁수가 하나의 생명체라도 된 것처럼 유기적으로 움직이자 환수의 검이 주춤했다. 폰투스의 공격이 처음으로 막혔다.

평소 폰투스라면 왜 공격이 실패했는지 분석한 다음 다른 방법을 썼을 텐데, 지금은 광기에 물들어 이성이 남아 있지 않았다.

"크악! 크아악!"

폰투스는 발악하듯 검을 휘둘렀다.

몸집이 좀 더 커진 환수가 미친 듯이 발톱을 휘두르고, 이빨로 물어뜯고, 가시를 쏘고, 뿔로 들이받았다.

지휘관은 재빨리 부하들을 조율했다.

"기사들은 뒤로 더 물러서라. 파도를 받아내는 심정으로 유연하게 막아! 동시에 오른쪽의 방패병들은 앞으로 나와라. 왼쪽은 뒤로 물러서! 폰투스의 힘을 옆으로 흘려 버려야 한다."

잘츠파의 지휘관은 정말 능력이 뛰어났다. 그의 손짓 하나마다 오랜 전투 경험이 녹아 있었고, 명령 한마디 한마디가 전장을 지배했다. 마치 유능한 오페라 지휘자가 악기를 조율하는 것처럼 지휘관은 부하들의 행동을 적절하게 통제했다.

폰투스의 악에 받친 공격을 기사들이 받아내었다. 동시에 우측의 방패병들이 방패로 밀면서 전진했고, 왼쪽은 뒤로 물러섰다.

그러자 폰투스의 괴력이 왼쪽으로 급격하게 쏠리더니 그대로 해소되었다.

"크악! 크와아아!"

화가 난 폰투스가 괴성을 터뜨렸다.

폰투스의 환수는 몸을 공처럼 웅크렸다가 한꺼번에 쫙 펴면서 가시를 날렸다.

지휘관이 재빨리 지휘봉을 휘둘렀다.

"방패의 벽!"

처처처척!

방패병들이 사각방패를 맞물려 쌓아 벽을 만들었다. 방패병들은 방패에 어깨를 꽉 밀착한 채 버텼다.

기사들이 방패의 벽 뒤로 숨었다.

우박처럼 쏟아진 가시 세례는 사각방패를 퍽퍽 두드렸다. 방패가 우그러지고, 방패병들은 신음을 토했다.

그래도 기와처럼 잘 맞물려 쌓은 방패 덕분에 구멍이 뚫리지는 않았다. 폰투스의 공격은 또다시 실패로 돌아갔다.

"끄아아아!"

눈이 아예 돌아간 폰투스가 두 팔을 하늘 높이 뻗었다. 환수의 괴력을 하나로 끌어 모아 단숨에 적병들을 날려 버릴 요량!

하지만 잘츠파의 지휘관이 먼저 반격했다.

"기회다! 방패병들은 몸을 숙여라! 기사들은 창을 던지고 궁수들은 화살을 쏴라!"

힘을 집중하기 위해서 폰투스의 몸이 잠시 열린 사이, 방패병들은 그대로 땅에 엎드렸다. 방패의 벽이 착 드러눕고, 그 뒤에서 기사들과 궁수들이 모습을 드러내었다.

기사들은 전력을 다해 창을 뿌렸다. 궁수들은 어금니 꽉 물고 화살을 쏘았다. 생각지도 못한 순간에 고속으로 날아온 투창과 화살들이 폰투스의 가슴과 배에 작렬했다.

"크왓?"

폰투스가 당황했다.

환수가 재빨리 발톱을 휘둘러 폰투스를 보호했지만, 근거리에서 던진 투창을 모두 막지는 못했다. 퍼퍽 소리와 함께 투창 2개가 폰투스의 갑옷을 뚫고 가슴과 배에 틀어박혔다. 뒤이어 날아든 화살 세례는 폰투스의 온몸을 강타했다.

"끄아아악!"

폰투스가 고통에 절어 몸부림쳤다. 거대한 환수도 폰투스와 마찬가지로 몸을 뒤틀며 포효했다.

환수가 다시 뿔로 들이받았다.

잘츠파의 지휘관은 능숙하게 방어했다.

"방패의 벽!"

지휘관의 말이 떨어지기 무섭게 방패병들이 일어나며 벽을 쌓았다. 환수의 뿔이 그 벽과 부딪쳤다.

뒤에서 지휘관이 악을 썼다.

“악마의 힘을 정면으로 막으면 안 된다. 방패를 옆으로 틀어 힘을 흘려 버려라!”

“이이익!”

방패병들이 이를 악물고 방패를 뒤틀었다. 환수의 뿔은 방패 표면을 타고 미끄러지며 효과적인 타격을 주지 못했다.

“악! 악! 악! 악!”

화가 난 폰투스가 거칠게 고함을 토했다.

폰투스는 팔을 크게 휘둘러 검을 날렸고, 온몸으로 달려들어 방패와 부딪쳤다.

그때마다 폰투스의 몸에 꽂힌 투창이 덜렁덜렁 흔들렸다. 피가 콸콸 흘러 폰투스의 은빛 갑옷을 적셨다.

제5화
환수의 검

Chapter 1

잘츠파의 지휘관 모건은 정말 명장이었다. 그는 폰투스를 원진 안에 가둬놓았을 뿐 아니라, 상처까지 입혔다.

상처 입은 폰투스가 울타리 안에서 기를 쓰고 발악했다.

그때마다 방패의 벽이 퍽퍽 우그러졌다. 기사들은 코피를 쏟으며 말에서 떨어졌다. 모건은 그 즉시 새로운 병력을 보충해서 울타리를 더욱 튼튼하게 보강했다.

모건의 작전이 먹혀서 폰투스는 점점 힘을 잃어갔다. 환수의 몸집도 조금 줄어들었다.

수호성력이 힘이 약해지자 광기가 희석되었다. 폰투스는 약간이나마 정신을 차렸다.

'이러다 죽겠다!'

정신이 번쩍 들었다.

그동안 폰투스는 이성을 잃고 방패의 벽에 달려들었는데, 이러다 정말 큰일이 날 것 같았다.

두 눈을 부릅뜨고 적진을 살펴보니, 잘츠파의 지휘관은 다름 아닌 모건 남작이었다.

모건은 과거 스틸 연합의 파상공세를 거뜬히 막아낸 역전의 노장으로, 공격보다는 방어에 능했다. 오죽했으면 부르크 공작이 "훈데르트는 나의 창이고, 폰투스는 나의 검이며 모건은 나의 방패다."라고 추켜세웠겠는가!

"모건 남작!"

상대방을 알아본 폰투스가 가래 끓는 소리를 내었다.

방패의 벽 뒤에서 모건이 버럭 소리쳤다.

"폰투스! 자네 대체 어찌 된 것인가? 검에서 뿜어지는 사악한 마력은 또 무엇이고, 그 괴상한 모습은 어찌 된 것이야? 설마 자네처럼 뛰어난 기사가 악마에게 마음을 빼앗겼단 말인가?"

모건의 비난이 폰투스의 아픈 곳을 찔렀다. 폰투스의 눈가에 잠시 부끄러운 빛이 스치고 지나갔다.

하지만 양심보다는 수호성력의 힘이 더 강했다. 폰투스는 이를 악물고 울부짖었다.

"흥! 모건 남작, 네가 나의 아픔을 어찌 알겠느냐? 네가 나의 고통을 어찌 이해하겠느냐? 내가 왜 이런 모습이 되었느냐고? 내가 왜 이리 미쳐 날뛰느냐고? 그 답을 알고 싶거든 미셸 마마께 여쭤봐라. 모든 원인은 다 마마가 제공했느니라."

"폰투스, 네가 미쳤구나! 네 사악한 행동을 정당화하기 위해 감히 미셸 마마와 연관을 지어? 헛소리 늘어놓지 말고 순순히 무릎을 꿇어라!"

"헛소리라고? 어디 내가 헛소리를 하는지 아닌지 미셸 마마께 여쭤보거라. 마마께서는 지난밤에 어째신을 보내서 체켄 도련님을 저격하셨다. 암살자의 창이 체켄 도련님의 등에 꽂혀 목숨이 위태로우시다."

"뭐라고?"

모건이 눈을 동그랗게 떴다.

모건뿐 아니라 잘츠파의 기사들도 화들짝 놀랐다.

온화한 미셸 마마께서 어째신을 보내셨다니? 그것도 친손자인 체켄을 노리고 암수를 쓰셨다니? 정말 듣고도 믿어지지 않았다.

그사이 폰투스는 피눈물을 흘리며 절규했다.

"모건 남작! 체켄 도련님이 지금 몇 살인 줄 아느냐? 고작 열다섯이다. 아직 어린 소년에 불과하단 말이다. 그런데 친할머니가 암살을 하려 들다니, 어찌 이럴 수가 있느냐? 아무리 권력에 눈이 멀었다고 해도 그렇지, 어떻게 이럴 수가 있어?"

"폰투스, 거짓말 마라! 미셸 마마께서 그런 짓을 하셨을 리 없다.”

모건이 떨리는 목소리로 외쳤다.

폰투스가 바로 맞받아쳤다.

“거짓말이라고? 웃기지 마, 이 새끼야. 부르크 성에 와서 보면 바로 알 수 있어. 지난밤 부르크 성에서 무슨 일이 벌어졌는지 온 백성들이 다 알고 있다고! 다 죽여 버릴 테다. 내 조카 체켄이 죽는다면, 부르크 공작님의 맏손자이신 그분이 돌아가신다면, 나도 더 이상 살고 싶은 생각이 없다. 네놈들을 죽이고 나도 죽을 테다.”

폰투스는 침을 튀며 울부짖었다.

그 태도는 진실 되어 보였다. 폰투스가 왜 혼자서 적진에 쳐들어왔는지, 그 지독한 광기의 근원이 무엇인지 모두 이해가 되었다.

잘츠파의 기사들이 웅성거렸다.

병사들도 동요했다.

모건의 눈도 빠르게 흔들렸다.

마음이 흔들리자 단단하던 수비에 균열이 갔다.

‘킥킥킥! 요안나 마마는 역시 천재야! 최면을 건 효과가 톡톡히 나오고 있어.’

폰투스의 눈이 반짝 빛났다.

이것을 끝으로 폰투스의 이성은 다시 날아갔다. 스멀스멀 끓어오르는 광기가 폰투스를 집어삼켰고, 그의 두 눈이 횃불

보다 더 밝게 타올랐다.

"크하하하하! 다 같이 죽자!"

폰투스가 벼락처럼 몸을 날렸다.

환수가 거창하게 일어나 뿔을 곤두세웠다.

콰창—!

빛의 폭발과 함께 방패의 벽이 허물어졌다. 방패병들은 가
랑잎처럼 휘말려 날아가 처박혔다. 방패병 뒤에 서 있던 기사
들도 가슴이 함몰되어 고꾸라졌다.

환수를 막기 위해서는 방패를 비틀어 힘을 흘렸어야 했는
데, 마음이 심란해서 잠시 방심했더니 이런 결과가 나왔다.

"이런!"

모건이 다시 지휘봉을 잡았다.

이미 때는 늦었다. 폰투스는 벌써 포위망을 벗어난 판국이
었다.

원진 밖으로 뛰쳐나온 환수가 하늘을 향해 머리를 치켜들고
긴 울음을 토했다. 주변에 뿌려진 피가 수증기가 되어 증발하
더니 환수의 몸으로 유입되었다. 그러자 환수의 몸이 더 크게
부풀었다. 힘도 더 세졌다.

환수는 크게 자란 발톱을 뻗어 잘츠파 병사들을 향해 휘둘
렀다.

"으아악!"

"사람 살려!"

　무방비로 노출된 궁수들이 떼죽음을 당했다. 뒤이어 말들이 도륙을 당했다. 말에서 떨어진 기사들은 환수의 발에 짓밟혔다.
　보다 못한 모건이 후퇴 명령을 내렸다.
　"모두 후퇴하라. 제2목책까지 물러나야 한다. 그곳에서 다시 방어진을 짜고 저 괴물을 막자!"
　후퇴 명령이 떨어지자 잘츠파의 병사들은 뒤도 돌아보지 않고 도망쳤다.
　기사들도 부랴부랴 말머리를 돌렸다.
　"킥킥킥! 어딜 가?"
　폰투스는 키득키득 웃으며 적의 뒤를 쫓았다. 폰투스의 가슴에 꽂힌 투창 2자루는 여전히 덜렁거리고 있었다.

　폰투스가 제2목책에 도착했을 때, 목책 안에서 모몬과 몬테로 형제가 튀어나왔다. 각각 하얗고 까만 가면을 쓴 쌍둥이 형제는 목책을 풀쩍 뛰어넘으며 폰투스에게 달려들었다.
　까앙!
　모몬의 핼버드와 폰투스의 검이 맞부딪쳤다.
　까아앙!
　뒤따라 날아온 몬테로의 창은 폰투스의 검날 밑동을 때렸다.
　"크아악!"

폰투스가 광기를 터뜨렸다.

검과 핼버드, 검과 창이 벼락처럼 서로 맞붙었다가 다시 떨어졌다. 3자루 무기 사이에서 스파크가 일었다.

폰투스와 모몬, 몬테로는 말 한마디 나누지 않고 무기를 휘둘렀다. 굳이 대화를 나눌 이유는 없었다. 이곳은 전쟁터였다. 전쟁터에서 적을 만났으니 죽이면 그만. 구차한 대화는 불필요했다.

"죽어랏!"

모몬이 허연 이빨을 드러내며 핼버드를 휘둘렀다.

"폰투스, 여기도 있다!"

모몬의 동생 몬테로는 형과 보조를 맞춰 창을 찔렀다. 몬테로의 창은 모몬의 핼버드가 훑고 지나간 빈 공간으로 파고들었다.

이 시간차 공격이 효과를 거두었다. 폰투스의 검은 모몬 형제의 시간차 공격에 걸려 턱턱 막혔다. 모몬을 향해 검을 휘두르려고 하면 옆에서 창이 날아와 공격의 맥을 끊고, 검을 몬테로에게 돌리면 모몬의 핼버드가 날아와 폰투스의 머리를 쪼갰다.

상대가 쉽게 썰어지지 않자 폰투스는 짜증을 부렸다.

"크르르, 너희들은 또 뭐냐? 어디서 튀어나온 잡놈들이야?"

"우리를 모른다고? 폰투스, 이 자식! 네놈이 우리 형제에게 결투장을 보내놓고도 시치미를 뗄 셈이냐?"

몬테로가 버럭 소리쳤다.

모몬이 동생을 말렸다.

“몬테로, 굳이 상대에게 말을 섞을 필요 없다. 폰투스의 눈을 봐라. 저놈은 지금 제정신이 아니야.”

모몬의 말처럼 지금 폰투스의 눈빛은 정상이 아니었다. 초록색으로 활활 타오르는 눈동자와, 늑대처럼 뾰족하게 솟은 이빨과, 뱀처럼 긴 혀! 이것은 정상적인 사람이라면 가질 수 없는 것들이었다.

그 흉악한 모습을 보면 어지간히 배짱 두둑한 사람도 오금이 저릴 텐데, 몬테로의 반응은 정반대였다.

“햐아! 정말 갖고 싶다. 초록색 눈알과 뾰족한 이빨, 긴 혓바닥! 너무 멋져! 머리통을 잘라서 박제를 해놓고 싶어.”

몬테로는 폰투스의 흉포한 외모가 마음에 쏙 든 듯했다. 그래서 흥분을 감추지 못하고 신나게 창을 휘둘렀다.

“낄낄낄, 몬테로, 역시 너랑 나랑은 마음이 통하는구나! 네 말대로 폰투스의 머리를 잘라서 박제를 해놓으면 정말 그럴듯하겠어.”

모몬이 맞장구를 쳤다.

폰투스가 히죽 웃었다.

“이런 미친 것들! 크흐흐흐, 어디 할 수 있으면 해봐라.”

환수가 발톱을 곤두세웠다. 허공에 핏빛 발톱 5개가 휙 지나갔다.

"이크!"

모몬이 풀쩍 뛰어 물러섰다. 발톱에 가슴이 살짝 긁혀 핏방울이 흘렀다.

환수는 날카롭게 모몬을 뒤쫓았다. 그러자 몬테로의 창이 옆에서 끼어들어 환수를 막았다.

화가 난 환수는 방향을 틀어 몬테로를 뿔로 들이받았다.

이번에는 모몬이 핼버드를 낮게 휘둘러 폰투스의 발목을 노렸다. 폰투스는 어쩔 수 없이 검의 방향을 틀어 핼버드를 막았다.

깡깡깡! 불똥이 튀었다.

쾅쾅쾅! 폭음이 터졌다.

3명의 사내가 뿜어내는 거친 숨소리가 제2목책 앞 공터를 가득 메웠다. 모건을 비롯한 잘츠파의 기사들은 숨도 제대로 내쉬지 못하고 2대 1의 격한 싸움을 바라보았다.

샤피로도 먼발치에서 싸움을 구경했다.

'모몬, 몬테로 형제는 호흡이 척척 맞는구나! 특별히 신호를 주고받는 것 같지도 않은데 서로 마음이 통하나 봐. 폰투스가 꽤 고전하겠어.'

싸움이 벌어지기 전 샤피로는 폰투스의 압승을 예상했었다. 환수의 검이 얼마나 무서운지 잘 알기 때문이다.

한데 싸움을 지켜보면서 생각이 바뀌었다.

'폰투스는 아직 환수의 검을 완성하지 못했구나! 사람들의 피를 더 많이 흡수해서 환수의 검을 완성했다면 모를까, 지금 실력으로는 모몬, 몬테로 형제의 연합 공격을 막기 힘들겠네.'

확실히 싸움은 모몬 형제가 유리했다. 폰투스는 많이 지친 상태였고, 가슴과 배에 심각한 부상을 입어 행동도 부자연스러웠다.

그럼에도 불구하고 쌍둥이 형제를 맞아 격렬하게 맞싸우는 것을 보면 환수의 검이 얼마나 대단한 무술인지 짐작이 갔다.

샤피로의 예상처럼 폰투스는 갈수록 힘이 떨어졌다. 그러다 결국 엉덩방아까지 찧었다.

"폰투스, 그만 죽어라!"

모몬이 핼버드를 풍차처럼 휘둘러 폰투스의 눈을 현혹시켰다. 그사이 몬테로가 위로 점프했다가 폰투스의 머리 위로 떨어져 내리며 기습 공격했다.

"어엇?"

사각진대에서 갑자기 날아온 창에 폰투스가 당황했다. 폰투스는 급한 대로 검의 손잡이로 창을 막았다. 두 금속이 맞부딪치며 요란한 불똥이 튀었다.

검보다는 창이 무거운 것이 사실.

더구나 몬테로의 창은 일반 창보다 훨씬 더 무거운 중병이었다. 그 묵직한 무기에 체중을 실어 내리치자 위력이 엄청났다.

폰투스의 검 손잡이가 박살났고, 폰투스는 패대기쳐진 개구리처럼 땅바닥에 드러누웠다.

"으하하, 드디어 맛이 갔구나! 조금만 기다려라, 폰투스! 네 놈의 목을 잘라 예쁘게 박제해 주마."

몬테로가 창을 비틀어 짓누르며 폰투스를 비웃었다.

모몬도 맞장구를 치며 낄낄거렸다.

적에게 놀림을 받자 폰투스의 마성이 폭발했다.

"끼요옷!"

폰투스는 벼락처럼 뛰어올라 몬테로에게 달라붙었다.

"어엇? 이놈이!"

몬테로는 황급히 창을 휘저어 방어했다.

뒤에서 모몬이 달려들어 동생을 도왔다. 모몬의 헬버드는 폰투스의 등을 노리며 파고들었다.

'폰투스는 어쩔 수 없이 검을 돌려 등을 보호할 테지? 그러면 몬테로는 안전해질 거야.'

모몬은 이렇게 생각했다.

몬테로도 그렇게 생각했다.

쌍둥이 형제는 지금까지 이런 방식으로 폰투스의 공격을 효과적으로 봉쇄해 왔다.

한데 이번에는 결과가 달랐다. 폰투스는 한 가닥 남은 이성의 끈마저 놓아 버렸다. 완전히 미쳐서 자신의 몸도 돌보지 않고 몬테로에게 달려들었다.

푸확!

몬테로의 핼버드가 폰투스의 등을 깊게 갈랐다. 은빛 갑옷이 쩍 갈라지고, 살이 베어졌으며, 허연 척추가 드러났다.

"큽!"

등에 작렬한 화끈한 통증에 폰투스가 이를 악물었다. 그러면서도 더 빠르게 달려들어 몬테로의 좌측으로 비스듬히 뛰어올랐다.

몬테로가 반사적으로 창을 들었다.

환수의 발톱이 몬테로의 창을 붙잡았다. 날카로운 환수의 이빨은 몬테로의 목덜미를 물어뜯었다.

몬테로의 목에서 피가 튀었다. 목살이 한 움큼 떨어져 나가면서 몬테로는 쓰러질 듯 휘청거렸다.

통증도 통증이지만 신경이 뜯겨나간 것이 치명적이었다. 순간적으로 몬테로의 왼팔과 왼다리가 움직이지 않았다.

폰투스는 왼손으로 몬테로의 머리카락을 거머쥔 다음, 검을 짧게 잡고 배를 쑤셨다.

푹!

격한 통증이 배에 작렬했다. 몬테로는 숨을 훅 들이쉬며 두 눈을 부릅떴다. 순간적으로 폐가 정지되었다. 숨을 쉴 수가 없었다. 두 다리는 후들후들 떨리고, 눈앞이 캄캄했다.

뒤에서 모몬이 악을 썼다.

"안 돼! 몬테로!"

“키키키킥!”

폰투스는 몬테로의 뱃속에 찔러 넣은 검을 사납게 휘저으며
웃었다.

Chapter 2

“키키킥! 죽어라!”

폰투스가 검을 빙빙 돌렸다.

날카로운 환수의 발톱이 몬테로의 뱃속에서 춤을 추었다.
몬테로는 입을 딱 벌린 채 비명도 지르지 못했다.

“이 미친 새끼! 내 동생을 놓아줘!”

모몬이 폰투스를 향해 핼버드를 휘둘렀다.

빽! 하고 폰투스의 어깨가 함몰되었다.

그래도 폰투스는 광기를 멈추지 않았다. 입으로 낄낄낄 소
리를 내면서 몬테로의 배에 쑤신 검을 마구 휘저었다.

몬테로의 내장이 썽둥썽둥 썰렸다. 장기가 퍽퍽 갈렸다. 몬
테로는 입에서 검붉은 피를 뿜었다. 목구멍에서 절로 꺽꺽 소
리가 났다.

“몬테로! 안 돼!”

모몬이 악을 썼다. 모몬은 핼버드를 높이 치켜들었다가 폰
투스의 정수리를 향해 내리찍었다.

헬버드가 날아와 폰투스의 머리통을 쪼겠다.

그 전에 폰투스가 옆으로 뒹굴어 피했다. 폰투스의 팔에서 피가 튀었다.

지금 폰투스의 몸은 정상이 아니었다. 부상이 워낙 심할 뿐더러 피까지 너무 많이 흘려 몸이 뜻대로 움직이지 않았다. 모몬의 헬버드에 팔을 긁힌 것도 몸이 무겁기 때문이었다. 평소 폰투스였다면 가볍게 피했을 것이다.

그렇게 몸이 무거워진 상태에서도 폰투스는 땅에 주저앉지 않았다. 싸움을 포기하지도 않았다. 폰투스는 지독한 광기를 내뿜으며 풀쩍풀쩍 뛰었다.

모몬이 이빨을 갈았다.

"이 미친놈! 내 동생을 저 꼴로 만들다니, 가만 내버려두지 않을 테다."

모몬은 헬버드를 풍차처럼 휘두르며 돌진했다.

"캬캬캬캬!"

폰투스도 이빨을 쩍 드러내며 마주 달려들었다.

묵직한 헬버드와 환수의 뿔이 충돌했다. 요란한 폭음과 함께 주변의 자갈들이 사방으로 튀었다.

"이익!"

뒤로 밀려났던 모몬이 이를 악물고 다시 돌진했다.

폰투스도 재차 달려들었다.

두 번째 격돌!

환수의 발톱과 부딪친 순간, 모몬은 핼버드 손잡이를 교묘하게 비틀었다. 핼버드 날이 뱅글뱅글 돌면서 발톱 안쪽으로 파고들었다. 이대로 핼버드 날을 쭉 미끄러뜨려서 폰투스의 손을 잘라 버리겠다는 것이 모몬의 생각이었다.

이성을 잃은 폰투스는 방어를 포기했다. 손이 잘릴 것을 뻔히 알면서도 물러서지 않고 반격했다.

모몬의 핼버드가 폰투스의 손목으로 미끄러져 들어왔다.

폰투스의 검도 모몬의 손목을 노리고 파고들었다.

검과 핼버드는 금방이라도 이가 나갈 것처럼 끼기기긱 소리를 내었다. 두 무기 사이에서 퍼런 불똥이 튀었다.

"이이익!"

모몬이 이빨을 악물었다.

생각 같아서는 배에 힘을 꽉 주고 상대의 손모가지를 날려 버리고 싶었다. 지금까지 모몬은 이런 배짱 승부에서 패해 본 적이 없었다.

한데 막상 폰투스의 검이 손가락 1센티미터 거리까지 접근하자 몸이 저절로 반응했다. 마음으로는 정면 승부를 하고 싶었지만, 몸이 말을 듣지 않았다.

이런 배짱 싸움에서는 먼저 후퇴하는 쪽이 손해를 보기 마련.

모몬의 핼버드는 폰투스의 손등을 살짝 긁고 지나가는 데 그친 반면, 폰투스의 검은 모몬의 손등을 깊게 잘랐다.

"크왓!"

모몬이 비명을 질렀다.

"캬캬캬!"

상대가 약한 모습을 보이자 폰투스가 얼굴을 바짝 들이밀고 약을 올렸다. 30센티미터가 넘는 혀를 대롱대롱 흔들며 웃는 폰투스의 모습은 정말 섬뜩했다. 모몬의 등에 식은땀이 흘렀다.

'폰투스는 진짜로 미친놈이다. 눈곱만큼도 몸을 사리지 않아. 조금 전에도 손이 잘리건 말건 전혀 신경 쓰지 않았어.'

미치광이와 싸우고 있다고 생각하자 머리카락이 쭈뼛 섰다. 모몬은 싸우고 싶은 생각이 싹 가셨다.

마침 좋은 핑계거리가 눈에 띄었다. 지금 몬테로가 숨을 할딱이며 죽어가는 판국이었다. 빨리 손을 쓰지 않으면 동생은 진짜로 죽을 터였다.

"폰투스, 나중에 두고 보자!"

이 한마디를 남긴 채 모몬이 등을 돌렸다. 모몬은 벼락처럼 옆으로 굴러 폰투스의 공격을 피한 다음, 동생을 부축했다.

"어딜 가? 나랑 계속 놀자."

폰투스가 긴 혀를 팔랑개비처럼 돌리며 쫓아왔다.

모몬이 진저리를 쳤다.

"으윽! 저런 미친 새끼!"

만약 폰투스가 "나랑 계속 싸우자."라고 말했다면 덜 무서
웠을 텐데, "나랑 놀자."며 쫓아오자 온몸에 소름이 돋았다.

폰투스가 경중경중 뛰어 거리를 좁혔다. 그러면서 "나랑 놀
아줘!"라는 말을 연신 내뱉었다.

모몬은 손사래를 치며 전력으로 도망쳤다.

"으아아, 쫓아오지 마! 이 미친놈아."

목책 안에서 싸움을 지켜보던 모건이 재빨리 명령을 내렸
다.

"어서 문을 열어라. SPR 총사들을 살려야 한다."

병사들은 문을 열어 모몬 형제를 안으로 들였다. 그런 다음
폰투스가 뒤따라 들어오기 전에 재빨리 문을 닫았다.

쾅!

정신없이 뒤쫓아 오던 폰투스가 통나무 문에 얼굴을 부딪쳐
나자빠졌다.

"으악!"

문에 부딪쳐 코피가 터진 쪽은 폰투스인데, 막상 비명은 잘
츠파 병사들이 질렀다. 문을 통해 느껴지는 진동이 너무나 무
서웠기 때문이다.

콰앙! 쾅! 쾅!

폰투스는 문을 어깨로 들이받고, 발로 차고, 또 검으로 찍었
다.

"문 열어! 캬캬캬캬! 어서 문을 열어! 나랑 놀아줘!"

통나무 문은 금방이라도 박살날 것처럼 흔들렸다. 잘츠파 병사들은 폰투스의 섬뜩한 광기에 질려 식은땀을 흘렸다.

결국 기사들까지 달라붙어 문을 막았다.

목책 위에서 모건이 진저리를 쳤다.

"정말 미쳤구나! 완전히 미쳤어!"

"으으으!"

모몬도 폰투스를 내려다보면서 부르르 몸을 떨었다.

미쳤다는 표현이 딱 들어맞았다. 폰투스는 피에 미친 야수였다. 잘츠파 병사들은 폰투스가 문을 들이받고 웃음을 터뜨릴 때마다 얼굴이 하얗게 질렸다. 잘츠파 진영의 사기는 이미 바닥을 쳤다.

멀리서 샤피로가 욕을 퍼부었다.

"머저리 같은 SPR 놈들. 둘이서 폰투스 1명을 당해내지 못하다니, 저런 머저리들이 또 어디 있담!"

샤피로는 지금 상황이 마음에 들지 않았다. 분명히 이길 수 있었다. 2대 1의 싸움이니 당연히 모몬 형제가 유리했다. 몸 상태나 체력, 부상 정도 등등 그 어떤 요소를 보아도 모몬 형제가 이겨야 정상이었다.

그럼에도 불구하고 모몬 형제는 패했다.

정신력이 약했기 때문이다. 폰투스가 앞뒤 가리지 않고 달려들었을 때 몸을 사린 것이 패인이었다. 같이 미쳐서 날뛰어야 폰투스를 이길 수 있다. 상대가 내 손을 베면 난 상대의 팔을 자르고, 상대가 내 코를 베면 난 상대방의 눈깔을 파 버리 겠다는 심정으로 맞싸워야 폰투스를 꺾을 수 있다.

한데 모몬 형제에게는 그런 헝그리 정신이 부족했다.

"SPR 총사라고 이름만 그럴 듯하게 내걸었을 뿐, 정말 쓸 모없는 놈들이야. 이제 어쩔 거야? 이대로 폰투스를 방치하면 점점 더 많은 피를 흡수할 테고 결국 환수의 검이 완성될 텐 데, 이제 이 일을 어떻게 수습하느냐고!"

샤피로는 머리카락을 벅벅 긁었다. 이럴 줄 알았으면 아로 나도 함께 끌어들여 폰투스를 막았어야 했다는 후회가 밀려들 었다.

그렇다고 지금 다시 아로나를 불러오기에는 늦었다. 환수의 검은 완성되기 직전이었다.

"여기서 조금만 더 피를 흡수하면 환수의 검이 진짜로 완성 된다. 이젠 어쩔 수 없어. 내가 나설 수밖에."

속으로는 겁도 조금 났다. 폰투스와 싸우는 것이 두려운 것 이 아니라, 싸우다가 진짜 실력이 드러날까 두려웠다.

그나마 폰투스의 부상이 심해서 다행이었다. 샤피로는 두 손으로 자신의 뺨을 강하게 후려쳐 기합을 넣었다.

"한번 해보자! 지금 폰투스의 부상이 심각하잖아? 잘만 하 면 낫을 들지 않고도 이길 수 있어."

샤피로는 결심과 동시에 행동에 나섰다.

목책으로 빠르게 접근한 샤피로가 잘츠파 병사의 창을 빼앗았다.

"엇?"

창을 뺏긴 병사가 눈을 동그랗게 떴다. 샤피로는 병사에게 윙크를 한 번 날려주고는 높은 통나무 목책을 획 뛰어넘었다.

샤피로의 갑작스러운 등장에 다들 깜짝 놀랐다.

"저 청년은 누구지?"

"미셸 마마께서 고용한 성기사 같은데?"

목책 위가 웅성웅성 시끄러워졌다. 특히 모건 남작은 호기심어린 눈빛으로 샤피로를 바라보았다.

폰투스도 샤피로에게 반응했다.

"크르르르?"

폰투스는 창살 안에 갇힌 야수처럼 무턱대고 목책을 들이받던 중이었는데, 샤피로가 나타나자 고개를 획 돌렸다.

폰투스와 샤피로는 서로 안면이 있는 사이.

하지만 광기에 물든 폰투스는 샤피로를 알아보지는 못했다. 그저 새 먹잇감을 발견했다는 생각으로 다가왔다.

샤피로의 눈이 빠르게 움직였다.

'척추에 심각한 부상 하나! 폰투스의 왼쪽 어깨뼈는 완전히 으스러졌고, 가슴과 배에는 아직 투창이 꽂혀 있어. 이만하면 낫이 없어도 싸워볼 만하다. 환수의 검만 조심하면 돼.'

데이터 분석 결과 승리할 자신이 생겼다.

척!

샤피로는 창을 목 뒤에 얹었다. 그리곤 그 자세에서 몸을 옆으로 틀어 창끝을 폰투스에게 겨눴다.

샤피로와 폰투스!

암흑교단의 교도도 아니면서 암흑교단의 힘을 물려받은 두 사람의 싸움은 이제부터가 시작이었다.

Chapter 3

먼저 공격을 한 사람은 샤피로였다.

"야압!"

샤피로는 짧은 기합과 함께 창을 내질렀다.

목 뒤에 얹은 샤피로의 창이 난초 잎사귀처럼 휘어청 벌어지며 불꽃을 토했다. 샤피로의 창은 순식간에 6개로 늘어나며 폰투스를 가격했다.

이른바 6연포 피어싱(Piercing; 관통) 공격!

롬바의 10연포 피어싱보다는 약하지만, 이 정도면 어지간한 기사들은 숨도 못 쉴 공세였다.

"캬악!"

폰투스가 괴성을 지르며 검을 휘둘렀다. 폰투스는 샤피로의 공격이 만만치 않다는 것을 본능적으로 깨달았다.

환수의 발톱이 날카롭게 뻗어 샤피로의 창에 맞부딪쳤다.

　2개의 무기가 격돌하는 순간 샤피로는 창을 빙글 돌렸다. 창이 빙글빙글 돌면서 소용돌이를 만들었다.

　방해물을 만나면 무서운 회전력으로 뚫어 버리는 것이 피어싱 공격의 특징이다. 샤피로의 6연포 피어싱은 환수의 발톱을 와해시키며 무섭게 파고들어 폰투스의 가슴을 찔렀다.

　"캬악!"

　폰투스가 거듭 괴성을 토했다.

　폰투스의 은빛 갑옷은 샤피로의 피어싱 공격에 찔려 구멍이 뻥 뚫렸고, 구멍 테두리에서 허옇게 연기가 치솟았다. 창의 회전력이 마찰열을 발생시켰고, 그 열기가 갑옷 표면을 녹이면서 연기를 만들었다.

　연기와 함께 구멍 안에서 뻘건 핏물이 배어나왔다. 환수의 발톱으로 막았음에도 불구하고 피를 본 것이다.

　"캬악! 캬캬캬!"

　화가 난 폰투스는 긴 혀를 날름거리며 목을 이리저리 흔들었다. 그 모습이 마치 적을 코앞에 둔 코브라 같았다.

　샤피로는 침착하게 다시 자세를 잡았다. 목 뒤에 창을 얹고 몸을 비틀어 창끝을 폰투스에게 겨눴다.

　폰투스가 눈을 녹색으로 물들이며 펄쩍 뛰었다.

　샤피로의 자세에 위협을 느낀 듯, 이번에는 폰투스가 먼저 공격했다. 환수가 쭉 일어나며 뿔을 곧추세우더니 그대로 위에서 아래로 내리찍었다.

샤피로는 후퇴하지 않았다. 피하지도 않았다. 도리어 앞으로 달려들며 사념의 끈을 발출했다.

'사념의 끈'은 암흑교단의 간부들이 사용하는 마법이다. 암흑교단의 사도들은 이 마법을 이용해서 교도들의 뇌에 접속할 수 있다.

샤피로와 폰투스의 눈 사이에서 강렬한 스파크가 튀는가 싶더니, 사념의 끈이 폰투스의 시신경을 타고 거슬러 올라가 뇌에 접속했다.

폰투스는 환수의 검을 익혔으니 곧 암흑교단의 교도나 마찬가지였다. 그 탓에 사념의 끈을 피할 수 없었다.

—폰투스! 정신 차려! 환수에게 속박당해서는 안 돼!

샤피로가 사념을 전달했다.

머릿속을 웅웅 울리는 사념에 폰투스의 이성이 깨어났다. 대신 환수의 지배력이 약화되었다.

순간적으로 폰투스가 주춤했다. 길게 뻗었던 환수의 발톱도 오그라들었다.

샤피로는 그 짧은 틈을 놓치지 않고 7연포 피어싱을 터뜨렸다.

푸화학 솟구치는 7줄기 소용돌이!

샤피로의 창은 무섭게 날아가 폰투스의 방어막을 뚫었고, 연이어 폰투스의 몸통으로 파고들었다.

"캬아악!"

당황한 폰투스가 환수의 뿔을 휘저었다.

샤피로는 창을 뒤로 물렸다가 다시 7연포 피어싱을 날렸다.

그가가각!

금속 긁는 소리가 진동했다. 샤피로의 피어싱 공격이 환수의 뿔 사이에 걸려 무섭게 회전했다. 금속 타는 냄새와 함께 창대가 부러질 것처럼 떨렸다. 폰투스의 검도 크게 휘청거렸다.

그렇게 가까이 맞붙어 있을 때, 폰투스가 갑자기 혀를 쭉 뻗어 샤피로의 얼굴을 핥았다.

징그러운 혀가 뻗어오면 깜짝 놀라서 몸을 움츠리게 마련. 폰투스는 그 틈을 노려 환수의 뿔로 샤피로의 머리통을 박살 낼 생각이었다.

한데 샤피로는 움츠리지 않았다. 오히려 입을 쩍 벌리고 폰투스의 긴 혀를 물어뜯었다.

"크악!"

폰투스가 펄쩍 뛰었다. 혀가 잘려나가는 고통에 뒷골이 저렸다.

샤피로가 바짝 다가섰다. 샤피로는 목 뒤에 얹어놓았던 창을 앞으로 끌어당겨 강하게 휘둘렀다.

창대 밑동을 잡고 그대로 풀스윙(Full Swing)한 것!

부왕—

공기가 파열했다. 샤피로가 휘두른 창대는 폰투스의 머리

위를 아슬아슬하게 스치며 지나갔다. 풍압이 어찌나 거셌는지 폰투스의 투구가 벗겨져 날아갔다. 머리가죽도 손바닥 반 정도 크기로 벗겨졌다. 피가 튀었다. 폰투스가 반사적으로 주저 앉지 않았다면 그대로 머리가 박살날 뻔했다.

"키잇?"

투구가 벗겨지자 폰투스가 머리를 감쌌다.

지금 폰투스의 뇌 속에서는 한 가닥 남은 이성이 환수와 맞서서 저항하는 중이었다. 환수는 폰투스의 몸뚱어리를 계속 지배하기를 원했고, 폰투스의 이성은 그게 싫어서 필사적으로 덤볐다.

물론 환수의 힘이 압도적으로 강했다. 폰투스의 이성은 금방이라도 흩어질 것처럼 흔들렸다.

한데 그 와중에 투구가 벗겨졌다. 폰투스의 이성이 되살아났다. 투구가 벗겨진 것이 폰투스의 수치심을 자극한 것이다.

'안 돼! 흉측하게 변한 내 얼굴을 사람들이 보면 안 돼! 내 얼굴은 지금 악마처럼 변했단 말이야!'

환수의 검을 사용하면 얼굴이 어떻게 변하는지, 폰투스는 잘 알았다. 가축을 상대로 실험을 하다가 우물에 비친 얼굴을 본 이후로, 폰투스는 자신의 변한 모습을 저주했다.

폰투스가 당황해서 얼굴을 가리자 샤피로가 쾌재를 불렀다. 샤피로는 재빨리 한 번 더 사념을 쏘았다.

—폰투스! 이대로 악마가 될 셈이냐? 어서 정신을 차리고

검을 버려!

사념의 끈이 폰투스의 뇌를 때렸다.

폰투스는 멈칫하면서 검을 버리려고 했다.

그 즉시 샤피로가 달려들어 상대의 얼굴을 머리로 들이받았다.

뻐억!

폰투스의 코뼈가 으스러졌다. 코피가 터졌다.

"크악!"

폰투스는 얼굴을 부여잡으며 비명을 질렀다.

샤피로가 손을 뻗어 폰투스의 가슴에 박힌 투창을 붙잡았다. 그리곤 무서운 힘으로 비틀어 쑤셨다.

"끄아악!"

가슴의 상처가 쩍 벌어지면서 피분수가 터졌다. 폰투스는 고통에 겨워 숨을 헐떡였다.

이번에는 창이 날아왔다.

퍼퍼퍼펑 작렬하는 8연포 피어싱!

8개의 난초 잎이 쩍 벌어지면서 불꽃을 내뿜었다. 강렬한 포화는 폰투스의 몸 8곳을 동시에 찔렀다. 갑옷을 부수고 살을 뭉갰다.

폰투스의 오른쪽 어깨뼈가 박살났다. 앞니가 왕창 깨졌다. 배에는 나선형 모양으로 상처가 발생했고, 팔꿈치도 날아갔다.

폰투스는 정신없이 물러서며 검을 휘둘렀다.

극심한 상처를 입었음에도 불구하고 폰투스의 반격은 매서웠다. 상처 입은 환수는 5개의 발톱을 휘둘러 샤피로의 몸을 긁었다.

샤피로는 냉정하게 거리를 재서 물러섰다.

무작정 몰아치는 것은 샤피로의 스타일이 아니었다. 샤피로는 냉정한 계산으로 적의 약점을 캐낸 뒤, 꾸준히 공략해서 침몰시키는 스타일이었다.

샤피로가 뒤로 물러서자 환수의 발톱이 허공을 훑고 지나갔다.

그 즉시 샤피로가 다시 달려들어 창을 뽑었다.

이번에는 무려 9연포 피어싱!

9개의 소용돌이가 공기를 찢어발기며 득달했다.

"크어억! 크어어억!"

폰투스는 정신 못 차리고 허우적거렸다.

특히 두개골을 강타한 한 방이 치명타였다. 폰투스의 왼쪽 관자놀이에는 동전만 한 크기의 구멍이 뚫렸고, 그 구멍을 통해 허연 뼈가 엿보였다.

휘청거리던 폰투스가 결국 무릎을 꿇었다.

샤피로는 기다렸다는 듯이 창대를 돌려 잡고는 폰투스의 머리를 향해 그대로 풀스윙했다.

"으어어!"

폰투스가 반사적으로 팔을 들었다.

빠악!

창에 얻어맞은 폰투스의 오른팔이 완전히 박살났다. 뼈가 살을 뚫고 튀어나왔다. 폰투스의 몸뚱어리는 허공으로 붕 떴다가 옆으로 3바퀴를 굴렀다.

폰투스는 오른손이 박살나자 왼손으로 검을 쥐었다. 하지만 왼팔 어깨가 이미 바스러진 터라 힘이 들어가지 않았다.

"끄으윽, 안 돼! 안 돼!"

폰투스는 맥없이 떨어지는 검을 계속 끌어올리며 몸을 비비적거렸다.

샤피로가 냉정하게 다가가 9연포 피어싱을 터뜨렸다.

"끄억!"

9발의 포화에 얻어맞은 폰투스가 뒤로 나동그라졌다.

샤피로는 폰투스의 왼팔을 발로 꾹 밟은 다음, 창끝으로 상대의 무기를 휘감아 멀리 던져 버렸다.

무기를 잃자 폰투스의 눈에 공포가 어렸다. 몸을 가득 채웠던 환수의 힘이 썰물처럼 빠져나갔고, 이성이 되돌아왔다.

'적진 한복판에 홀로 뛰어들다니, 내가 미쳤지!'

이성이 돌아오자 가장 먼저 이 생각이 떠올랐다.

'가슴에 투창이 박히고 등이 갈라진 채로 계속 싸운 것도 미친 짓이었어. 이게 모두 악마의 검에 취해 있었기 때문이야.'

환수의 검이 얼마나 위험한지 폰투스는 비로소 절감했다. 땅을 치고 후회할 일이지만 이미 때는 늦었다.

샤피로가 창을 번쩍 들었다가 내리찍었다.

샤피로의 창은 폰투스의 두 팔을 연달아 부숴놓았다. 이어서 두 다리도 송두리째 으깨 버렸다. 반항을 못하게 미리 막은 것.

두 팔과 두 다리를 잃은 폰투스는 억지로 눈을 떠서 샤피로를 올려다보았다.

태양이 샤피로의 머리 위로 떠올라 얼굴이 잘 보이지 않았다. 하지만 반듯한 입매와 단정한 얼굴의 윤곽을 보는 것만으로도 상대가 누구인지 짐작이 갔다.

"너……는 성기사! 광휘단의 성기사냐?"

"그렇소."

샤피로가 무뚝뚝하게 고개를 끄덕였다.

"네가 왜……? 설마…… 성기사들이 잘츠파의 편에…… 붙었나?"

폰투스는 부서진 턱을 억지로 움직여 물었다. 폰투스는 아성에 침투했던 어쌔신이 샤피로라고는 생각하지 못했다.

샤피로가 고개를 가로저었다.

"그건 아니오. 다만 당신이 악의 힘을 사용하기에 내가 나섰을 뿐이오."

샤피로의 말은 거짓이었지만, 폰투스는 그 거짓말에 무너졌다.

"악의 힘이라고? 아아아!"

어린 성기사에게 정곡을 찔리자 폰투스는 얼굴을 들 수가 없었다. 강한 수치심이 폰투스의 온몸을 휘감았다.

"나를…… 죽이게. 더 이상 수치스럽지 않게 이대로 죽여 줘."

폰투스가 애걸했다.

샤피로는 잠시 망설였다.

'여기서 폰투스를 죽이면 수호성력의 등장 사실을 감출 수 있다. 그렇게 하는 편이 내게 유리하겠지?'

샤피로의 창끝이 폰투스의 이마를 겨냥했다.

이대로 콱 내리찍으면 상황은 종료!

하지만 중간에 마음이 변했다. 멀리서 지켜보는 사람들의 눈 때문이었다.

샤피로는 이방인이고, 폰투스는 부르크의 기사단장이었다. 비록 지금은 잘츠파와 체켄파로 나뉘어서 싸우고 있지만, 잘츠파의 기사들 대부분은 폰투스로부터 검술을 배웠다. 게다가 잘츠파의 지휘관인 모건 남작은 폰투스와 함께 자라고 함께 전장을 누빈 불알친구였다. 그러니 이방인인 샤피로가 폰투스를 죽이는 것을 바라지 않을 것이다. 죽일 때 죽이더라도 정식 재판을 통해 형벌을 주기를 원할 터.

샤피로는 목책 위로 힐끗 눈길을 주었다.

모건이 떨리는 눈빛으로 고개를 흔들었다.

'폰투스를 죽이지 마시오. 그에게 재판을 받을 기회를 주시오.'

모건의 눈은 이렇게 말하고 있었다.

샤피로는 다시 머리를 굴렸다.

'이대로 폰투스를 죽이는 편이 나을까, 아니면 모건 남작에게 은혜를 베풀어 놓는 편이 더 좋을까? 일기를 찾는 데 어느 쪽이 더 유리하지?'

판단은 쉽지 않았다. 샤피로는 고개를 다시 돌려 폰투스를 내려다보았다.

팔다리가 박살난 채 두 눈을 꽉 감고 있는 폰투스의 모습을 보자 결심이 섰다.

'폰투스는 환수의 검에 대해서 떠벌리지 못한다. 암흑교단의 수호성력을 익혔다는 소문이 나면 요안나와 체켄에게 해가 될 테니까 입을 다물 수밖에 없어. 그렇다면 폰투스를 살려두어도 별 상관없겠지?'

마침내 결심이 섰다.

샤피로는 슬그머니 창을 거둔 다음, 목책 위의 모건을 향해 '폰투스를 데려가라.' 라는 손짓을 보냈다.

"샤피로 경, 정말 고맙소!"

모건이 입에 두 손을 모아 소리쳤다.

짝짝짝짝!

잘츠파의 기사들과 병사들도 일제히 기립해 박수를 쳤다. 샤피로의 강한 무력과 넓은 아량에 감탄했다는 뜻으로 보내는 박수였다.

제6화
황제의 개입

Chapter 1

하늘의 템플러가 머무는 하늘의 탑 11층.

퐁퐁퐁!

금빛 천장에서 물이 떨어져 바닥을 적셨다. 그 물이 천천히 솟구쳐 사람의 형상을 갖추었다.

빛과 물이 어우러진 액체덩어리 안에서 사람의 목소리가 흘러나왔다.

"컨께서는 자리에 계시느냐?"

"하늘의 종들이 물의 템플러를 뵙습니다."

하늘색 몸뚱어리를 지닌 노인 4명이 물의 템플러 가르멜을 향해 머리를 조아렸다. 이들 노인들은 하늘의 템플러 컨을 섬기는 하이어 몽크(Higher Monk)들로, 각자 이마에 1부터 4까지 숫자를 새겨 넣고 있었다.

가르멜이 손을 가로저었다.

"시간이 급하니 번거로운 예식은 거두어라. 컨께서 자리에 계시느냐?"

"안에 계시옵니다. 바로 전언을 올리겠습니다."

이마에 1자를 쓴 수석 하이어가 공손히 대답했다.

그 즉시 하늘의 탑 12층에서 위엄 가득한 목소리가 들렸다.

"물의 템플러를 위로 뫼셔라."

다름 아닌 컨의 음성이었다. 주인의 목소리를 들은 하이어 몽크들은 일제히 무릎을 꿇고 이마를 바닥에 대었다.

이윽고 12층으로 올라가는 문이 열렸다. 문 안쪽으로 투명한 계단이 착착 내려왔다. 물의 템플러 가르멜은 유리로 이루어진 계단을 밟고 12층으로 올라갔다. 그곳에선 하늘의 템플러 컨이 두 팔을 활짝 벌려 가르멜을 반겨주었다.

"어서 오시오, 가르멜."

"컨 님!"

두 템플러는 서로를 얼싸안고 간단한 인사를 나누었다.

가르멜을 자리로 안내한 뒤, 컨이 먼저 입을 열었다.

"일이 잘 안 풀린다고 들었는데, 혹시 그 때문에 나를 찾아오신 게요?"

"그렇습니다. 아무래도 제 힘만으로는 버거운 듯하여 컨 님께 도움을 받고자 합니다.”

“허허허, 물의 템플러께서 버겁다니! 나는 그 말을 믿을 수가 없구려.”

컨은 새하얀 수염을 쓸면서 껄껄 웃었다. 그가 웃을 때마다 목 위 15센티미터 높이에 둥둥 떠 있는 머리통이 위아래로 흔들렸다.

컨은 머리와 몸통이 분리되어 있는 기형체였다.

가르멜은 그런 컨을 바라보면서 상황을 설명했다.

“탐색범위가 너무 넓어서 조사에 애를 먹고 있습니다. 제가 가진 단서는 북부총단과 장미, 이 2가지 키워드뿐입니다. 한데 조사해야 할 대상은 최근 8년간 북부총단 근처에 접근했던 사람 전부입니다. 몽크들을 다그쳐서 조사 중이기는 하지만, 어째 불가능할 것 같습니다. 하여 컨 님의 도움이 절실합니다.”

“허허, 내가 무엇을 도와주면 좋겠소?”

“컨 님께서는 시간과 공간을 꿰뚫는 예지력을 갖고 계시지 않습니까? 그 놀라운 예지력으로 검은 고양이를 찾아주십시오.”

“예지력이라……”

컨이 이마를 찌푸렸다.

가르멜은 컨이 생각을 정리할 동안 가만히 기다렸다.

한참 만에 컨이 다시 입을 열었다.

"템플러 가르멜."

"말씀하십시오."

"아시다시피 나의 예지력이 만능은 아니오. 만약 만능이었다면 벌써 고양이를 찾아내었을 테지."

"그렇다면 탐색 범위라도 좁혀주십시오. 최근 8년간 북부총단 근처에 접근했던 사람 전부를 조사하는 것은 불가능하니, 그 범위라도 좁혀주시면 큰 도움이 되겠습니다."

"알겠소. 내 한번 노력해보리다."

컨이 눈을 감았다.

두 눈을 감자 정수리에 박힌 3번째 눈이 슬그머니 열렸다.

이것은 머리에 박힌 두정안이다. 양서류나 파충류 가운데 일부가 지녔다고 알려진 제3의 눈 두정안!

몇몇 양서류들은 이 두정안을 이용해서 먹이를 찾지만, 하늘의 템플러 컨은 두정안을 이용해서 과거를 보고 미래를 읽었다.

컨의 두정안 속에서 반투명한 눈동자가 떼룩떼룩 굴러다녔다.

가르멜은 두 손을 꽉 잡고 그 모습을 바라보았다.

컨의 이마에 진땀이 흘렀다. 컨의 등 뒤에서는 아지랑이처럼 보이는 기운이 스멀스멀 뻗었다.

답은 쉽사리 나오지 않았다. 8년 전의 흔적부터 모조리 찾으려다 보니 기운이 많이 소진되는 모양이었다.

그러기를 무려 2시간!

"하아!"

컨이 크게 숨을 내쉬었다. 컨의 온몸은 땀으로 흥건했다.

가르멜이 조심스레 여쭸다.

"컨 님, 결과가 어떻습니까? 범위를 좁히는 데 성공하셨습니까?"

"아니오. 지난 8년간 북부총단 인근에서 벌어졌던 일들을 몽땅 되감아서 살펴보았으나 원하는 바를 건지지 못했소. 시간과 공간의 범위가 너무 넓어서 도저히 되지가 않소. 아무래도 이것은 내 능력 밖인 듯하오."

"아아아!"

가르멜이 크게 낙담했다.

그동안 가르멜은 꽁꽁 숨어 버린 검은 고양이를 찾기 위해 모든 방법을 다 동원해 보았다. 하나 효과가 전혀 없었다. 그래서 결국 컨의 예지력에 마지막 희망을 걸었는데, 그것마저 통하지 않았다. 실망이 이만저만이 아니었다.

컨이 가르멜을 위로했다.

"그렇다고 아주 소득이 없는 것은 아니라오."

"그게 정말입니까? 어떤 소득이 있으셨습니까?"

가르멜이 반색을 하며 다가앉았다.

컨은 수건으로 이마의 땀을 닦은 다음, 천장을 가리켰다.

하늘의 탑 12층 천장은 돔(Dome; 반구형 지붕) 형태의 유리

창이었는데, 컨이 손을 뻗자 유리창 표면에 영상이 맺혔다.

이 흐릿한 영상이 바로 컨이 찾아낸 과거의 장면이었다.

영상 안에 젊은 몽크가 등장했다. 얼굴에 귀티가 흐르는 젊은 몽크는 양손에서 물줄기를 뿜어내며 적을 공격했다.

젊은 몽크의 적은 시커먼 복장에 왕관을 쓴 마왕이었다. 마왕은 갈고리처럼 생긴 손을 번갈아 뒤집으며 젊은 몽크를 상대했다. 마왕의 주변을 에워싼 망령들이 마왕을 도와 젊은 몽크를 공격했다.

놀랍게도 젊은 몽크는 밀리지 않았다. 무서운 능력으로 마왕을 압박했으며, 손을 휘저어 망령들을 뿌리쳤다. 강력한 망령 군단은 젊은 몽크에게 감히 범접하지 못하고 두려움에 떨었다.

그렇게 싸움이 한창인 가운데 방해꾼들이 등장했다. 흐릿한 영상에 잡힌 방해꾼은 모두 4명이었다.

머리와 몸이 분리된 사람 1명!

온몸이 용솟음치는 물로 이루어진 사람 1명!

낙엽 부스러기로 몸을 뒤덮은 끈적끈적한 사람 1명!

그리고 독수리의 가면을 뒤집어쓴 사람 1명!

4명의 방해꾼들은 등장과 동시에 젊은 몽크를 공격했다.

젊은 몽크가 아무리 강하다고 해도 마왕과 4명의 방해꾼을 한꺼번에 상대할 수는 없었다. 젊은 몽크는 무시무시한 저주를 퍼부으며 도망쳤다.

독수리 가면을 쓴 사람이 앞장서서 몽크를 추격했다.

나머지 4명도 부랴부랴 뒤를 쫓았다.

결국 젊은 몽크가 붙잡혔다. 그 순간 눈을 뜰 수 없는 엄청난 폭발이 터졌고, 영상이 끊겼다.

가르멜이 컨을 돌아보았다.

"컨 님, 이것은 이미 저도 알고 있는 장면 아닙니까? 저는 이 이후의 영상이 필요합니다."

"그렇게 재촉하지 말고 계속해서 영상을 보시구려."

컨의 말에 가르멜이 다시 고개를 들었다.

잠시 후, 끊겼던 영상이 이어졌다.

영상에 맺힌 것은 어둑한 방이었다. 방 한복판에는 피투성이가 된 젊은 몽크가 엎드려 있었고, 그 아래 낫을 든 사제가 깔려 있었다.

"저것은 암흑교단 사제의 복장인데……."

가르멜이 눈을 가늘게 좁혔다.

컨은 낫을 지목했다.

"저 사제가 들고 있는 무기를 보시오. 낫이 아니오? 나는 암흑교단 북부총단의 암귀들 가운데 낫을 사용하는 자들이 있다고 들었소."

"맞습니다. 저도 북부총단으로 쳐들어갔을 때 본 적이 있지요. 하면 그 당시 상처 입은 고양이는 북부총단의 암귀로 부활했겠군요."

가르멜이 씨익 미소를 지었다.

컨이 고개를 끄덕여 동의했다.

"내 생각도 그러하오. 우리가 찾는 고양이는 틀림없이 암귀로 부활했을 것이오."

"하온데 컨 님, 이 이후 장면은 혹시 없습니까? 암귀로 부활한 고양이의 행적을 조금만 더 살펴볼 수 있으면 좋을 텐데요."

"없소."

컨이 씁쓸하게 고개를 가로저었다.

"나도 애를 써봤지만 두정안이 너무 과열되었소. 앞으로 3년 동안은 두정안을 열지 못할 것이고, 3년 뒤에도 이 영상을 연결해서 볼 수 있다고는 장담 못하오."

"저런!"

가르멜이 안타깝다는 듯 발을 굴렀다.

하지만 곧 기운을 차리고 벌떡 일어섰다.

"어쨌거나 컨 님께 큰 도움을 받았습니다. 탐색 범위를 암귀로 좁힌 것만 해도 엄청난 성과가 아닙니까? 이제야 좀 자신감이 생기는군요."

"하면 뒷일은 가르멜이 맡아주시구려."

"걱정 마십시오. 최선을 다해 고양이의 흔적을 찾아내겠습니다. 그래야 우리가 영생의 비밀을 풀고 진정한 신이 될 수 있을 테니까요."

가르멜은 '영생의 비밀을 풀어 진정한 신'이 된다는 말을 강조했다.

"그렇지! 영생의 비밀을 풀어야지!"

컨이 맞장구쳤다.

Chapter 2

미셸의 군막.

아로나와 스트라베, 샤피로가 미셸 앞에 빙 둘러 앉았다. 그 옆에는 훈데르트 백작과 모건 남작이 자리했다.

아로나를 바라보는 미셸의 표정은 딱딱했다.

아로나가 슬그머니 시선을 피했다. 스트라베도 눈을 내리깔았다. 그러자 미셸은 샤피로를 바라보았다.

"샤피로 경이 설명을 좀 해줘야겠어요. 내가 어쌔신을 보내 체켄을 저격했다고 하던데, 그게 사실인가요?"

"저는 알지 못하는 일입니다. 다만……."

"다만 뭐죠?"

미셸이 다그쳐 묻자 샤피로는 아로나를 가리켰다.

"다만 아로나의 명령을 받고 부르크 아성에 침투한 적은 있습니다. 바로 지난밤에 벌인 일이었습니다."

"아성에 침투했다고요? 훈데르트 백작, 이게 어찌된 일이

죠? 내게는 부르크 내성의 무기고와 식량창고를 급습하겠다
고 보고했잖아요.”

미셸의 시선이 훈데르트에게 꽂혔다.

충성심으로 똘똘 뭉친 노백작은 당황한 표정으로 아로나를
바라보았다.

아로나가 입술을 질끈 깨물며 고개를 숙였다.

미셸이 다시 다그쳤다.

“샤피로 경, 그래서 어떻게 되었나요? 경이 정말로 체켄을
해쳤나요? 내 손자 체켄을!”

미셸의 얼굴에는 분노가 가득했다. 샤피로는 미셸의 얼굴
안에서 손자를 걱정하는 평범한 할머니의 모습을 찾아내었다.

“마마, 답을 올리기 전에 제가 한 말씀만 여쭙겠습니다.”

“뭐죠?”

“제가 만약 체켄을 해쳤다고 하면 어찌하시겠습니까? 적의
수장을 해치웠다고 칭찬해 주시겠습니까, 아니면 손자를 해쳤
다고 벌하시겠습니까?”

체켄과 미셸은 개인적으로 손자와 할머니의 관계였다. 하지
만 공적으로는 서로 적이었다. 샤피로는 미셸에게 개인적인
감정이 우선인지, 아니면 공적인 관계가 우선인지를 물었다.

미셸은 선뜻 대답하지 못했다.

부하들이 모두 미셸의 입을 바라보고 있었다. 그녀의 대답
에 따라 향후 잘츠파의 방향이 정해질 분위기였다.

만약 미셸이 샤피로를 벌한다면 앞으로 앞장서서 체켄을 공격할 사람은 아무도 없을 것이다. 그러면 잘츠파는 큰 위기에 처할 터.

그렇다고 샤피로를 칭찬할 수도 없었다. 미셸은 대답 대신 두 손을 바르르 떨었다.

샤피로가 히죽 웃었다.

"마마의 마음은 잘 알았습니다. 하지만 안심하십시오. 체켄 도련님은 무사하십니다."

"그게 정말인가요? 하면 모건 남작의 보고는 무엇이죠?"

미셸이 모건을 돌아보았다.

모건의 보고에 따르면, 어째신이 아성에 침투해서 체켄에게 치명상을 입혔고 그 때문에 체켄의 생명이 오락가락한다고 하지 않았던가. 모건은 폰투스가 반쯤 미쳐서 쳐들어온 것도 체켄의 부상 때문이라고 보고했다.

한데 샤피로의 말은 정반대였다. 사람들이 모두 샤피로의 입을 주목했다.

샤피로가 피식 웃었다.

"제 말이 의심스러우시면 폰투스 남작에게 직접 물어보십시오. 제가 아성에 침투했던 것은 사실이지만, 안타깝게도 요인 암살에는 실패했으니까요."

"샤피로 경, 그렇다면 모건 남작이 내게 거짓 보고를 올렸다는 뜻인가요?"

미셸의 추궁에 샤피로가 고개를 가로저었다.

"그건 아닙니다. 단지 모건 남작님도 폰투스에게 속았을 뿐입니다."

"폰투스에게 속았다고요?"

"오늘 새벽, 저는 아성의 비밀통로를 통해 탈출을 했거든요. 한데 놀랍게도 그 비밀통로가 마마의 식물원으로 통하더군요."

"아!"

미셸이 짧게 탄성을 흘렸다.

아성의 비밀통로가 식물원으로 통한다는 사실은 부르크 가문 직계혈족들만이 알고 있는 비밀이었다. 샤피로가 그 점을 밝히자 미셸이 당황했다.

샤피로가 빠르게 말을 이었다.

"제가 비밀통로를 막 빠져나왔을 때 식물원 안에서는 요안나 마마와 폰투스 남작이 만나 은밀한 대화를 나누던 중이었습니다. 저는 나무 뒤에 숨어서 둘의 대화를 엿들었지요."

"그들이 뭐라던가요?"

"요안나 마마는 미셸 마마께 한 방 먹었다고 그러시더군요. 그리곤 이 빚을 반드시 갚아주고 싶은데, 그러자면 체켄이 저격을 받아 목숨이 오락가락한다는 소문을 내야 한다고 하시더라고요."

"왜죠? 그런 소문을 내서 얻을 것이 무엇이 있다고요?"

"요안나 마마는 거짓 소문 한 방으로 전세를 역전시킬 수 있다고 자신했습니다. 그리곤 이어서 이유를 설명했습니다. 만약 할머니가 친손자를 암살했다고 소문이 나보십시오. 부르크 백성들이 미셸 마마께 등을 돌릴 것 아닙니까? 요안나 마마는 이 점을 예상하고 거짓 소문을 지시했습니다."

"아아!"

미셸이 몸서리를 쳤다.

샤피로가 빠르게 말을 이었다.

"그리고 두 번째로 병사들의 사기 문제를 이야기하더군요. 조카의 부상에 분노한 폰투스가 잘츠파의 진영으로 쳐들어와서 한바탕 휘젓고 나면 잘츠파의 사기가 뚝 떨어질 것 아닙니까? 요안나 마마는 이 점도 염두에 두고 계시더군요."

"아아아!"

"어디 그뿐인 줄 아십니까? 요안나 마마는 거짓 소문을 통해 정당성을 확보하려 합니다. 잘츠파에서 어쌔신을 보내 체켄이 죽을 판이다. 그러니 우리도 암살자를 보내 잘츠나 미셸 마마를 치겠다. 그래도 백성들은 이해해 줄 것이다. 먼저 잘못을 한 쪽은 잘츠파니까! 식물원 안에서 요안나 마마는 이렇게 말했습니다."

"으아아!"

미셸이 손으로 이마를 짚었다.

샤피로가 결정타를 날렸다.

"그나저나 마마, 잘츠 도련님은 안전한 곳에 계십니까?"

"잘츠요? 그건 왜 묻죠?"

"제가 식물원에서 엿들은 바대로라면, 요안나 마마가 출동시킨 사람은 폰투스 남작 혼자가 아닙니다. 분명 폰투스에게 정예기사들을 붙여주었습니다. 그런데 막상 이곳에 와보니 폰투스만 보이더군요. 하면 나머지 기사들은 어디로 갔을까요?"

"아악! 우리 잘츠!"

미셸이 펄쩍 뛰었다.

훈데르트도 벌떡 일어나 소리쳤다.

"요론 요새! 요새에 계신 잘츠 도련님이 위험하다. SPR 총사들, 서둘러 달려가서 도련님을 보호하라."

"넵!"

아로나와 스트라베가 쏜살처럼 몸을 날렸다.

샤피로의 말은 사실로 드러났다.

아로나와 스트라베가 요새에 도착했을 때, 체켄파의 정예기사들은 이미 요새 안팎을 발칵 뒤집어 놓은 상태였다.

갑작스런 기습공격에 잘츠파의 기사들은 힘없이 무너졌다. 미셸이 마련해 놓은 방어막도 모두 뚫렸다.

그래도 다행히 잘츠는 죽지 않았다. 비밀 공간에 잘 숨어 있던 덕분이었다.

체켄파 기사들은 잘츠가 숨은 곳을 끝내 찾지 못했다. 그저 분풀이를 하듯 잘츠의 시녀들을 도륙했을 뿐이다.

"이놈들!"

분노한 스트라베가 체켄파 정예기사들을 향해 검을 휘둘렀다. 아로나는 마법 반지로 적들을 잠재웠다.

요론 요새 습격 사건은 그렇게 종결되었다.

잘츠가 무사하다는 소식에 미셸은 눈물을 흘렸다. 하지만 잘츠가 큰 충격을 받아 실어증에 걸렸다는 소식을 듣고는 털썩 주저앉았다.

그날 저녁 미셸은 폰투스를 찾았다.

신관들이 상처를 치료해 준 덕분에 폰투스는 목숨을 잃지 않았다. 하나 자리에서 일어날 수는 없어서 침대에 누운 채로 미셸을 맞았다.

"폰투스 남작!"

미셸을 보자 폰투스가 시선을 떨구었다.

"폰투스 남작, 나를 똑바로 보라. 한때 너의 안주인이었던 미셸이다. 나는 네가 어린아이였을 때부터 뒤를 돌보아주었고, 네게 글을 가르쳤고, 과자를 구어주었으며, 네 여동생을 며느리로 맞아들였던 사람이다. 그러니 나를 똑바로 보고 대답하라."

미셸이 옛날 일들을 들먹이자 폰투스는 괴로운 표정을 지었다.

"얼굴에 부끄러운 빛이 감도는 것을 보니까 그래도 아직 양심은 남아 있구나! 하면 거짓 없이 대답하라. 식물원에서 요안나가 뭐라고 하더냐? 멀쩡한 체켄을 반송장으로 꾸미라고 하더냐?”

“억!”

예상치 못한 질문을 받자 폰투스는 헛바람을 집어삼켰다.

눈썰미가 좋은 미셸이 그 표정 변화를 놓칠 리 없었다. 미셸은 손으로 이마를 짚었다.

“끄으응! 아니기를 바랐건만 정말이었구나! 요안나, 이 독한 것! 어찌 어미가 제 새끼의 목숨을 걸고 거짓 소문을 낸단 말인가!”

“마마!”

폰투스는 차마 얼굴을 들지 못했다.

미셸은 폰투스를 시뻘건 눈으로 노려보다가 마구 쏘아붙였다.

“이 나쁜 것들! 내가 너희들을 얼마나 아껴주었는데 이런 짓을 해? 어떻게 감히! 어떻게 감히! 너희들 때문에 잘츠는 실어증까지 걸렸어. 이 나쁜 것들아. 내가, 내가 어떻게 너희들을 용서하란 말이냐? 아아아!”

엄청난 분노와 실망감이 심장에 타격을 주었다. 미셸은 버럭버럭 고함을 지르다가 끝내 가슴을 쥐어뜯으며 쓰러졌다.

“마마님!”

주변의 시녀들이 깜짝 놀라 미셸을 부축했다.

“마마! 마마!”

훈데르트와 모건도 정신없이 달려왔다.

“어서 신관을 불러라! 마마께서 위독하시다!”

훈데르트가 미셸을 등에 업고 뛰었다.

모건과 시녀들이 그 옆에서 함께 달렸다.

홀로 방에 남겨진 폰투스는 한동안 멍하게 있다가 조그맣게 중얼거렸다.

“미셸 마마께서 나 때문에…….”

폰투스는 채 말을 끝맺지 못하고 눈을 감았다. 폰투스의 눈초리를 타고 눈물 한 방울이 굴러 떨어졌다.

이제 부르크 공작령의 내분은 새로운 국면으로 접어들었다. 체켄파의 거두 폰투스는 적의 포로로 잡혔고, 잘츠파에서는 미셸이 쓰러졌다.

Chapter 3

한 번 쓰러진 미셸은 쉽게 깨어나지 못했다. 치료 능력이 탁월한 신관을 10명 넘게 동원했지만 소용이 없었다.

1차 치료를 마친 뒤, 신관들 가운데 대표가 병실 밖으로 나와 조심스럽게 입을 열었다.

“아무래도 힘들겠습니다.”

"뭐라고?"

"험험! 원래 공작부인 마마님께서 지병이 있으신 데다, 이 번에 너무 큰 충격을 받아 치료가 쉽지 않습니다. 게다가 마마 님께서는 고령이시지 않습니까? 저희들도 최선을 다하겠습니 다만, 만일의 경우도 대비하십시오."

"야 이 자식들아! 너희들이 하는 일이 뭐야? 너희는 신관 아 니야? 신께 빌어서라도 마마를 살려내야지, 해보지도 않고 무 슨 그런 재수 없는 소리를 해? 마마께서 잘못되시기만 해봐 라. 네놈들은 다 죽을 줄 알아."

흥분한 훈데르트가 신관들의 멱살을 잡고 흔들었다.

신관들은 좀 더 최선을 다해 보겠다며 다시 병실로 들어갔 다. 그런다고 쓰러진 미셸이 일어나지는 못했다.

"마마! 마마!"

훈데르트가 병실 문턱에 엎드려 서럽게 울었다.

모건도 무릎을 꿇고 침통한 표정을 지었다.

"흑흑흑, 마마님!"

주변을 둘러싼 시녀들까지 함께 훌쩍이자 병실 안은 울음바 다로 변했다.

아로나와 스트라베는 사람들의 눈치를 보다가 슬그머니 병 실을 빠져나왔다.

회랑을 따라 걷는 동안 아로나의 표정은 어두웠다. 미셸이 쓰러진 것은 요안나와 폰투스 때문이지만, 근본 원인을 제공

한 사람은 아로나였다.

'내가 요인 암살을 계획하지 않았다면 폰투스가 쳐들어오지도 않았을 것이고, 마마께서도 쓰러지지 않으셨을 텐데……'

아로나는 강한 자책감에 휩싸였다.

그때 맞은편에서 샤피로가 다가왔다.

"여어, 아로나 님. 여기 계셨네요?"

"뭐지?"

아로나가 날카롭게 받아쳤다. 그녀가 이렇게 사납게 반응하는 이유는 샤피로에게 찔리는 바가 있기 때문이었다.

샤피로는 생글생글 미소를 지으며 말했다.

"지난밤에 아로나 님께 큰 선물을 받았습니다. 야아! 그런 선물을 주실 줄은 정말 생각도 못했는데, 어리석은 저를 일깨워주셔서 감사합니다."

"큼큼, 선물이라고? 그게 대체 무슨 소리야?"

아로나는 모르는 척 시치미를 떼었다.

샤피로가 낮은 목소리로 속삭였다.

"이거 왜 이러십니까? 지난밤에 제게 칼 쓰는 법을 알려주지 않으셨습니까? 어떻게 하면 눈 하나 깜짝 하지 않고 상대의 뒤통수를 찍을 수 있는지, 정말 온몸으로 화끈하게 배웠습니다. 그러니 기대하십시오. 선물을 받았으면 마땅히 보답을 해야겠지요."

"뭐야?"

아로나가 얼굴을 찌푸렸다.

스트라베가 냉큼 나서서 아로나의 앞을 가로막았다.

"이봐! 지금 무슨 소리를 하는지 모르겠는데, 지난밤에는 나와 아로나도 탈출하느라 정신이 없었어. 그런데 무슨 칼 쓰는 법을 배웠다고 난리인가? 우리 SPR 총사들과 다시 한판 붙어보겠다는 뜻인가?"

"이야아, 스트라베 님이 그렇게 정색을 하면서 위협하니 등이 오싹하네요. 이거 무서워서 얼른 가봐야겠습니다."

샤피로는 짐짓 엄살을 떨면서 자리를 피했다. 하지만 뼈 있는 말 한마디를 잊지 않고 던졌다.

"아로나, 너라면 알지 모르겠다. 암흑교단의 종자들이 얼마나 질기고 무서운지를 말이야."

한 걸음 내딛는 사이에 샤피로의 분위기가 확 돌변했다. 지금까지 샤피로는 누구에게나 예의바르고 꼬박꼬박 존댓말을 쓰는 훈훈한 성기사였는데, 굳은 얼굴로 반말을 하자 사나운 눈보라가 휘몰아치는 듯했다.

"읏!"

아로나의 몸이 멈칫 굳었다.

샤피로는 천천히 아로나의 옆을 스쳐지나가면서 입 꼬리를 살짝 비틀었다.

"아로나, 네 마법의 뿌리가 무엇인지 대충 눈치 챘으니까 그렇게 내숭떨 것 없어. 너라면 잘 알거야. 암흑교단의 종자들

이 얼마나 독한지를 말이야. 한데, 우리 성기사들은 그 독한
암흑교단과 계속 싸워왔거든. 그 독한 놈들의 약점을 악착같
이 찾아내서 쑤시고 또 쑤시고, 박살내고 또 으깨 버리고! 한
마디로 말해서 끝장을 볼 때까지 물고 뜯어서 결국 이겼거든.
그 실력을 네게 보여주지.”

그 말을 끝으로 샤피로는 멀어졌다.

“샤피로……!”

아로나와 스트라베는 돌이 된 것처럼 그 자리에서 꼼짝을
못했다.

샤피로가 복귀했다는 소식에 롬바가 찾아왔다.

“샤피로, 자네!”

롬바는 부들부들 떨리는 눈으로 샤피로를 훑어보았다. 그
뜨거운 눈빛이 부담스러운 듯 샤피로는 뒤통수를 긁었다.

“이 사람, 무사했구먼!”

롬바가 달려와 샤피로를 와락 끌어안았다. 롬바는 샤피로의
어깨를 붙잡아 흔들며 자세한 것을 물었다.

“대체 어떻게 탈출한 거야? 나는 새벽이 되어도 자네가 약
속 장소로 오지 않기에 무언가 크게 잘못되었다고 생각했어.”

“정말로 큰일을 치를 뻔했지요. 다시 생각해 보면 아찔합니
다.”

“그랬구나! 이야, 그래도 이게 어디야? 다치지 않고 무사히

탈출을 했으니 다행이다. 정말 다행이야.”

롬바의 말에는 진심이 느껴졌다. 그 마음을 잘 알면서도 샤피로는 짓궂은 미소를 지었다.

“그나저나 롬바 님.”

“왜 그러나?”

“솔직히 섭섭합니다. 최소한 롬바 님께서는 저를 기다려주실 것이라 믿었거든요. 롬바 님도 알다시피 제가 지독한 방향치 아닙니까? 그런 저를 적진에 버리고 가지는 않으실 것이라 굳게 믿었지요.”

“그, 그건!”

당황한 롬바가 말을 더듬었다.

샤피로는 눈을 초승달 모양으로 만들며 계속 몰아쳤다.

“그런데 막상 약속 장소에 가보니까 아무도 없더라고요. 저는 롬바 님께서 아직 탈출을 못하셨구나 싶어서 다시 식량창고로 달려갔습니다. 그러다가 체켄파 놈들에게 붙잡혀 죽을 뻔했지요.”

“샤피로!”

롬바가 울상을 지었다.

식량창고로 다시 달려갔다는 샤피로의 말은 거짓이었다. 하나 순진한 롬바는 그 말을 철석같이 믿었다.

샤피로가 빠르게 덧붙였다.

“그러다 어찌어찌 다시 도망쳐서 원래 약속 장소에 왔는데,

성벽에 발자국이 3줄 나 있지 뭡니까?"

"헙!"

롬바가 손으로 자신의 입을 틀어막았다.

샤피로의 얼굴에 맺힌 짓궂은 미소가 더욱 짙어졌다.

"롬바 님, 그 발자국 가운데 하나는 얍삽한 아로나의 것이었고, 다른 하나는 돼지 같은 스트라베의 것이었어요. 그리고 마지막 발자국은 제가 철석같이 믿었던 분의……."

"그만!"

롬바가 샤피로의 입을 틀어막았다.

샤피로가 롬바의 손을 피해 머리를 흔들자 롬바는 진땀을 흘리며 애걸했다.

"샤피로, 내가 잘못했네. 자네를 구하려 아성으로 달려갔어야 했는데, 그만 그릇된 판단으로 나 혼자 도망쳤어. 자네가 방향치라는 사실을 잠시 잊었다고."

"롬바 님, 정말 서운합니다."

"크흐흑! 정말 미안하네. 내가 죽을죄를 지었으니 제발 한 번만 봐주게. 배신자라고 낙인이 찍히면 나는 성기사로 살아갈 수가 없어."

"그야 그렇지요. 우리 성기사들의 제1덕목은 신앙심이고, 제2덕목은 여왕에 대한 충성심이고, 세 번째는 의리 아닙니까?"

"아아아, 내가 정말 잘못했네. 이렇게 싹싹 빌 테니 용서해

주게."

롬바는 실제로 싹싹 비는 시늉을 했다.

그 모습에 샤피로가 활짝 웃었다. 쩔쩔 매는 롬바의 행동이 재미있어서 웃었고, 다른 한편으로는 '앞으로 당분간은 롬바와 함께 지내야 할 터인데 이렇게 약점을 잡아놓았으니 활동하기 편하게 되었구나.'라는 생각도 들었다.

Chapter 4

'며칠 전 미셸 마마께서 어쌔신을 보내 체켄 도련님께 치명상을 입혔다. 체켄 도련님께서는 목숨이 위중하시다.'

요안나가 퍼뜨린 소문이 부르크 공작령을 강타했다. 백성들이 화들짝 놀랐다.

바로 뒤이어 두 번째 소문이 나돌았다.

'화가 잔뜩 난 폰투스 남작이 미셸 마마의 진영으로 쳐들어갔다더라. 그러다 그만 젊은 성기사에게 패해서 포로로 붙잡혔다.'

이 소문은 잘츠파 병사들로부터 시작되었는데, 사실로 드러나자 체켄파 진영이 통째로 술렁였다. 체켄파의 병사들은 남부 지방 제1의 검수가 애송이 성기사에게 패했다는 말에 큰 충격을 받았다.

그 와중에 세 번째 소문이 돌았다.

'미셀 마마께서 쓰러지셨단다. 알고 봤더니 어쌔신을 파견한 것은 마마의 뜻이 아니었다더라. 오히려 마마께서는 체켄 도련님의 부상 소식에 충격을 받아 큰 병을 얻으셨다.'

체켄! 폰투스! 미셀!

부르크의 주요 인물들이 불과 하루 만에 저격을 당하고, 포로가 되고, 또 쓰러졌다. 도시 전체가 요동쳤다.

성 안팎엔 팽팽한 긴장감이 감돌았다. 체켄파와 잘츠파는 비상사태를 선포한 채 서로를 향해 창끝을 겨누었다. 당장 오늘이라도 큰 전쟁이 터질 분위기였다.

그렇게 양측이 대치하는 가운데 새로운 변수가 등장했다. 고르도 제국을 다스리는 버힐 4세가 진흙탕 싸움에 끼어든 것!

머나먼 북쪽 수도에서 출발한 황제의 전령은 하피(몸통은 희고 눈은 4개에 머리는 황금빛 깃털로 뒤덮인 날짐승. 고르도 제국의 황제는 하피를 부려 제국 각지에 황명을 전달한다.)를 타고 부르크 공작령으로 날아왔다.

하피는 한쪽의 길이만 3미터에 이르는 거대한 날개를 펄럭이며 부르크 내성 연병장에 내려앉았다.

땅에 내려선 하피가 푸드덕, 푸드덕 날갯짓을 할 때마다 연병장에 돌풍이 몰아쳤다. 체켄파 기사들이 부랴부랴 달려왔다.

하피의 등 뒤에서 황금빛 갑옷을 입은 전령이 뛰어내렸다.

"황제 폐하의 뜻이다!"

전령은 황제의 뜻이 담긴 황금빛 두루마리를 높이 치켜들었다.

"충성!"

체켄파의 기사들이 일제히 무릎을 꿇었다.

전령은 위엄 가득한 눈빛으로 기사들을 둘러본 뒤, 우렁찬 음성으로 명을 전했다.

"여기 황제 폐하의 뜻을 가져왔다. 부르크 가문의 후계자들은 당장 모여 폐하의 뜻을 경청하라!"

황제가 전령을 보냈다는 소식은 곧 요안나의 귀에 들어갔다.

요안나를 섬기는 시녀장이 발을 동동 굴렀다.

"마마, 어찌합니까? 전령이 부르크의 후계자를 부르고 있습니다. 체켄 도련님을 밀실에서 빼내올까요?"

지금 체켄은 밀실에 숨어 지내는 처지였다. 어쌔신에게 저격을 당해 쓰러졌노라고 거짓 소문을 낸 판국이니 멀쩡한 모습을 보일 수도 없고, 그렇다고 황제가 보낸 전령을 무시할 수도 없고, 시녀장은 애가 탔다.

요안나가 시녀장을 나무랐다.

"정신 사나우니까 그렇게 호들갑 떨지 마라. 입 닥치고 밖에 나갈 채비나 해. 내가 직접 나가서 전령을 만나볼 것이니라."

요안나의 말에 시녀장이 입을 꾹 다물었다. 시녀장은 시녀들을 불러 화려한 의복을 대령하고 화장품을 준비했다.

요안나는 무려 2시간에 걸쳐서 정성껏 화장했다.

한편으로 심복을 불러 귓속말을 전했다.

심복이 고개를 끄덕이며 방에서 물러났다. 화장대 앞에 홀로 앉은 요안나는 거울을 보면서 생긋 웃었다.

"오라버니가 없어서 잘츠파에게 눌릴 판이었는데, 마침 좋은 기회가 왔지 뭐야. 폐하의 전령을 잘만 이용하면 불리했던 전세를 단숨에 뒤집을 수 있겠어. 호호호!"

기분이 좋아졌는지 요안나는 흥얼흥얼 노래를 읊었다.

요안나가 곱게 단장을 하는 사이, 체켄파의 기사 1명이 성 밖으로 나가 잘츠파 진영을 방문했다.

"황제의 전령이 내성에 와 있으니 부르크 가문의 후계자는 황명을 들으러 오시오."

기사는 잘츠파의 목책 앞에 서서 이렇게 외쳤다.

잠시 후 훈데르트의 군막에서 비상회의가 소집되었다. 잘츠파의 핵심 인물들이 군막에 모여들었다.

훈데르트가 먼저 입을 열었다.

"하피가 내성에 내려앉았다는 소식은 이미 첩자를 통해 보고받지 않았소? 세상에서 황금빛 하피를 부리는 곳은 제국 황실뿐! 제국의 그 누구도 감히 황제 폐하의 전령을 조작할 수는

없소. 그러니 당장 잘츠 도련님을 모시고 내성으로 가봅시
다."

모건이 동의했다.

"저도 백작님 말씀이 옳다고 생각합니다. 요안나 마마가 비
록 살벌한 분이기는 하나, 감히 폐하의 명을 사칭해서 음모를
꾸미지는 못할 것입니다. 그러니 내성에 가서 폐하의 뜻을 경
청하는 것이 신하된 도리라고 봅니다."

여기서 잠시 호흡을 끊은 뒤, 모건은 훈데르트에게 고개를
돌렸다.

"단, 만약의 사태를 대비할 필요는 있습니다. 훈데르트 백
작님, 잘츠 도련님의 곁에 호위를 붙여주십시오."

"물론이오. SPR 총사 가운데 4명을 붙이겠소."

"그것만으로는 부족합니다."

모건은 대뜸 고개를 가로저었다.

훈데르트가 눈썹을 찌푸렸다.

"부족하다고? 모건 남작, 지금 SPR 총사들의 실력을 의심
하는 것이오?"

"제가 어찌 총사들의 실력을 의심하겠습니까? 다만 총사 4
명으로는 아군의 핵심 인물들을 모두 경호하기에 벅차다는 생
각입니다."

"핵심 인물이라?"

"훈데르트 백작님, 설마 내성에 잘츠 도련님만 들여보낼 생

각은 아니시지요? 미셸 마마께서 계시지 않으니 도련님의 후
견인 역할을 할 사람이 필요합니다. 게다가 도련님은 실어증
에 걸리셨다가 겨우 회복된 상황 아닙니까? 훈데르트 백작님
께서는 마땅히 동행을 하셔야 할 터이고, 여차하면 저도 가야
합니다. 그럼 SPR 총사 4명이 요인 3명을 경호하는 꼴이니까
부족하지요."

"으음!"

훈데르트는 잠시 고개를 숙였다.

생각해 보니 모건의 말이 옳았다. 요인 3명을 안전하게 보
호하려면 경호원의 수는 최소한 그 2배가 필요했다.

'SPR 총사는 모두 6명! 숫자는 맞는데 니케아와 몬테로의
부상이 문제군. 그렇다고 그들 대신에 일반 기사들을 데려갈
수도 없고……'

일반 기사와 SPR 총사의 실력은 하늘과 땅만큼이나 차이가
컸다. 일반 기사 수십 명이 힘을 합쳐도 SPR 총사 1명만 못했
다.

그렇다고 황제의 전령을 만나러 가면서 수백 명의 병력을
동원할 수도 없는 일. 훈데르트는 이마에 깊은 고랑을 만들었
다.

모건이 아이디어를 내었다.

"백작님, 성기사들을 동원하면 어떨까요?"

"성기사? 그들은 외지인이 아니오."

훈데르트가 시큰둥한 표정을 지었다. 훈데르트는 외지인에게 중요한 임무를 맡기는 것이 싫었다. 하지만 모건의 생각은 달랐다.

"외지인이면 어떻습니까? 잘츠 도련님만 안전할 수 있다면 외지인의 힘이라도 빌려야지요. 게다가 성기사들의 실력은 상당히 뛰어납니다. 얼마 전에 폰투스 남작을 쓰러뜨린 자도 바로 성기사가 아닙니까."

"으으음!"

훈데르트의 입술 사이로 무거운 신음이 흘러나왔다. 자존심에 상처를 받은 탓이었다.

얼마 전 폰투스가 잘츠파 진영으로 쳐들어왔다.

당시 폰투스는 모두의 예상을 뛰어넘는 무서운 무력을 선보였고, SPR 총사 2명을 너끈히 해치웠다.

한데 솜털 보송보송한 애송이 성기사가 나타나 폰투스를 무참히 격파해 버렸다.

'부르크 최강의 검수가 한낱 애송이 성기사에게 패하다니, 세상에 이런 망신이 또 어디 있담! 우리 부르크에 그렇게 인재가 없었단 말인가!'

훈데르트는 모몬, 몬테로 형제가 폰투스에게 진 것보다, 폰투스가 샤피로에게 패한 것이 더 마음에 들지 않았다.

그렇다고 샤피로를 멀리할 수도 없었다. 만약 성기사들이 체켄파와 손을 잡으면 그야말로 큰일이었다.

훈데르트가 계속 침묵하자 모건이 한 번 더 운을 떼었다.

"백작님, 어서 결정을 내리시지요. 어찌하시렵니까? 성기사들을 부를까요?"

"그러시구려. 자존심이 상하기는 하지만 어쩌겠소? 일단 성기사들의 힘을 빌릴 수밖에."

훈데르트는 마지못해 동의했다.

모건이 부관을 보내 성기사들을 불러오라고 시켰다. 한편으로는 시녀를 부려서 잘츠도 모셔왔다.

그사이 훈데르트는 아로나와 스트라베, 모몬, 타베스를 불렀다. 니케아와 몬테로는 부상이 심해서 부르지 않았다.

잠시 후 SPR 총사들이 군막 안으로 들어왔다.

이어서 샤피로와 롬바가 모습을 보였다.

샤피로가 막사 안에 들어오자 아로나가 흠칫 인상을 찌푸렸다. 샤피로는 아로나에게 눈길도 주지 않았다.

잘츠는 가장 마지막에, 그것도 겁에 잔뜩 질린 얼굴로 나타났다. 훈데르트가 벌떡 일어나 잘츠를 반겼다.

"도련님, 어서 오십시오."

"후, 훈데르트 백작님······."

잘츠가 훈데르트의 팔에 매달려 와들와들 떨었다. 실어증에서 막 회복된 터라 말투도 어눌했다.

"도련님!"

잘츠의 나약한 모습에 훈데르트가 혀를 찼다. 모건도 속으로 한숨을 내쉬었다. 그들은 솔직히 잘츠가 불쌍했다.

잘츠는 어린 나이에 부모를 잃었고, 배다른 형과는 적이 되었으며, 계모와는 원수 사이였다. 게다가 최근에는 할아버지인 부르크 공작이 세상을 떠났고, 이어서 할머니인 미셸마저 정신을 잃었다.

10살 꼬맹이가 이 모든 가혹한 일들을 견뎌야 하니 불쌍할 수밖에.

'설령 그렇다고 해도 기운을 내셔야지. 장차 부르크 가문을 물려받으실 분이 이렇게 나약해서는 곤란해.'

훈데르트는 잘츠를 살살 달래 중앙 의자에 앉혔다. 그 다음 자신은 잘츠의 오른편에 앉았고, 모건에게는 왼쪽 자리를 내주었다.

SPR 총사 4명과 샤피로, 롬바가 그 앞에 일렬로 섰다.

훈데르트가 인사를 시켰다.

"장차 부르크의 공작이 되실 잘츠 도련님이시다. 다들 무릎을 꿇어라."

"도련님을 뵙습니다."

SPR 총사들이 잘츠 앞에 무릎을 꿇었다.

훈데르트가 잘츠의 귀에 대고 속삭였다.

"도련님, 저들을 향해 홍옥 반지를 내미십시오."

잘츠는 약간 머뭇거리다가 손가락에 낀 반지를 앞으로 내밀었다.

이 홍옥 반지는 어린아이가 착용하기에는 너무 커서 손가락 위에서 겉돌았는데, 바로 미셸이 잘츠에게 준 선물이었다. 반지 중앙에 박힌 커다란 홍옥은 부르크 가문의 외교력을 상징했다.

SPR 총사들은 1명씩 앞으로 나가 한쪽 무릎을 꿇고는, 홍옥에 입을 맞추었다.

반지에 입을 맞추는 것은 충성을 맹세한다는 뜻이었다. 스트라베, 모몬, 아로나, 타베스는 차례로 맹세 의식을 거행했다.

다음은 성기사 차례.

훈데르트는 의자에서 일어나 잘츠의 옆에 선 다음, 고리눈으로 성기사들을 바라보았다. 훈데르트의 눈빛은 '내가 잘츠의 후견인이니 군소리 말고 나와서 충성을 맹세하라.' 라는 의지가 역력했다.

"롬바 님, 먼저 하십시오."

샤피로가 롬바의 옆구리를 찔렀다.

롬바가 입술을 부루퉁 내밀었다.

"싫어! 내가 왜 저 꼬맹이에게 충성 맹세를 해? 나는 어디까지나 동교국 여왕 폐하의 신하라고."

"그래도 부르크에서 광휘단 활동을 하려면 어쩔 수 없지 않습니까. 큰 의미를 두지 말고 그냥 하세요."

"젠장! 젠장!"

롬바가 투덜투덜 앞으로 나갔다. 엉거주춤하게 허리를 숙여 홍옥 반지에 입을 맞추는 롬바의 태도는 하기 싫은 것을 억지로 한다는 티가 팍팍 났다.

훈데르트가 노여운 표정을 지었다.

그 화가 폭발하기 전에 샤피로가 나섰다. 샤피로는 한껏 부드러운 표정으로 잘츠 앞에 서더니, 절도 있게 한쪽 무릎을 꿇고 반지에 입을 맞추었다.

"크흐흠!"

훈데르트의 굳었던 안색이 약간 풀렸다.

모건도 호의적인 눈빛으로 샤피로를 관찰했다.

며칠 전 제2목책 앞에서 벌어졌던 싸움을 지켜본 이후로 모건은 샤피로에게 부쩍 호감을 느끼는 중이었다.

'참 보기 드문 젊은이야. 무력도 뛰어나고, 공정하고, 반듯하고. 우리 영지에도 저런 인재가 넘쳤으면 좋겠는데 말이야.'

모건이 이런 생각을 하는 사이, 훈데르트는 호위를 배정했다.

"아로나와 스트라베."

"네."

"너희가 도련님을 모셔라. 부르크 성 안에서 혹시라도 불미스러운 일이 벌어질지 모르니 정신 바짝 차려야 한다."

"알겠습니다."

아로나가 무릎을 살짝 굽히며 대답했다.

아로나를 떠난 훈데르트의 시선이 모몬과 타베스에게 향했다.

"모몬, 타베스."

"말씀하십시오."

"너희는 나를 호위한다. 하지만 만약에 무슨 문제가 생기면 나보다는 도련님을 먼저 챙겨라. 알겠느냐?"

"명을 따르겠습니다."

모몬이 굵은 목소리로 답했다.

타베스는 대답 대신 짧게 고개만 끄덕였다.

'타베스!'

샤피로는 타베스를 곁눈질했다. 해시시 길드 총단에서 타베스와 싸운 것이 벌써 한 달 전인데, 그 느낌이 아직까지 생생해서 마치 어제 일 같았다.

'SPR 총사들 가운데 타베스가 가장 강해. 모몬과 몬테로 형제는 말할 것도 없고, 니케아. 스트라베, 모두 타베스의 상대가 아니야.'

샤피로는 SPR 총사들을 쭉 훑으면서 생각했다. 샤피로의 눈이 아로나에게 멎었다.

'아로나가 그나마 낫긴 하지. 하지만 막상 그녀도 타베스와 싸우면 얼마 버티지 못하고 피를 토할 거야.'

샤피로는 타베스의 압승을 점쳤다.

때마침 타베스가 샤피로를 돌아보았다. 210센티미터의 거구가 내려다보자 그 위압감이 대단했다.

샤피로는 멀뚱멀뚱 타베스를 올려다보았다. 두 사람의 눈이 허공에서 마주쳤다.

처음에 타베스는 샤피로를 알아보지 못했다. 하지만 곧 기억을 해내고는 벼락처럼 다시 고개를 돌렸다.

'너는 그때 그놈?'

타베스의 눈은 이렇게 묻고 있었다.

샤피로는 대답 대신 한쪽 눈을 깜빡였다.

"응?"

갑자기 날아온 윙크에 타베스가 입을 딱 벌렸다. 기가 막혀 말이 나오지 않은 것. 하지만 얼마 지나지 않아 타베스의 눈에 살기가 어렸다.

'저 애송이는 내가 스파이크 쉴드를 사용하는 장면을 목격했어. 한데 저놈이 바로 광휘단의 성기사였단 말이지? 그렇다면 반드시 죽여서 입을 막아야겠구나. 그래야 샤늘루루 님께 피해가 가지 않지.'

타베스는 샤피로를 죽이기로 결심했다.

그 서슬 퍼런 마음을 아는지 모르는지 샤피로는 담담했다.

훈데르트가 샤피로를 불렀다.

"다음은 성기사 샤피로."

"네."

"자네는 롬바와 함께 모건 남작을 호위하게. 남작을 무사히 지키는 것이 자네들의 임무이니 한 치의 소홀함도 없어야 할 것이야."

"최선을 다하겠습니다."

샤피로는 짧게 대답한 다음, 롬바에게도 통역해 주었다.

롬바가 조그맣게 투덜댔다.

"쳇! 부르크 놈들은 정말 마음에 안 들어. 왜 자꾸 우리에게 뭘 시키고 지랄이야? 우리가 지들 부하야 뭐야."

제7화
폭풍!

Chapter 1

두두두두—!

장미 깃발을 매단 마차 1대가 도로를 질주했다. 화려한 마차 안에는 잘츠와 훈데르트가 탔다.

모건은 마차 옆에서 말을 달렸다.

아로나와 스트라베, 모몬, 타베스, 샤피로, 롬바가 그 뒤를 쫓았다.

행렬의 후미에는 잘츠파의 기사들이 위치했다. 기사들은 부르크 가문을 상징하는 장미 깃발을 들고 4열종대로 열을 맞췄는데, 그 수가 무려 80명에 달했다.

"워워워!"

　부르크 성문 앞에서 마부가 말고삐를 잡아당겼다. 마차는 해자를 코앞에 두고 부드럽게 멈췄다.

　허리에 나팔을 찬 기사 1명이 앞으로 튀어나왔다. 기사는 성벽 위를 향해 힘차게 소리쳤다.

　“당장 도개교를 내려라. 부르크 가문의 후계자이신 잘츠 도련님께서 황제 폐하의 뜻을 받들기 위해 오셨느니라.”

　성벽 위의 수비병들이 잠시 머뭇거리다가 외성 수비대장을 불러왔다.

　기사는 외성 수비대장을 향해 “잘츠 도련님이 오셨다.”는 말을 반복했다. 수비대장이 서둘러 도개교를 내렸다.

　넓고 튼튼한 다리가 만들어지자 마부는 그 위로 마차를 몰았다. 모건을 비롯한 80명의 기사들도 열을 맞춰 도개교를 건넜다.

　잘츠파가 성에 들어왔다는 소문은 금세 퍼졌다. 백성들은 집 안에 숨어서 잘츠의 마차를 훔쳐보았다. 마차는 백성들의 눈길을 받으며 달렸다.

　좁고 가파른 길을 따라 한참을 지나자 내성이 보였다.

　내성 성문 앞에서 나팔을 찬 기사가 또 튀어나왔다.

　“부르크 가문의 후계자이신 잘츠 도련님께서 오셨느니라. 황제 폐하의 뜻을 받들기 위해 먼 길을 오셨으니 서둘러 문을 열어라!”

　기사의 말이 떨어지기 무섭게 가파른 언덕 위에서 쿠르릉

소리가 울렸다. 도르래에 감겨 있던 쇠사슬이 풀리는 소리였
다.

　잠시 후, 쇠사슬이 모두 풀려 다리가 놓였다.

　마부는 능숙하게 마차를 몰아 2중도개교 위로 올라섰다.

　이곳 내성의 도개교는 폭이 좁아서 마차 1대가 겨우 지나갈
만했다. 모건이 마차 앞으로 나와서 만일의 사태에 대비했다.
모건의 호위를 맡은 샤피로와 롬바도 어쩔 수 없이 선두로 나
섰다.

　마차는 천천히 도개교를 건너 성문 입구에 섰다.

　입구는 나무창살 덧문으로 막혀 있었다. 나무창살 안에 내
성 수비대장의 모습이 보였다.

　모건이 다가갔다.

　"수비대장, 오랜만이오."

　"모건 남작님, 오랜만에 뵙습니다."

　수비대장은 정중하게 모건을 맞았다. 수비대장을 대하는 모
건의 태도도 부드러웠다. 둘은 서로 안면이 있는 사이였다.

　모건이 수비대장에게 문을 열어줄 것을 요구했다.

　"어서 문을 열어주시구려. 잘츠 도련님께서 폐하의 전령을
만나러 오셨소."

　"물론 문이야 열어드리겠습니다만, 뒤따라온 기사들을 모
두 들여보낼 수는 없습니다. 제 사정도 헤아려주십시오."

　수비대장은 병력의 제한이 먼저라고 맞섰다.

예상했던 일이었다. 적 병력을 아무런 조치도 없이 성 안으로 들일 리는 없었다. 모건이 손가락 3개를 폈다.

"기사 30명. 이 정도면 적당할 것 같은데, 어떻소?"

"곤란합니다."

내성 수비대장은 단칼에 거절했다.

모건이 따졌다.

"허어! 기사 30명은 잘츠 도련님을 호위하기 위한 최소한의 병력이오. 그 옛날 세상이 어지러워 영지전이 한창일 때도, 사신의 호위를 위해 기사 30명의 입성을 허락했었소. 그 관례를 지켜주기를 바라오."

"좋습니다. 하면 SPR 총사들을 빼고 기사 30명만 안으로 들이시지요.

"뭐요?"

"솔직히 SPR 총사들은 일당백의 용사들이어서 저희들도 더 부담스럽습니다. 차라리 일반 기사 30명을 들이는 편이 낫습니다."

수비대장은 아쉬울 것 없다는 투로 이야기했다.

모건이 한 발 물러섰다.

"그럼 이렇게 합시다. 수비대장이 한 번 허용 가능한 숫자를 말해 보시오. 우리가 거기에 맞춰보겠소."

"잘츠 도련님을 포함해서 총 12분! 이 이상은 절대 안 됩니다."

총 12명이 입성할 수 있단다. 하면 잘츠, 훈데르트, 모건을 제외하고도 9자리가 남는다. 마부를 빼고 8명의 호위를 붙일 수 있다는 뜻이다.

원래 모건은 호위 여섯을 예상했었는데, 그보다 2명이 더 많았다.

"내 한번 도련님과 의논해 보리다."

모건이 말머리를 돌려 마차로 다가왔다.

훈데르트는 기다렸다는 듯이 마차 창문을 열고 협상 결과를 물었다. 모건은 손가락 8개를 펼쳐보였다.

"호위 8명?"

"그렇습니다. 애초에 6명을 예상했는데, 이 정도면 양호합니다."

"끄응! 생각 같아서는 더 많은 병력을 데리고 들어가고 싶지만, 여기서 시간을 끌 수는 없지. 모건 남작, 일단 저들의 뜻을 받아들입시다. 대신 마부를 빼고 기사 1명을 마부로 위장시키면 호위가 9명이 되지 않겠소?"

"좋은 생각이십니다."

모건은 SPR 총사들과 성기사, 그리고 기사 3명을 호위로 선발했다. 기사들 가운데 1명은 마부로 위장시켰다. 모건이 호위를 뽑은 기준은 실력이었다.

호위 선발을 마친 뒤, 모건은 다시 수비대장에게 다가갔다.

수비대장이 물었다.

"12명을 정하셨습니까?"

"그렇소. 여기 명단이 있소. 확인해 보시구려."

확인을 마친 뒤, 내성 수비대장은 덧문을 열 것을 명했다.

나무 덧문이 쿠르릉 소리를 내면서 위로 올라갔다. 잘츠를 태운 마차는 성문을 통과해 내성 안으로 진입했다.

모건을 태운 말이 앞을 스쳐지나갈 때, 수비대장이 속삭이듯 인사를 던졌다.

"모건 남작님, 제 입장을 헤아려주셔서 고맙습니다."

"별말씀을."

모건은 투구의 앞가리개를 살짝 치켜들며 인사를 받았다.

연병장에 도착하자 가장 먼저 하피가 눈에 들어왔다.

한쪽 날개 길이만 3미터가 넘는 이 커다란 날짐승은 황금빛 대가리를 꼿꼿이 세운 채 지상을 굽어보는 중이었다.

훈데르트는 마차 밖으로 머리를 내밀고 감탄했다.

"과연 새 중의 으뜸이로구나! 황제 폐하를 상징하는 날짐승다워!"

훈데르트뿐만이 아니었다. 나머지 사람들도 입을 쩍 벌린 채 하피로부터 눈을 떼지 못했다. '황제의 새'라는 별명답게 하피의 모습은 장관이었다. 휘황찬란한 금빛 깃털도 대단했고, 유리알처럼 번들거리는 4개의 눈도 위엄이 가득 넘쳤다.

롬바가 샤피로의 귀에 속삭였다.

"저게 바로 하피구나! 그동안 소문은 많이 들었는데, 실제로 보니까 느낌이 또 새롭네. 샤피로, 자네는 어떤가? 전에 하피를 본 적이 있나?"

"아닙니다. 저도 이번이 처음입니다."

샤피로는 고개를 가로저었다.

하지만 속마음은 달랐다.

'분명히 언젠가 본 적이 있어. 기억은 나지 않지만 전생에 언제인가 저 새를 본 적이 있다고.'

단지 본 정도가 아니었다. 샤피로는 하피의 등에 직접 올라타고 저 높은 창공을 훨훨 날았던 느낌을 떠올렸다. 날갯짓 한 번에 바람을 가르고, 산을 넘고, 저 먼 동해 바다를 헤집고 다니는 장면이 상상되었다.

그 짜릿한 비행의 순간을 상상하는 것만으로도 가슴이 벅찼다.

샤피로가 잠시 황홀감에 젖어 있는 사이, 주변에 사람이 모였다.

척척척!

체켄파 기사들 40명이 2열로 걸어 들어와 하피 앞에 멈춰섰다. 기사들 사이로 붉은 양탄자가 또르르 굴러 길을 만들었다.

"요안나 마마께서 납시십니다."

시녀장이 양탄자 옆에 서서 아뢰었다.

요안나는 장미꽃잎처럼 붉은 양탄자를 밟으며 사뿐사뿐 입장했다. 그녀의 연분홍빛 드레스는 양탄자와 잘 어울렸다. 요안나의 뒤에는 시녀 4명이 따라붙어 주인의 드레스 자락을 들었다.

요안나는 곧장 하피의 앞까지 걸어오더니 매혹적인 얼굴로 하피를 올려다보았다. 그리곤 주변을 한 바퀴 빙 둘러보다가 잘츠의 마차에 시선을 고정했다.

"잘츠, 왔니?"

요안나는 자식을 대하는 어머니처럼 다정하게 말을 걸었다.

마차의 문이 빼꼼 열리고, 잘츠가 얼굴을 내밀었다.

요안나는 잘츠를 향해 환한 미소를 내비쳤다.

"흡!"

잘츠가 깜짝 놀라 다시 마차 안으로 숨었다.

요안나는 부드럽게 잘츠를 불렀다.

"잘츠, 부끄러움이 많은 것은 여전하구나. 그래도 언제까지 그 안에 있을 셈이니? 어서 이리 나오너라."

요안나의 청에도 불구하고 잘츠는 마차 밖으로 나오지 않았다. 봄의 여신처럼 아름다운 요안나의 미소 뒤에 얼마나 냉혹한 얼굴이 숨어 있는지, 잘 알기 때문이었다. 그래서 발이 떨어지지 않았다. 오줌이 마려웠다.

잘츠가 마차 안에서 사타구니를 움켜쥔 채 발을 동동 구르는 동안, 요안나는 턱을 살짝 들고 기다렸다.

그러다 부드러운 음성으로 한 번 더 권했다.

"잘츠, 어서 나오너라. 폐하의 전령이 너를 기다리고 있어."

보다 못해 훈데르트가 나섰다. 훈데르트는 마차 문을 열고 손을 내밀었다.

"도련님, 제 손을 잡으십시오. 부축해 드리겠습니다."

"싫어요. 싫어요. 나가지 않을래요. 훈데르트 백작님, 전 요안나가 무서워요. 제발 저를 마차 밖으로 내보내지 말아주세요. 흑흑흑."

잘츠는 눈물을 흘리며 사정했다.

훈데르트는 작게 한숨을 한 번 내쉰 다음, 잘츠의 손목을 잡고 부드럽게 끌었다. 그러면서 살살 달랬다.

"도련님, 제 말 좀 들어보십시오. 제가 도련님의 곁에 있는 한 요안나 마마는 도련님을 해칠 수 없습니다. 요안나가 아니라 세상 그 누구도 도련님을 해칠 수 없습니다. 그러니 안심하시고 군주의 위엄을 보여주십시오."

"싫어요! 싫어! 나 군주 안 할래요. 영주도 싫고 가문의 후계자도 싫어요. 난 그냥 할머니 곁에서 조용히 살고 싶어요. 무서워요. 제발 나 좀 도와주세요. 흑흑흑!"

"도련님!"

훈데르트의 이마에 핏줄이 돋았다.

더 이상 잘츠의 어리광에 휘둘릴 수 없었다. 특히 지금은 황제 폐하의 전령이 지켜보는 상황이었다.

'잘츠 도련님의 태도는 전령의 입을 통해 황제 폐하의 귀에 들어갈 터! 도련님, 제발 용기를 내십시오. 제발!'

애가 탄 훈데르트는 잘츠를 좀 더 세게 잡아끌었다.

"아얏?"

잘츠는 마차 밖으로 힘없이 딸려 나왔다. 그러다 그만 놀라서 바지에 오줌을 지렸다.

"크윽!"

잘츠의 사타구니가 축축하게 젖어드는 모습을 보면서 훈데르트는 입술을 꽉 깨물었다. 체켄파 기사들은 물론이고, 황제의 전령이 보는 앞에서 망신을 당할 생각을 하니 심장이 터질 듯했다.

그때 샤피로가 나섰다.

샤피로는 사람들이 보지 못하도록 잘츠의 앞을 가린 다음, 미리 준비해 두었던 여벌의 옷을 건넸다.

"이걸 입으십시오."

"이건 도련님의 옷 아닌가! 자네 어찌 알고……."

훈데르트가 깜짝 놀랐다.

샤피로는 입에 침도 바르지 않고 거짓말을 했다.

"조카를 키워봐서 잘 압니다. 도련님의 나이에는 항상 여벌의 옷이 필요한 법이지요. 그래서 도련님의 시녀를 통해 한 벌 받아왔습니다."

"그런가?"

훈데르트는 자못 감탄한 얼굴로 샤피로를 바라보았다.

당황해서 벌벌 떨던 잘츠도 샤피로에게 고맙다는 눈빛을 보였다.

샤피로가 잘츠를 재촉했다.

"잘츠 도련님, 어서 옷을 갈아입으시지요. 사람들이 모두 도련님을 기다리고 있습니다."

"아, 알았어요."

잘츠는 허둥지둥 바지를 갈아입었다.

희한하게도 옷을 갈아입는 동안에 두려움이 누그러졌다. 어쩌면 샤피로의 눈빛 때문인지도 몰랐다. 잘츠는 자신도 모르게 샤피로에게 의지하고 싶은 마음이 들었다.

요안나가 한 번 더 재촉했다.

"잘츠, 거기서 뭐하니?"

"네. 갑니다."

잘츠가 용기를 내어 대답했다. 비록 덜덜 떨리는 목소리였지만, 계모 요안나에게 직접 대답을 했다는 것 자체가 대견한 일이었다.

Chapter 2

잘츠가 전령 앞에 섰다.

요안나는 잘츠 옆으로 자리를 옮겨 턱을 살짝 치켜들었다.

전령이 잘츠에게 물었다.

"부르크 가문의 후계자이십니까?"

"네……."

"그럼 잘츠 공이시겠군요."

"네에……."

잘츠는 꼼지락거리는 발가락을 내려다보면서 대답했다. 잘츠의 목소리는 귀에 잘 들리지 않고 앵앵 울렸다.

전령이 요안나에게 고개를 돌렸다.

"하면 체켄 공께서는 나오지 않으셨습니까?"

"나는 체켄의 어미인 요안나예요. 지금 우리 체켄은 몸이 많이 아파서 제가 대신 나왔어요."

"안 됩니다. 이것은 황제 폐하의 뜻이 담긴 황명! 오직 부르크 가문의 후계자만이 폐하의 뜻을 경청할 자격이 있습니다. 대리인은 한 걸음 뒤로 물러나주십시오."

전령의 정중한 요구에도 불구하고 요안나는 물러나지 않았다. 오히려 전령을 압박했다.

"이봐요, 전령."

"말씀하십시오."

"나는 부르크 가문의 큰 어른이에요. 얼마 전에 제 시아버지이신 공작 전하께서 세상을 뜨셨고, 그 충격에 제 시어머니마저 쓰러지셨어요. 그러니까 지금 부르크 가문의 가장 윗자리에 있는 사람은 나라고요. 병상에 누워 있는 체켄도, 그리고 여기 잘츠도 모두 내 아들인데 나더러 자격이 없다고요?"

요안나의 말은 사실이었다. 몇 가지 점을 의도적으로 빼놓기는 했지만, 딱히 반박할 거리는 없었다.

하여 훈데르트도 요안나에게 항의하지 못했다. 그저 답답한 마음에 입술만 달싹거렸을 뿐이었다.

전령은 잠시 고민하다가 요안나를 인정해 주었다.

"좋습니다. 하면 마마께서 잘츠 공의 옆에 서십시오."

"고마워요."

요안나는 매혹적으로 머리카락을 쓸어 올리며 잘츠 옆에 섰다.

잘츠가 흠칫 놀랐다.

요안나는 그런 잘츠를 내려다보며 활짝 웃었다.

"어머, 이 식은땀 좀 봐. 잘츠, 어디가 불편하니?"

"아, 아니요."

요안나가 얼굴을 가까이 들이밀자 잘츠는 숨이 막혔다. 잘츠는 패닉 상태에 빠질 만큼 요안나를 두려워했다.

"험험!"

전령이 헛기침을 통해 주의를 환기시켰다. 그리곤 사람들의 이목이 집중되자 목청을 가다듬어 황제의 뜻을 전했다.

"지금부터 폐하의 뜻을 전하겠소."

"폐하, 황명을 귀 기울여 듣고 온 마음을 다해 따르겠나이다.”

요안나는 황제가 있는 동북쪽을 향해 이렇게 고했다.

잘츠도 허둥지둥 요안나의 말을 되풀이했다.

“폐, 폐하, 저도 귀 기울여 듣겠습니다. 온 힘을 다해 따르겠습니다.”

당당한 요안나에 비해 잘츠는 잔뜩 주눅이 든 모습이었다. 전령은 한심하다는 듯 잘츠를 바라보다가 두루마리를 개봉했다.

‘저 안에 과연 무슨 내용이 적혀 있을지……’

훈데르트는 입이 바짝 탔다.

‘제발! 제발!’

모건도 잔뜩 긴장한 얼굴로 전령의 입술을 바라보았다.

SPR 총사들도, 그리고 체켄파의 기사들도 모두 긴장한 표정이었다. 심지어 샤피로마저 조마조마한 심정으로 전령의 말에 귀를 기울였다.

오직 한 사람!

요안나만이 평온했다. 요안나는 전령이 어떤 이야기를 할지 미리 짐작한 듯 여유로운 미소를 지었다.

마침내 전령의 입술이 떨어졌다.

“부르크 가문의 후계자들은 들으라. 그대들의 조부인 부르크 공작은 나의 충성스러운 신하이자 외숙부였다. 그런 공작의 죽음에 나는 큰 충격을 받았다. 또한 공작이 미처 후계자를 결정하지 못했다는 소식에 걱정을 했다. 부르크 공작령이 후계자 문제로 흔들려서는 곤란하다는 것이 나의 생각이다. 공작령은 제국의 남부를 지탱하는 기둥이자 스틸 연합의 침략을 막는 방패가 아니더냐! 하루 빨리 쓰러졌던 기둥을 다시 세우고 방패의 주인을 찾아야 할 것이다. 그래야 죽은 공작의 영혼이 안심을 할 테고, 나도 마음을 놓을 것이 아니냐. 하여 신성한 새를 보내 그대들에게 나의 뜻을 전달하고자 하니, 부르크의 후계자들은 귀를 열고 들으라!"

"폐하, 말씀하소서! 저희가 듣겠나이다."

요안나는 황궁 방향을 향해 이렇게 외쳤다.

잘츠도 부랴부랴 요안나를 흉내 내었다.

황제를 대신해서 전령이 목청을 높였다.

"이제 그대들에게 나의 뜻을 공표하겠노라. 나는 장차 부르크 영지를 다스릴 후계자로……."

전령이 막 중요한 대목을 공개하려는 순간!

"장차 부르크 영지를 다스릴 후계자는 오로지 잘츠 도련님뿐이시다!"

찢어지는 고함과 함께 잘츠파의 기사 1명이 튀어나왔다. 마부로 위장해서 들어온 기사였다.

그는 별안간에 튀어나와 요안나의 곁을 스쳐지나가더니, 검을 크게 휘둘러 전령의 목을 찔렀다.

푸확!

피보라가 일었다.

순간적으로 시간이 멈춘 것 같았다. 허공에 뿌려진 피가 그대로 방울방울 떠 있었다.

멈춘 시간 속에서 훈데르트는 영문을 몰라 입을 딱 벌렸다. 모건은 하얗게 질린 얼굴로 손을 뻗었다. SPR 총사들도, 그리고 성기사들도 전혀 예상치 못했던 사태에 놀라 몸이 굳었다.

그리고 잠시 후, 멈췄던 시간이 다시 흘렀다. 허공에 고정되었던 핏방울들이 와락 쏟아져 잘츠의 몸을 때렸다.

"꺄악!"

잘츠가 자지러졌다.

전령은 거친 숨을 몰아쉬며 주저앉았다.

전령은 양손으로 검날을 꽉 움켜잡았는데, 그 때문에 황제의 칙서는 발밑에 힘없이 떨어져 나뒹굴었다.

그 위로 피가 쏟아져 두루마리를 흠뻑 적셨다. 두루마리 위의 글씨도 피에 젖어 뭉개졌다. 엎친 데 덮친 격으로, 사고를 친 기사가 피를 밟고 미끄러져 두루마리 위에 자빠졌다.

쫘악—!

기사의 몸이 두루마리를 찢고 지나갔다. 후계자의 이름이 적힌 중요한 두루마리는 그렇게 폐기처분되었다.

하나 지금 그 누구도 두루마리에 신경 쓰지 못했다.

숨이 멎은 전령은 앞으로 고꾸라지면서 잘츠를 덮쳤다. 잘츠는 다시 한 번 자지러지게 비명을 질렀다.

"꺄아아악!"

"도련님을 보호하라!"

훈데르트는 앞뒤 가리지 않고 달려 나와 잘츠를 감쌌다.

스트라베가 검을 뽑아 훈데르트의 앞을 지켰다. 모몬은 핼버드를 들고 훈데르트의 뒤를 방어했다. 오른쪽에는 아로나가 섰고, 왼쪽은 타베스가 맡았다.

뒤에서 요안나가 고함을 질렀다.

"저기 저 기사를 잡아랏! 저 잘츠파의 반역자가 감히 폐하의 전령을 죽였느니라."

"넵!"

체켄파의 기사들이 우르르 달려왔다.

마부 복장의 기사는 당황한 듯 주변을 두리번거리다가 갑자기 입술을 꽉 깨물었다. 그리곤 검을 높이 들며 외쳤다.

"잘츠 도련님 만세! 도련님 만만세! 부르크 가문은 오롯이 잘츠 도련님의 것이다! 이 사실은 황제 폐하도 거스를 수 없다. 도련님, 부디 제 충정을 받아주소서!"

뜨거운 만세소리와 함께 기사는 검으로 자신의 목을 찔렀다. 날카로운 검날이 살갗을 뚫고 푹 박혔다.

순간 모건의 뇌에 벼락이 쳤다.

"안 돼!"

이제 큰일 났다. 잘츠파의 기사 가운데 1명이 무엄하게도 황제 폐하의 전령을 죽였다. 황명을 전달하는 전령을 죽였다는 것은, 곧 황제에게 검을 들이댄 것과 마찬가지였다. 잘츠파는 이제 꼼짝없이 역적으로 몰리게 생겼다.

그나마 범인을 생포했다면 취조를 할 수 있다. 취조 끝에 배후에 누가 있는지 밝힐 수도 있다.

한데 그 중요한 범인이 자살을 해 버리면?

'그럼 끝이다. 자칫 잘츠파 전체가 역적으로 몰리게 생겼어.'

모건의 안색은 하얗다 못해 시퍼렇게 질렸다.

"어서 살려라! 마부로 변장한 그 미친놈을 어서 살려내!"

모건이 투구를 벗어던지며 울부짖었다.

하나 아무도 손을 쓰지 못했다. SPR 총사들은 전투에는 능하지만 의술과는 거리가 멀었다. 이곳엔 치료 신관도 없었다. 자살을 기도한 기사는 피를 콸콸 쏟으며 드러눕더니, 이내 숨이 멎었다.

"으아아아!"

모건이 머리카락을 쥐어뜯었다. 그의 시뻘건 눈은 요안나를 찾아 헤맸다.

체켄파 기사들은 고슴도치처럼 무기를 곤두세우고 원진을 만들었는데, 그 틈새로 요안나의 모습이 보였다.

요안나는 묘한 웃음을 흘리는 중이었다. 그 웃음을 보자 상황이 파악되었다.

'당했구나!'

모건은 해머로 뒤통수를 얻어맞은 기분이었다.

'너무 안일했다. 요안나가 아무리 독하다지만, 감히 황제의 전령을 앞에 두고 수작을 부리지는 못할 것이라 여겼는데, 너무 안일한 생각이었어.'

확실히 모건은 판단을 그르쳤다. 요안나는 때와 장소, 상황을 가리지 않고 얼마든지 무서운 일을 해치울 수 있는 마녀였다. 아니, 악마였다.

"아아아아! 이 일을 어찌한단 말인가!"

모건이 절규했다.

그때 잘츠가 외마디 신음과 함께 기절했다.

"도련님!"

"잘츠 도련님!"

훈데르트를 비롯한 주변 인물들이 달려와 잘츠를 흔들었다.

긴장감이 감돌던 부르크 영지는 이제 새로운 폭풍에 휘말려 비틀거렸다. 실제로 하늘이 어둑해졌고, 강한 돌풍이 불어와 깃발을 흔들었다. 아성에 꽂힌 장미 문장의 깃발은 금방이라도 찢어질 듯 펄럭거렸다.

"깔깔깔깔깔! 깔깔깔깔깔!"

폭풍 속에서 요안나가 홍겹게 웃었다.

Chapter 3

버힐 4세가 크게 노했다.

"당장 부르크 공작령으로 황군을 파병하라! 가서 누가 감히 전령을 죽였는지 낱낱이 파악하라!"

그 말 한마디에 황제 직속 4군단이 움직였다.

버힐 4세는 부르크 공작의 죽음에 대해서도 재조사할 것을 명했다.

"부르크 공작의 죽음도 석연치 않다. 혹시 반역자가 공작을 독살했을지도 모르니 샅샅이 살피라. 이는 모후께서도 원하시는 일이니라."

얼마 전에 타계한 부르크 공작은 황제의 외숙부였다. 그러니까 버힐 4세를 낳은 어머니가 바로 부르크 공작의 친여동생이다. 버힐4세는 어머니를 위해서라도 이번 사건을 철저히 파헤칠 생각이었다.

제국 남부에 주둔 중이던 4군단이 부르크 영지를 향해 서진을 시작했다.

4군단장은 우선 병력 1만 명을 급파해 부르크 영지를 압박했다. 4군단 소속 기사와 병사들은 황제의 깃발을 들었는데, 그 깃발 속에 새겨진 하피는 금방이라도 튀어나올 것처럼 생생했다.

"하피의 깃발이 떴다!"

"폐하께서 진노하셨다!"

부르크 백성들이 공포에 떨었다.

이미 저잣거리에는 '잘츠파의 기사가 황제의 전령을 죽였다.'라는 이야기가 쫙 퍼진 상태였다. 민심은 단숨에 잘츠파를 떠났다.

희미한 등불 밑.

"모건 남작, 이 일을 어쩌면 좋은가?"

훈데르트가 머리카락 사이로 손가락을 깊숙이 박으며 물었다.

모건이 고개를 가로저었다.

"방법이 없습니다. 그저 요안나 마마가 얼마나 무서운 분인지 깨달았을 뿐입니다."

답답한 마음에 훈데르트가 짜증을 부렸다.

"아니, 자네마저 이렇게 말하면 어떻게 하나? 머리를 쥐어짜서라도 해결책을 내놓아야지."

"백작님, 이 상황에서 해결책이 있겠습니까? 4군단에 저항해 싸웁니까? 그러면 진짜로 반역자가 되는 걸요. 그렇다고 자살한 기사를 되살리겠습니까? 저도 생각 같아서는 그 기사를 되살려내고 싶습니다. 그래서 누구의 사주를 받았느냐고 따져 묻고 싶습니다. 하지만 그건 불가능하지 않습니까. 저도 정말 미치겠습니다."

모건은 말을 하면서 점점 더 언성을 높였다. 침착하던 모건이 신경질을 부릴 만큼 상황은 최악이었다.

"으아아아!"

분을 참지 못한 훈데르트가 벌떡 일어나 의자를 집어던졌다. 그리곤 한참을 씩씩거리다가 고리눈으로 모건을 노려보았다.

"모건 남작, 나를 똑바로 보게."

"왜 그러십니까?"

"정말 자네가 사주한 일이 아닌가? 그 기사 말일세, 자네가 뽑았지 않은가."

"아니, 백작님! 지금 저를 의심하십니까? 미셸 마마와 잘츠 도련님을 위해 목숨을 걸고 싸운 저를요?"

모건은 침을 튀며 흥분했다.

그래도 훈데르트는 의심의 눈초리를 접지 못했다.

사고를 친 기사는 분명 모건의 부하였다. 그 기사를 선발한 사람도 모건이고, 마부 옷을 입힌 사람도 모건이었다.

'혹시 모건이 요안나와 손을 잡았나? 아니면 미셸 마마께서 쓰러지신 뒤, 내가 잘츠 도련님의 후견인 역할을 하는 것 같아 샘을 냈을까?'

한 번 생긴 의심은 사라질 줄을 몰랐다. 갈수록 모든 것이 수상했다.

훈데르트가 이런 생각을 하는 동안, 모건도 눈치를 챘다.

'훈데르트 백작이 나를 의심하는구나! 백작은 한 번 눈 밖에 난 사람은 절대 가까이 두지 않는데, 나는 이대로 내쳐지는 것

인가?'

단단하던 발밑이 갑자기 확 꺼진 기분이었다. 모건은 몇 번을 비틀거리다가 뒤도 돌아보지 않고 군막을 나갔다.

훈데르트의 얼굴이 무섭게 굳었다.

"모건! 어디로 가나?"

모건은 대답하지 않았다.

"모건!"

훈데르트가 다시 불렀다.

모건은 여전히 대답이 없었다.

그날 이후로 훈데르트와 모건은 서로를 보지 않았다.

따닥따닥 붙은 병영 안에서는 작은 일도 금세 소문이 나는 법이었다.

'훈데르트 백작님과 모건 남작님의 관계가 틀어졌다더라.'

이러한 소문이 잘츠파 진영 전체로 퍼졌다. 잘츠파의 병사들은 두 지휘관의 다툼에 가슴이 조마조마했다. 그리고 이 소문은 마침내 샤피로의 귀에까지 전달되었다.

"이거 골치 아프네. 잘츠파가 둘로 쪼개지는 것까지는 좋아. 하지만 그 틈을 노려 제국 4군단이 밀고 들어오면 곤란하다고. 그러면 일기를 찾기가 점점 더 힘들어지잖아."

수호성력의 등장 사실을 겨우 잠재워 놓았더니, 그새를 못 참고 또 다른 일이 터졌다. 샤피로는 정말 미칠 것 같았다.

결국 샤피로는 롬바를 찾아갔다.

처음에 롬바는 말귀를 알아듣지 못했다.

"응? 잘츠파가 쪼개지게 생겼다고? 그러건 말건 무슨 상관인가? 우리는 그저 암흑교단의 잔당들만 색출하면 그만 아닌가?"

"그게 힘들어질 것 같아서 드리는 말씀입니다. 롬바 님, 4군단장이 부르크를 장악하면 어찌 되겠습니까? 과연 4군단장이 광휘단 활동을 허락해 줄까요?"

"으응?"

"롬바 님도 아시다시피 영주들은 비교적 우리의 활동에 호의적입니다. 하나 제국군의 태도는 다르지 않습니까."

"으으음! 그도 그렇구먼."

롬바는 똥 씹은 얼굴을 했다.

샤피로의 말은 사실이었다. 대부분의 영주들은 광휘단 활동을 방해하지 않았다. 어둠의 무리들이 영지에 난입해서 백성들을 포섭하면 그들도 골치가 아프기 때문이다. 심지어 일부 영주들은 광휘단의 힘을 빌려 영지를 깨끗하게 청소하기를 원했고, 그 때문에 광휘단 활동을 지원했다.

그러나 제국군의 입장은 달랐다. 제국의 기사들은 성기사들을 곱게 보지 않았다. 그들은 '타국의 병력이 제국의 영토에 진입하는 자체가 우리 기사들의 자존심을 긁는 일이다.' 라고 생각했다.

"왜 동교국의 성기사들이 우리 고르도 제국에서 활동을 하는데? 그들이 우리보다 나아? 우리는 어둠의 무리와 싸우기에 부족한 것 같아?"

기사들은 종종 이렇게 되물었다. 특히 황제 직속의 기사들이 이런 말을 자주했다. 그만큼 자존심이 강하기 때문이었다.

"끄응!"

롬바가 머리를 긁었다.

"이거 정말 골치가 아프네. 아직 부르크 영지에서 할 일이 많은데, 어떻게 하지? 샤피로, 무언가 좋은 수가 없을까?"

"방법이 없습니다. 4군단장은 광휘단 활동에 무조건 반대할 겁니다. 우리가 아무리 설득해도 들어주지 않겠지요. 어쩌면 우리를 감옥에 가둘지도 모르고요."

"우리를 감옥에 가둬? 무슨 죄목으로?"

"죄야 만들면 그만 아닙니까? 불법무기소지죄! 상해죄! 반역자 잘츠를 도운 죄!"

"으으으!"

롬바가 두 손으로 머리를 짚었다.

샤피로는 혀를 한 번 축인 다음, 다시 말문을 열었다.

"롬바 님, 이렇게 하면 어떨까요?"

"어떻게 말인가?"

롬바가 반색을 하며 다가왔다.

샤피로가 말을 이었다.

"4군단이 밀고 들어올 때까지 시간이 좀 있지 않습니까? 그러니까 그 전에 암흑교단의 잔당들을 모조리 색출해서 박살내는 겁니다."

"잔당들을 모조리?"

롬바의 눈이 휘둥그레졌다.

샤피로가 낮게 속삭였다.

"네, 모조리! 어차피 지금 부르크 영지 안팎이 뒤숭숭하지 않습니까? 체켄파도, 잘츠파도 4군단에 신경을 쓰느라 다른 곳에는 눈을 돌리지 못합니다. 성벽 수비에도 구멍이 뻥 뚫렸고, 치안도 엉망입니다."

"그야 그렇지. 하지만 방법이 너무 과격하지 않나? 자칫하면 체켄파와 잘츠파를 모두 적으로 돌릴 수도 있는데……."

"무슨 상관입니까? 어차피 우리의 임무는 암흑교단의 잔당들을 박멸하는 것 아닙니까? 복잡한 뒷일은 생각하지 말고 한번 화끈하게 해보지요."

"화끈하게?"

"네, 화끈하게!"

롬바는 '화끈하게'라는 말을 참 좋아했다. 샤피로가 그 점을 적절히 이용해서 꼬드기자 금세 입이 벌어졌다.

"좋았어! 어차피 4군단이 영지로 들어오면 우리는 쫓겨날 판이잖아? 자네 말대로 그 전에 한번 화끈하게 날뛰어보세."

"그럼 먼저 부르크 성부터 시작하지요. 어둠의 무리들은 성

안 시녀들 틈에 섞여 있는 것 같습니다.”

“오케이!”

롬바는 앞뒤 재지 않고 무기를 잡았다.

샤피로가 의도했던 바였다.

어둠이 깔린 깊은 밤.

샤피로와 롬바는 부르크 성에 다시 침투했다. 분위기가 어수선한 탓에 침투는 어렵지 않았다.

내성 안, 공작의 저택 앞에서 샤피로가 역할을 나눴다.

“롬바 님, 저기 서쪽 별관이 시녀들이 머무는 곳입니다. 그 뒤의 건물은 시종들의 숙소라고 하더군요. 롬바 님께서 저곳들을 맡아주세요.”

“하면 자네는?”

롬바의 질문에 샤피로가 고개를 위로 들었다. 환하게 불이 켜진 저택 2층과 3층이 눈에 들어왔다.

“저는 저곳에 가보렵니다.”

“위험하지 않겠나? 저택 안에는 병력이 많을 텐데?”

“아니오. 생각보다 많지는 않을 겁니다. 체켄이나 요안나는 아성에 꽁꽁 숨어 있을 테고, 호위 병력도 그곳에 집중되었겠지요.”

“아!”

듣고 보니 그럴 듯했다. 요새처럼 어지러운 상황이라면 귀족들은 안전한 장소를 찾게 마련이었다. 한데 성 안에서는 아성이 가장 안전했다.

마침내 롬바가 고개를 끄덕였다.

"알겠네. 내가 시종과 시녀들을 탐색할 테니, 자네는 저택을 맡게."

롬바는 성격이 급했다. 말을 마치는 것과 동시에 벌써 서쪽 별관으로 몸을 날리고 있었다.

"롬바 님, 조심하십시오."

샤피로가 롬바의 등에 대고 소리쳤다.

휙휙—

어둠 속에서 롬바가 창끝을 빙빙 돌려 8자를 그렸다. 빛의 신 라(RA)의 가호를 빈다는 뜻이었다.

샤피로가 피식 웃었다.

"암흑교단의 사제 시절에는 전쟁터에서 저 8자를 볼 때마다 가슴이 답답했거든. 그런데 지금 보니까 정겹네. 거 참, 사람 마음이란 알 수가 없어."

이 말 한마디를 끝으로 샤피로는 얼굴을 검은 천으로 가렸다. 그리곤 창을 옆구리에 끼고 저택 배수관을 꽉 잡았다.

사사삭! 다람쥐가 나무를 타는 것보다 더 신속하게 사사삭!

희미한 달빛이 샤피로의 모습을 비추었다.

제8화
접속

Chapter 1

샌프란시스코 공항에 진눈개비가 내렸다.

입국 수속을 마친 뒤, 나는 공항 벤치에 앉아 휘날리는 진눈개비를 구경했다.

그때 "블루 컬럼(Blue Column; 푸른 기둥)에 산호세 행 밴이 도착했습니다."라고 안내방송이 나왔다.

샌프란시스코 공항 문을 나서면 푸른 페인트로 칠한 기둥들이 보이는데, 이것이 바로 블루 컬럼이었다. 블루 컬럼 앞에는 손님을 태우기 위해 버스와 택시, 그리고 밴들이 줄지어 늘어서 있었다.

나는 산호세(San Jose)라고 쓰인 차량을 찾아 표를 내밀었다.

덩치 큰 흑인 운전사가 짐 싣는 것을 도와주었다.

'짐 하나당 팁을 1불씩 준다고 했던가?'

나는 책에서 읽은 에티켓을 떠올리며 3불을 꺼냈다. 운전사는 "땡큐"를 외치며 팁을 채갔다. 나는 미국의 팁 문화가 마음에 들지 않았다.

밴에 탄 손님은 모두 4명.

손님들은 습관적으로 "하이!"라고 인사한 뒤, 각자 자리를 잡고 앉았다. 나는 벤 뒤쪽 오른편에 착석했다.

밴이 출발했다.

공항을 떠난 밴은 쭉 뻗은 도로 위를 달려 산호세로 향했다. 나는 창틀에 팔을 얹고 그 위에 턱을 괸 다음, 편안한 자세로 미국의 풍경을 눈에 담았다. 한국에서는 볼 수 없는 큰 픽업트럭이 옆을 스쳐지나갈 때마다 '이곳이 미국이구나!' 라는 생각이 들었다. 길가에 늘어선 야자수를 볼 때도 비슷한 느낌이었다.

생각보다 낯설지는 않았다.

어렸을 때 나는 미국에서 살았다. 당시 아버지는 미국 회사에서 일을 하셨고, 어머니는 MIT에서 박사학위 중이셨다. 두 분 모두 바빴기에 나는 어린 시절을 동네 어린이집(Day Care)에서 보내야 했다.

어린이집 아이들은 가끔 나를 놀렸다. 피부색이 달라서 놀린 것이 아니라, 내가 틈만 나면 졸았기 때문이다.

　'훗! 어린 시절엔 왜 그렇게 잠이 많았는지……'

　당시를 회상하자 웃음이 절로 나왔다.

　'어렸을 때 내가 살았던 동네가 어디더라?'

　동네 이름은 기억이 나지 않았다. MIT 근처였으니까 보스턴 어디쯤일 텐데, 자세한 지리까지 떠올리기에는 너무 옛날 일이었다. 그저 생각나는 것이라고는 어린이집의 친구 가운데 유독 머리에 맴도는 이름이 있다는 정도.

　"그 아이의 이름이 리나였던가?"

　리나는 눈이 크고 인형처럼 예쁜 여자아이였다. 내 기억이 정확하다면 리나의 피부는 하얗고 머릿결은 밤색이었다.

　당시 리나의 엄마는 종종 과자를 구워 어린이집에 보내주었는데, 그때마다 리나는 내게 1번으로 쿠키를 나눠주었다.

　리나를 좋아했던 것인지, 아니면 과자 선물이 좋았던 것인지, 당시 나는 삐뚤삐뚤한 글씨로 "I Love You."라고 써서 리나에게 주곤 했다. 그러면 리나는 팔짝팔짝 뛰며 좋아했었다. 어느 날인가는 내 볼에 뽀뽀를 해준 적도 있었다.

　그 시절을 추억하자 얼굴이 화끈거렸다.

　"크큭, 나도 참 조숙했어. 5살에 첫사랑이라니!"

　리나는 지금쯤 어디서 무얼 하고 있을지, 문득 궁금했다.

　초등학교 2학년 때 내가 한국에 돌아온 이후로도 한동안 나는 리나와 편지를 주고받았다. 일종의 펜팔이었다.

하지만 초등학교 고학년부터는 편지가 뚝 끊겼다. 우리 집도, 리나의 집도 이사를 한 탓이었다.

"리나…… 한번 만나보고 싶네."

나는 조그맣게 중얼거렸다.

벤이 산호세에 들어섰다.

샌프란시스코와 산호세의 느낌은 전혀 달랐다. 샌프란시스코가 약간 우중충하고 도시적인 분위기라면, 산호세는 밝고 화창한 기운이 완연했다. 햇빛은 찬란했고, 길가에는 야자수가 쭉쭉 뻗어 있었으며, 건물은 낮으면서도 넓었다.

산호세의 건물들은 한국처럼 고층이 없었다. 땅이 워낙 넓어서 3층 이하의 건물들이 대부분이었다.

나는 고개를 쭉 빼고 산호세의 건물들을 구경했다. 인텔처럼 유명한 기업의 간판들이 휙휙 스쳐지나갔다.

산호세 거리를 가로지른 밴은 스탠포드 대학으로 접어들었다.

"야호!"

대학 입구에 열 지어 늘어선 야자수를 보면서 누군가 야호를 외쳤다. 그러자 밴에 타고 있던 손님들이 연달아 야호를 외쳤다.

보아하니 다들 이번에 스탠포드에 입학한 신입생들 같았다.

운전기사가 킥킥 웃으며 "웰컴 투 스탠포드(Welcome to Stanford)!"라고 말해 주었다.

스탠포드의 기숙사는 생각했던 것만큼 좋지 않았다. 그렇다고 썩 나쁘지도 않았지만, 엄청나게 비싼 기숙사비를 생각하면 좀 억울했다.

나는 서류를 내밀고 방 열쇠를 받은 다음, 짐을 정리했다.

내 룸메이트는 중국인이었다.

이름은 가오린 쟈오!

가오린은 눈매가 날카로웠으며, 머리회전이 빠를 것처럼 생겼다.

'하긴, 공부를 잘했으니까 여기까지 유학을 왔겠지.'

한국에서 스탠포드에 유학을 오는 것과 중국에서 유학 오는 것은 경우가 달랐다. 한국 사람은 합격만 하면 오지만, 중국에서는 장학금까지 받아야 오는 경우가 대부분이었다.

가오린이 침대에서 일어나 손을 내밀었다.

"하이! 마이 네임 이스 가오린 쟈오(Hi! My name is Gaorin Zhao). 글랫 투 미츄(Glad to meet you)."

"하이! 아임 건호 리(Hi, I am Gun—Ho Lee). 나이스 투 미츄(Nice to meet you)."

나와 가오린은 간단하게 자기소개를 한 뒤, 각자 침대에 앉았다.

첫날이어서 좀 서먹서먹했다.

나는 원래 사교적인 편이 아니었고, 가오린도 나와 다르지 않았다. 간단한 악수 뒤에 우리의 대화는 단절되었다.

스탠포드의 첫날밤은 두근두근하게 지나갔다.

원하던 곳에 입학해서 가슴이 떨린다던가 하는 개념이 아니었다. 내 가슴이 뛴 이유는 빌어먹을 샤피로 때문이었다.

요새 샤피로(혹은 나 자신)는 미친 것 같았다. 일기를 찾겠다는 일념 하나로 온갖 위험한 짓은 다하고 돌아다녔다. 아성에 난입해서 체켄파의 기사들과 피 튀기는 싸움을 벌이지를 않나, 식물원에서 적의 대화를 엿듣다가 들킬 뻔하지 않나, 급기야 오늘은 부르크 성에 다시 기어들어갔다.

나는 샤피로가 정말 미웠다. 나를 잃고 샤피로가 되는 것도 정말 싫었다.

하지만 어쩔 수 없었다. 시차 때문에 꾸벅꾸벅 졸던 나는 기절하듯 잠에 빠졌다.

키야아앙— 까앙!

"이크!"

정신이 번쩍 든다.

용수철에 의해 튀어나온 시퍼런 칼날은 샤피로의 머리 위 10센티미터 지점을 긁고 지나갔다.

겨우 정신을 차렸는데, 연달아 5발의 석궁이 날아들었다.

좁은 복도여서 피할 곳도 없었다. 벽 때문에 옆으로 갈 수도 없었다. 뒤로 물러서자니 매복 장치가 걸렸다.

"젠장!"

결국 샤피로는 날아오는 석궁을 향해 앞으로 굴렀다.

샤피로의 머리를 노렸던 석궁 2발이 허공을 훑으며 지나갔다. 몸통으로 향했던 화살은 샤피로의 등을 살짝 스쳤다.

문제는 다리로 날아오는 석궁 2대!

샤피로는 앞구르기가 끝나는 것과 동시에 창대를 비스듬히 쳐올렸다.

따당!

석궁 2대가 창에 맞아 튕겨나갔다.

체켄파 궁수들이 서로 자리를 바꿨다. 1열의 궁수들이 5발의 석궁을 쏘고 나자, 바로 2열의 궁수들이 튀어나와 석궁을 겨냥했다.

새로 쏘아진 5발의 석궁은 샤피로가 자세를 잡기도 전에 날아들었다.

"치잇!"

샤피로는 몸을 뒤로 눕히며 창으로 8자를 그렸다.

15미터 앞에서 쏘아진 석궁이 8자 안으로 빨려들었다가 샤피로의 가슴을 아슬아슬하게 스치며 지나갔다.

이것은 창으로 바람을 일으켜 화살의 경로를 바꾸는 고급 기술이었다.

궁수들이 다시 위치를 바꾸었다. 15명의 궁수들은 3교대로 석궁을 쏘았다. 석궁 5발이 벼락처럼 날아들었다.

좁은 복도, 짧은 거리……

이런 상황에서 석궁은 정말 무서운 무기였다. 발사되었다 싶은 순간 이미 코앞에 다가와 있으니 진땀이 날 수밖에.

이 석궁들을 막아내려면 반사 신경만으로는 부족했다. 샤피로는 적들이 석궁을 쏘기도 전에 감으로 몸을 피했다.

퓨퓨퓨퓻!

쏟아지는 석궁 세례가 샤피로의 몸을 스치고 지나가 반대편 벽에 꽂혔다.

궁수들이 또다시 자리를 교대했다. 뭉툭한 석궁의 끝이 샤피로를 겨냥했다.

"이야압!"

샤피로는 슬라이딩하듯 돌격했다. 이런 상황에서 보통 사람 같으면 석궁을 피해 뒤로 물러설 텐데, 샤피로는 오히려 앞으로 나갔다.

"쏴라!"

궁수들이 반사적으로 석궁을 발사했다. 가까운 거리에서 출발한 석궁은 폭발하듯 날아와 샤피로의 몸으로 파고들었다.

슬라이딩하던 샤피로가 벌떡 일어났다.

석궁 4대가 샤피로의 몸을 스치며 지나갔다. 핏물이 튀고 살점이 찢겼다.

샤피로는 개의치 않고 창을 휘둘렀다. 빠바바박 소리와 함께 궁수 5명의 허리가 동시에 끊겼다. 샤피로는 무지막지한 괴력으로 궁수 5명을 패대기친 뒤, 창을 빙글 돌려 5연포 피어싱 공격을 퍼부었다.

5줄기 소용돌이가 뻗어나가 2열에 서 있던 궁수 5명의 머리통을 부쉈다. 부서진 두개골의 파편이 피와 함께 뛰어나가더니, 복도 벽에 나선형의 문양을 만들어놓았다.

샤피로는 다시 한 번 5연포 피어싱을 날렸다.

나머지 궁수 5명도 머리가 박살나 죽었다.

단숨에 15명의 궁수를 해치운 뒤, 샤피로는 방문을 박차고 뛰어들었다.

끼야아앙—

또다시 매복 장치가 발동했다. 문을 열자마자 용수철에 매달린 칼날이 날아와 샤피로의 목을 노렸다.

"차앗!"

샤피로는 반사적으로 창을 휘둘러 막았다. 샤피로의 창과 매복 장치의 칼날이 맞부딪치면서 까앙! 하고 불똥이 튀었다. 용수철의 위력이 어찌나 강했던지 샤피로의 손바닥이 까지고 피가 맺혔다.

"제기랄! 이게 사람 사는 저택이야, 아니면 야수를 잡기 위한 덫이야? 대체 무슨 매복 장치를 이렇게 많이 설치해 놓았어?"

샤피로가 지붕의 굴뚝을 통해 저택 3층에 침투한 것이 밤 11시였다.

한데 샤피로는 밤 12시가 되도록 3층을 벗어나지 못했다. 무려 1시간 동안 각종 매복과 장치에 시달린 닷이었다.

그래도 어찌어찌 매복을 뚫고 2층 계단 앞에 도착했다. 하지만 이미 계단 아래엔 중무장한 기사 20명과 궁수 30명이 대기 중이었다.

"저기 어째신이 있다. 쏴라!"

준엄한 호통과 함께 30발의 석궁이 날아들었다.

"이크!"

샤피로는 3연속 텀블링으로 석궁 세례를 피했다. 그런 다음 모퉁이에 숨어서 적의 규모를 가늠했다.

'기사 20명에 궁수는 30명……. 여기에 매복 장치도 무시할 수 없어. 요안나는 무슨 생각으로 이런 지독한 함정을 설치했을까? 내가 또 침투할 것이라 예상했나?'

아무래도 그런 것 같았다. 요안나는 강한 영능력자였다. 무언가를 예감하고는 이런 함정을 파놓은 듯했다.

"젠장!"

괜히 왔다는 생각이 들었다. 사실 샤피로는 암흑교단의 잔당들을 쓸어버리기 위해 이곳 저택에 침투한 것이 아니었다. 요안나의 곁에는 교단의 잔당들이 머물 수 없었다. 요안나의 예민한 감각에 모두 걸리기 때문.

결국 샤피로의 침투 목적은 서재였다. 혹시 서재에 일기가 있지 않나 싶어서 들어왔는데, 상황이 최악이었다.

샤피로는 입술을 꽉 깨물었다.

그사이 체켄파 기사들은 샤피로를 앞뒤로 포위했다. 일부 기사들은 2층을 꽉 막았다. 또 일부는 지붕으로 올라와 굴뚝을 봉쇄했다. 거기에 더해서 궁수도 배치되었다. 샤피로는 2층으로 내려갈 수도 없고 지붕으로 탈출할 수도 없는 처지가 되었다.

그렇다고 창문을 이용한 탈출도 불가능했다. 창문 밖에는 수십 명의 궁수들이 석궁을 겨눈 채 기다리고 있었다.

"하이!"

샤피로는 한숨을 내쉬었다.

적 지휘관이 명을 내렸다.

"침입자는 날다람쥐처럼 재빠르다. 일반 석궁으론 통하지 않으니 화살촉에 그물을 매달아서 쏘아라."

궁수들은 석궁의 화살촉에 그물을 매달아 시위에 걸었다. 묵직한 추를 매단 그물이 쫙 퍼져서 날아왔다.

샤피로는 데굴데굴 굴러서 겨우 피했다.

이것은 멧돼지를 잡을 때 종종 쓰는 수법.

"쳇! 이제 내가 들짐승으로 보인다 이거지?"

샤피로가 모퉁이에 숨어서 투덜거렸다.

Chapter 2

샤피로는 점점 궁지에 몰렸다.

적들은 체계적이고 노련하게 포위망을 구축했으며, 샤피로
는 그 안에 갇혀 계속 제자리만 맴돌았다.

물론 그 와중에 체켄파도 큰 피해를 입었다. 체켄파는 불과
2시간 만에 기사 8명을 잃었고, 궁수 20이 죽었다. 뿐만 아니
라 샤피로를 포획하기 위해 투입되었던 마법사 3명도 창에 찔
려 차례로 목숨을 잃었다.

"헉, 헉, 헉!"

좁은 복도의 끝에 서서 샤피로가 숨을 헐떡였다.

아성에서 싸울 때보다 지금이 몇 배나 더 힘든 것 같았다.
아성에서 샤피로는 덫을 미리 설치해서 큰 효과를 보았고, 창
을 휘두를 공간도 충분했다. 게다가 낫처럼 생긴 핼버드 덕분
에 상당히 편하게 싸웠다.

지금은 덫도 없고, 공간도 비좁았으며, 무기도 덜 익숙했다.

적 궁수들 뒤에서 키다리 마법사가 손을 휘저었다. 마법사
의 깡마른 손이 둥그런 원을 그린다 싶더니, 그 안에 시뻘건
불덩이가 형성되었다.

퍼엉!

마법사가 뿌린 불덩이는 샤피로의 코앞에서 터지며 사방으
로 분열했다.

그 가운데 몇몇 파편이 샤피로의 옷에 달라붙었다. 일부 파
편은 샤피로의 머리카락을 태웠다. 샤피로는 불붙은 옷을 벗
어던지고 머리카락을 탁탁 털었다.

마법사가 다시 손으로 원을 그렸다. 시뻘건 불덩이가 날아왔다.

샤피로는 열대 도마뱀처럼 벽에 찰싹 달라붙어 불덩이를 피한 다음, 발로 벽을 박차고 뛰며 창을 뿌렸다.

회전이 걸린 창이 궁수들의 사이로 파고들었다.

마법사가 깜짝 놀라 몸을 웅크렸다.

하나 마법사의 반응보다 창이 더 빨랐다. 샤피로가 던진 창은 키 큰 마법사의 입을 뚫고 뒤통수로 튀어나왔다. 창에 실린 힘이 어찌나 강했던지 마법사의 몸이 뒤로 휙 날아가서 벽에 꽂혔다.

궁수들이 샤피로를 향해 석궁을 난사했다.

샤피로는 연속 점프로 벽과 천장을 밟고 도약한 다음, 천장에서 뚝 떨어지면서 양팔을 휘저었다. 샤피로의 손이 궁수들의 목을 붙잡았다.

우두둑 소리가 났다. 궁수 2명이 혀를 길게 빼어 물고 죽었다.

당황한 궁수들이 샤피로를 향해 석궁을 겨눴다.

하지만 쉽게 쏘지는 못했다. 샤피로가 중앙에 파고든 터라 지금 석궁을 쏘면 동료를 해칠 수 있다.

궁수들이 머뭇거리는 사이 샤피로는 팔꿈치를 휘둘러 궁수 1명의 머리통을 부수고, 양손으로 석궁을 빼앗아 들어 난사했다.

코앞에서 쏘아진 석궁이 궁수 2명의 눈알을 쑤시고 벽에 틀어박혔다. 핏물이 천장까지 팍 튀었다.

궁수들이 이빨을 꽉 물고 샤피로에게 석궁을 쏘았다. 이제 동료가 다치건 말건 알 바 아니었다. 눈앞의 이 야수를 어서 해치워야 했다.

이번에도 샤피로의 반응이 더 빨랐다. 샤피로는 몸을 납죽 엎드려 석궁을 피한 다음, 다리를 크게 휘둘러 궁수들을 넘어뜨렸다.

궁수들 5,6명이 우당탕 넘어지자, 샤피로는 바로 달려들어 단검으로 상대의 목을 끊었다.

이제 기사들이 달려들었다.

"와아아아—!"

체켄파 기사들은 큰 함성과 함께 들이닥쳐 샤피로를 공격했다.

샤피로는 입술을 와득 깨물어 피를 낸 다음, 그 피를 강하게 뱉었다. 일직선으로 날아간 핏물이 선두의 기사 눈을 때렸다.

"악!"

선두의 기사가 손으로 앞을 가리며 멈춰 섰다. 뒤따라오던 기사들이 선두의 기사에게 걸려 우당탕 고꾸라졌다.

샤피로는 표범처럼 몸을 날려 쓰러진 기사들을 덮쳤다.

푹푹푹푹!

단검 한 방에 목 줄기 하나씩!

샤피로는 정확하게 단검을 내리찍어 기사들의 목줄을 끊었다. 그런 다음, 기사의 검을 빼앗아 들고는 새로운 적을 맞아 싸웠다.

마법사가 또 등장했다. 샤피로가 체켄파 기사들을 맞아 한창 싸우고 있을 때, 늙은 마법사가 나타나 캐스팅을 완료했다.

"바인딩(Binding)!"

마법사의 외침과 함께 공기가 모여 샤피로의 몸을 묶었다. 샤피로는 투명한 밧줄에 묶여 팔을 움직이지 못했다.

그 기회를 틈타 체켄파 기사들이 우르르 달려왔다.

"이이익!"

샤피로는 이를 악물고 점프했다. 발로 벽을 박차 도약한 다음, 허공에서 몸을 핑핑 돌렸다. 동시에 발을 쭉 뻗었다.

샤피로의 몸이 팽이처럼 돌았고, 발이 빙빙 돌아 기사들의 머리를 후려쳤다.

그사이 샤피로의 몸을 묶었던 바인딩 마법이 풀렸다.

늙은 마법사는 한 번 더 마법을 준비했다.

샤피로는 몸을 낮춰 마법사의 공격을 피한 다음, 육탄돌격해서 마법사의 얼굴을 들이받았다. 우지끈 소리와 함께 마법사의 턱이 박살나고 안면이 뭉개졌다.

샤피로는 주먹을 연달아 휘둘러 마법사의 갈비뼈에 꽂아 넣었다.

마법사는 돼지 멱따는 소리를 내면서 주저앉았다. 샤피로가 팔꿈치를 높이 치켜들었다가 늙은 마법사의 정수리에 내리찍었다.

"꾸엑!"

두개골이 깨진 마법사는 코와 귀, 눈에서 피를 쏟으며 숨이 멎었다.

다시 기사들이 달려들었다.

샤피로가 눈을 번쩍 떴다.

바로 앞의 기사가 핼버드를 들고 있다. r자 모양의 핼버드다. 낫과 비슷해서 마음에 쏙 드는 무기다.

샤피로는 사자처럼 포효하며 달려들었다.

기사가 핼버드를 휘둘러 샤피로를 밀쳤다.

샤피로는 피하지 않았다. 날아오는 핼버드를 손으로 잡은 다음, 세게 비틀었다. 기사가 핼버드를 놓쳤다.

붕붕— 붕붕붕—

무기가 손에 착착 감겼다. 원하는 무기를 손에 넣자 샤피로의 표정이 바뀌었다.

기사들이 떼거리로 달려들었다. 샤피로는 핼버드로 찌르는 척하다가 r자 모양의 날로 상대의 목을 걸어 잡아당겼다.

"어엇?"

의외의 공격에 놀라 기사가 허둥거렸다. 그 순간 샤피로는 핼버드를 허공으로 슬쩍 들었다가 다시 내리찍었다.

핼버드의 날이 기사의 목을 치며 지나갔다. 매끈하게 도려

내진 모가지가 떼굴 굴러 떨어졌고, 피가 분수처럼 치솟았다.

샤피로는 목이 잘린 기사를 발로 걷어찼다. 목 잘린 시체는 목의 단면에서 피를 뿜으며 빙글 돌았다.

"으악!"

주변 기사들이 손으로 얼굴을 가렸다. 쏟아지는 핏물이 눈에 들어왔기 때문.

그렇게 적들이 주춤하는 사이 샤피로가 헬버드를 부드럽게 휘저었다.

창을 쓸 때는 이렇게 부드럽지 않았다. 무기가 벽에 걸릴까 봐 신경도 많이 써야 했고, 뭔가 2퍼센트 부족한 느낌이었다.

이 무기는 달랐다. 굳이 신경 쓰지 않아도 길이가 저절로 조정되었다. 마치 살아 있는 생명체처럼 알아서 벽을 피하고 장애물을 건너뛰어 적의 목을 잘랐다. 기사들이 조금만 틈을 보이면 어김없이 헬버드 날이 날아와 살을 베었다.

주변엔 사악 사악 공기 잘리는 소리만 들렸다. 핏물이 안개처럼 뿜어져 복도를 가득 메웠다.

샤피로는 그 속에서 춤을 추었다. 눈을 반쯤 감고, 황홀경에 빠진 춤꾼처럼 스텝을 밟고, 헬버드를 휘둘렀다.

춤이 끝났을 때 복도엔 아무도 남지 않았다.

샤피로는 피범벅인 복도를 지나 계단에 모습을 보였다. 계단 아래서 대기 중이던 기사들이 움찔 몸을 떨었다.

샤피로가 한 발 한 발 계단을 밟았다.

피로 물든 무기를 벽에 대고 질질 끌면서 저벅저벅!

샤피로가 걸음을 옮길 때마다 핼버드 날이 벽을 긁어 불똥을 일으켰다. 샤피로는 눈을 반쯤 뜬 채 적들을 바라보았다.

"으으으으!"

체켄파 기사들이 전율했다.

마법사들은 침을 꿀꺽 삼켰다.

핼버드를 손에 든 샤피로는 이전의 샤피로가 아니었다. 샤피로의 몸에서 무시무시한 기운이 뻗어 나와 체켄파 기사들을 옭아매었다. 마법사들도 칭칭 휘감았다. 일부 마법사들은 그 기운을 견디지 못하고 바닥에 주저앉았다.

마침내 샤피로가 2층에 발을 내디뎠다.

기사들이 움찔 후퇴했다.

샤피로가 다시 한 걸음 걸었다.

기사들은 두 걸음 물러섰다. 마법사들은 아예 저 멀리 거리를 벌렸다.

아무도 샤피로에게 덤벼들지 못했다. 기세에서 눌린 탓이었다. 샤피로가 가까이 다가올 때마다 체켄파 병력들은 그 2배의 빠르기로 후퇴했다.

2층 응접실을 지났다. 2층 복도도 지났다.

수십 마리의 쥐떼가 고양이 1마리에게 밀려 뒷걸음질 치는 것처럼, 체켄파 기사들은 응접실과 복도를 지나 계단까지 밀렸다.

이제 코너만 돌면 1층으로 내려가는 계단이 나온다. 그 계단을 내려오면 저택 밖으로 나갈 수 있다.

'아쉽지만 일기는 다음에 찾자. 오늘은 그냥 탈출해야지.'

이 상황에서 일기를 찾기란 무리였다. 샤피로는 그냥 탈출하기로 마음먹었다.

그렇게 샤피로가 1층으로 계단으로 향할 때, 벽 뒤로 시커먼 그림자가 접근했다.

그림자는 일절 소리를 내지 않았다. 공기에 파동을 만들지도 않았다. 감각이 예민한 샤피로도 그림자의 접근을 알아차리지 못했다.

얇은 벽을 사이에 두고 샤피로와 그림자가 나란히 섰다. 그림자는 샤피로를 노렸으나 샤피로는 그 사실을 깨닫지 못했다.

이곳 저택의 벽에는 초상화들이 쭉 걸려 있는데, 이 가운데는 특이한 것이 존재했다. 바로 망토를 두른 노귀족의 초상화였다.

그림자가 벽의 모퉁이를 건드리자 벽에 설치된 장치가 가동되었다. 초상화의 눈 부위에 빼꼼 구멍이 열렸다.

그림자는 그 구멍을 통해 샤피로를 보았다.

지금 샤피로는 체켄파의 기사들과 대치 중이었다.

그림자는 벽에 난 구멍에 슬쩍 손가락을 꽂았다. 초상화 속 눈동자가 사라지고, 손가락 하나가 툭 튀어나왔다.

샤피로는 여전히 앞만 바라보고 있었다. 그림자는 샤피로의
목덜미를 겨냥한 다음, 숨을 훅 들이쉬었다.

그림자의 정체는 라이트닝 마법사 보르도르!

얼마 전 아성에서 샤피로에게 큰 타격을 주었던 바로 그 마
법사다.

이대로 라이트닝을 쏘아내면 끝!

기습적으로 벼락을 맞으면 샤피로도 단번에 고꾸라질 수밖
에 없다.

'넌 이제 죽었다!'

보르도르는 샤피로의 즉사를 확신했다. 그러면서 훅 들이쉬
었던 숨을 내뱉었다.

'안 돼!'

이건호가 침대에서 몸부림을 쳤다.

이건호의 눈에는 샤피로뿐 아니라 초상화 뒤에 숨어서 손가
락을 겨눈 보르도르의 모습도 훤히 보였다.

꿈을 통해 연결된 2개의 세상!

이건호와 샤피로는 그 2개의 세상에서 각자 살아가는 별개
의 사람이었다. 그러면서 서로 연결되어 이건호는 꿈에서 샤
피로가 되었고, 샤피로는 꿈에서 이건호로 살았다.

이것이 지금까지 이건호가 파악한 바였다.

한데 아니었다. 비슷하기는 하지만 미묘하게 달랐다. 지금
까지 이건호는 그 미묘한 차이가 무엇일까 고민해 왔는데, 이

제 확실히 깨달았다.

'나는 꿈에서 샤피로다. 하지만 1인칭 시점이 아니라 3인칭 시점으로 이 세계를 볼 수 있어!'

만약 그렇지 않다면, 이건호가 초상화 뒤에 숨은 보르도르를 발견하기란 불가능했다.

'안 돼! 안 된다고!'

이건호는 침대 위에서 다시 몸부림쳤다.

라이트닝 마법에 맞으면 무서운 일이 벌어질 것 같았다. 벼락이 정확하게 심장을 때리면 샤피로의 심장이 멎을 테고, 그러면 현실 세계의 이건호도 죽을 터였다. 최근 샤피로 때문에 죽음과 부활을 경험해 본 터라 이건호는 이것이 얼마나 무서운 일인지 잘 알았다.

'안 돼! 어서 피해! 뒤에서 암살자가 노리고 있어! 어서 피하라고!'

이건호는 샤피로를 향해 이렇게 소리쳤다. 몸에서 땀이 흥건히 배어나와 스탠포드 기숙사의 침대보를 흠뻑 적셨다.

샤피로는 전혀 반응하지 않았다.

이건호의 심장이 벌렁벌렁 뛰었다. 이건호는 꿈속에서 발악하듯 소리를 질렀다.

'안 돼! 어서 피하라고! 내가 곧 너고, 네가 곧 나야! 네가 죽으면 나도 죽는다고, 이 멍청이 개자식아!'

소리는 입으로 나오지 않았다. 스탠포드 기숙사는 조용했다.

　물론 샤피로의 귀에도 들리지 않았다. 이건호의 음성이 이 세계에 영향을 줄 리는 없었다.

　마침내 보르도르가 캐스팅을 끝마쳤다.

　'으아아아! 안 된다고!'

　이건호는 발악하듯 몸부림쳤다. 샤피로 때문에 받는 고통이 이제는 지긋지긋했다. 이건호는 '이대로 심장이 터져 버려라!' 라는 심정으로 절규했다.

　'으아아아아!'

　그 뜨거운 사념이 샤피로에게 전달되었다.

　샤피로가 이건호의 목소리를 들은 것은 아니었다. 둘은 서로의 목소리를 듣거나 대화를 할 수 없었다. 우선 서로 다른 세계에 살고 있기 때문에 대화가 불가능했고, 둘이 한 사람이기에 더더욱 가능치 않았다.

　대신 심장이 터질 것처럼 뛰었다. 샤피로의 감각이 활활 살아나고, 머릿속에 그림이 그려졌다.

　그 그림은 이곳 저택을 3차원 영상으로 투영해서 보여주었다. 벽 뒤에서 벌어지는 일까지 낱낱이, 샤피로의 눈으로는 볼 수 없는 곳까지 구석구석!

　그 영상에 보르도르의 존재가 걸렸다.

　보르도르가 막 라이트닝을 쏘아내려는 찰나, 샤피로가 몸을 돌려 핼버드를 휘둘렀다.

샤피로가 휘두르는 핼버드는 단숨에 초상화를 잘랐다.

초상화 속 망토를 두른 노귀족이 가로로 잘렸다. 초상화 속 노귀족의 눈동자도 그대로 갈렸다. 얇은 벽도 그대로 찢겨나갔다.

묵직한 핼버드 날이 보르도르의 손가락을 잘랐다. 보르도르의 얼굴도 가로로 갈랐다. 천재 마법사 보르도르는 찍 소리도 못하고 죽었다.

두근두근!

샤피로의 심장이 뛰었다.

'뭐지? 이 감각은 뭐지? 조금 전 이 저택의 투영도가 보였어. 마치 신이 하늘에서 굽어보는 것처럼, 이 저택 내부가 낱낱이 들어왔다고!'

2개의 세상에서 따로 살아가던 이건호와 샤피로!

드디어 접속했다!

『샤피로』 3권에서 계속

작가 팬 카페

http://cafe.daum.net/PoisonNecromancer

부록
암흑교단의 교조 분석 보고서

내부문서 번호 01—000101

　다음은 암흑교단을 다스리는 4명의 교조에 대한 분석 보고
서로, 열람 권한은 빛의 사원 상급 몽크 이상으로 한정한다.
하급과 중급 몽크, 그리고 외부인은 본 보고서를 열람할 수 없
다.

— 빛의 사원 하늘의 탑

1. 동교조 퀴담

— 별명: 동부의 뱀

— 외모: 얼굴에 검버섯이 잔뜩 피었고, 이빨이 듬성듬성 빠

진 노인의 모습. 허리는 적당히 굽었다. 키는 170센티미터 정도에 몸이 마른 편이다. 상당히 신경질적으로 보인다.

— 신물: 방울이 매달린 박달나무 지팡이

— 주특기: 아나콘다의 눈, 까마귀 발

— 아나콘다의 눈 (8대 금단마법 가운데 하나): 눈동자가 뱀의 그것처럼 길쭉하게 변하는 것이 특징. '환각의 사안' 이라고 불리기도 함. 아나콘다의 눈과 마주치면 이성을 잃고 환각에 빠지는데, 그 위력이 너무나 강력해서 템플러 수준의 정신력이 아니면 도저히 빠져나올 수 없음. 동시에 여러 명을 상대로도 효과를 발휘할 수 있음.

— 까마귀 발 (역시 8대 금단마법 가운데 하나): 목격자에 따르면, 퀴담이 이 마법을 펼치면 하늘에서 검은 벼락이 작렬해서 주변의 모든 것을 갈가리 찢어 버린다고 함. 우레의 템플러 지니 님께서 덧붙여주신 바에 따르면, 까마귀의 발은 지니 님의 우레 마법보다 1.5배 이상 강력하다고 하니 단단히 주의할 것.

2. 서교조 탈로스
— 별명: 암흑림의 지배자
— 외모: 붕대로 온몸을 칭칭 감은 미이라의 모습. 키는 175센티미터 정도에 어깨가 딱 벌어진 체격. 눈에서 붉은 빛이 일렁거리는 것이 특징이다.

— 신물: 기생 버섯

— 주특기: 거울의 저주

— 기생 버섯: 버섯의 포자를 뿌려서 타인의 뇌를 장악하는 것이 특징임. 다른 사람의 정신을 마음대로 조종할 수 있다는 점에서 동교조 퀴담의 사안과 비슷해 보이나, 사안에 비해서 범위가 좁고 위력이 약함.

— 거울의 저주 (8대 금단마법 가운데 하나): 이 마법의 위력이나 효과에 대해서는 알려진 바가 없음. 하지만 8대 금단마법 가운데 하나이므로 반드시 주의할 것.

3. 남교조 샤늘루루

— 별명: 남부의 마녀

— 외모: 16살의 귀여운 소녀 같음. 키는 167센티미터 정도에 몸이 성숙함. 약간 맹해 보여서 백치미가 느껴지고, 청순해 보이기도 함. 하지만 마녀의 외모에 속았다가는 큰일이 날 것임.

— 신물: 붉은 여우의 다리

— 주특기: 샐러맨더의 혀, 다크웜(Dark Worm)

— 샐러맨더의 혀 (8대 금단마법 가운데 하나): 무려 100미터 영역을 화염의 폭우로 뒤덮는다고 알려진 전설의 마법. 8대 금단마법 가운데 가장 범위가 넓으며 효과가 강렬하다고 함.

— 다크웜 (역시 8대 금단마법 가운데 하나): 영혼을 전이시키

는 끔찍한 흑마법. 샤늘루루가 항상 소녀의 외모를 유지하는
이유가 이 마법 때문이라고 함. 암흑교단 남부총단 사제들의
특기인 블랙웜은 이 다크웜의 하위 마법이라는 설이 있음.

　4. 북교조 밀레투스
　— 별명: 북부의 마왕
　— 외모: 190센티미터의 거구에 폭풍을 만난 듯 곤두선 회
색 머리카락과 회색 수염이 특징. 부리부리한 눈에 뭉툭한 코,
두꺼운 입술 등으로 인해 보는 것만으로도 오금이 저림. 개인
적으로는 북부의 마왕이라는 별명이 정말 잘 어울린다고 판
단.
　— 신물: 킹 카라인의 왕관
　— 주특기: 타란툴라의 원혼, 킹 카라인의 숨결
　— 킹 카라인의 왕관: 8개의 돌출부가 있는 왕관으로 밀레
투스가 쓰고 다님. 이름만 보아도 알 수 있듯이, 이 신물은 8
대 금단마법 가운데 하나인 '킹 카라인의 숨결'과 깊은 관련
이 있는 것으로 사료됨. 하지만 킹 카라인의 왕관이 정확하게
어떤 효능을 발휘하는지는 알려지지 않았음.
　— 타란툴라의 원혼 (8대 금단마법 가운데 하나): 시체를 터뜨
려 주변 모든 것을 날려 버리는 악마의 마법. 폭발력이 끔찍할
정도로 강력하므로 절대 가까이 접근하지 말 것! 폭발력의 범
위는 정확히 알려지지 않았음. 최소한 반경 25미터 이상으로

짐작됨.

— 킹 카라인의 숨결 (역시 8대 금단마법 가운데 하나): 수백 마리의 망령 군단을 부리는 대표적인 소환마법임. 30년 전 밀레투스는 이 금단마법을 사용해서 동교국의 마을 하나를 하룻밤 새에 밀어 버렸음. 밀레투스의 명을 받은 망령 군단이 마을에 독과 전염병을 퍼뜨려 모두가 몰살당했으며, 그 후 30년 동안 풀 한 포기 자라지 못했음. 밀레투스로 하여금 '마왕'이라고 불리게끔 만든 바로 전설의 마법임. 이 마법에 대항하려면 반드시 해독제를 복용하고 빛의 축복을 받을 것.

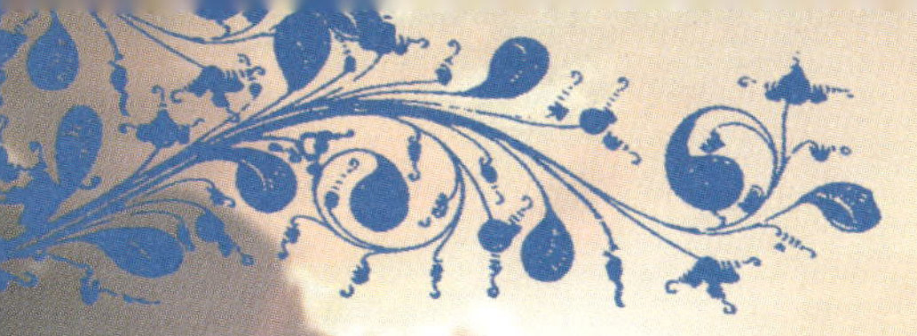

마법군주

인 칼리스타

발렌 판타지 장편소설
FANTASYSTORY & ADVENTURE

『리턴』, 『얼음군주』의 작가 발렌!
자유롭고 유쾌한 상상력이 돋보이는 판타지 장편소설.

미천한 하인에게 죽음과 함께 찾아온 영혼의 부활.
기적처럼 뒤바뀐 한 남자의 운명이 대륙의 역사를 새로 쓴다!

귀족의 폭정에 고통 받는 모든 이들을 구하기 위해
칼리스타 백작, 마침내 그의 의지가 세상을 변혁시킨다!

dream books
드림북스

신마협도

권용찬 신무협 장편소설

ORIENTAL FANTASYSTORY & ADVENTURE

『철중쟁쟁』, 『칼』, 『상왕진우몽』의 작가!
권용찬의 탄탄한 구성과 흡입력 있는 이야기.

악의 본질을 꿰뚫어 본 사람만이
진정한 협을 말할 수 있다!

철저한 악인으로 살아온 지난 세월을 모두 벗어 던지고
가슴으로 말하는 협(俠)의 길 위에서 천하를 질타한다!

Hell Drive

헬드라이브

엽사 판타지 장편소설

FANTASYSTORY & ADVENTURE

『능력복제술사COPY』, 『소울 드라이브』의 작가!

엽사 판타지 장편소설

세상의 모든 불길을
다스리는 화염의 지배자!

그를 분노케 하지 말라!
그가 눈을 뜨면 지옥의 문이 열린다!

dream books
드림북스

쌍룡기
雙龍
장담 신무협 장편소설
ORIENTAL FANTASY STORY & ADVENTURE
『광룡기』, 『암전제』의 베스트 작가!
장담 신무협 장편소설
삼태성이 역삼각으로 찍힌 아이가
나타나면 난세가 도래한다!
초인의 능력을 지닌 자들은 그를,
혼돈의 주인, 혼돈지주(混沌之主)라고 불렀다.
dream books
드림북스